連続殺人鬼カエル男

中山七里

宝島社

KAERU-OTOKO CONTENTS

連続殺人鬼カエル男

一　吊るす

1　十二月一日

午前三時三十分。新聞販売店を出て原付をスタートさせると、いきなり尖《とが》った寒気が鼻を突いてきた。

「寒っ……ぶ！」

志郎《しろう》は思わず息を止めるがバイクは止まらない。そのまま数分も呼吸していると、はや鼻水が垂れてくる。とても他人に見せられた顔ではないが、幸いこの時間に道を行き来するクルマも人も皆無に近い。

志郎の配達区域は販売店から最も離れた五つの町内、部数にして六百部。販売店の中では最多の配達部数だが一部配って幾らの計算なので部数は多いに越したことはなく、また部数が五百部を越えると店主がバイクを勧めてくれるので二重に都合が良い。高校はバイク免許の取得を禁じてはいないものの、必要がなければ許可してくれない。仕事とは言え、早朝のアスファルトをバイクで疾走する爽快《そうかい》さはちょっと他には替え難い。まるで町中の道を独占したような気分で心が躍る。

住宅街を回って、まず半分を配り終える。エンジンも身体《からだ》も暖まり、指先の悴《かじか》みも治まってきた。

「さて……と」

一息吐《つ》いて見据えた先には次の区域、問題のマンション群が控えている。滝見《たきみ》町の端に位置する二十階建ての分譲マンションが六棟、その名をスカイステージ滝見。漸《ようや》く白みがかった冬空の下に聳《そび》え立つマンション群は明かりの点いた窓もなく、まるで黒々とした巨大な卒塔婆《そとば》のように見える。

いや、比喩《ひゆ》だけではない。このマンション群には実際に幽霊マンションというありぞっとしない綽名《あだな》がつけられていた。一棟当たり八十戸、総数四百八十戸分譲のうち、入居しているのは何とその一割にも満たないのだ。夜明け前のこの時刻ならともかく、家族団欒《だんらん》の夕刻ですら窓に明かりの灯《とも》る部屋は数えるほどしかない。

現場に着いてみるといつもながら薄気味悪い。しかし志郎には恐怖心よりも先に鬱《うっ》陶《とう》しさがあった。スカイステージ滝見などと洒落《しゃれ》た名前に反して、配達物はわざわざ各戸のドアポストに投函しなければならない。本来、この規模のマンションなら一階に集合ポストがあって当然であり、勿論《もちろん》スカイステージ滝見にもそれはあるのだが、住民が一階まで新聞を取りにくるのを面倒がるのだ。これが通常の集合住宅なら志郎にも否応《いやおう》のある筈《はず》はない。一戸一戸がその名の通り集合しているのだから配達するにはこの上なく好都合だ。だが、このマンションは住人が総戸数の一割以下。上下左右の移動距離を考えれば、一戸建ての連なる住宅街の方がまだしも効率が良い。

しかし愚痴を言って始まるものでもない。志郎は配達分の七部を脇《わき》に抱えて一号棟のエレベーターに乗り込む。最上階の二十階まで上がりきり、その階を配り終えると今度は端にある階段を使って下に降りる。いちいちエレベーターを使うより、こっちの方が時間を短縮できるからだ。

十八階、十七階、十六階――。

順調に動いていた足が十三階に着いた途端に止まった。

外部に晒《さら》された階段昇降口、向かって正面の庇《ひさし》からそれはぶら下がっていた。三日も前から目にしていた長さ二メートルほどの物体。眼《め》の隅で捉《とら》えながらもいつも時間に追われて気にも留めなかった。第一、この十三階には一人の住人もおらず立ち止まる必要もなかったからだ。

暗いながらも、それがブルーシートに覆われていることは分かる。物体を吊り支えているのは庇に埋め込まれた掌《てのひら》ほどもある金属製のフック一点のみで、その為に風が吹くとそれだけで物体が揺れる。

まるでサンドバッグか巨大な蓑虫《みのむし》だった。

今日に限って気に留まったのはシートの上部が剝《は》がれかけていたからだ。フックの食い込んでいる先端が僅《わず》かに覗《のぞ》く。

（あれ、何だ？）

（――歯？）

目を凝らした時に風がこちらに吹いた。

異臭が鼻を突いた。

この寒気の中にあって甘く、饐《す》えた臭い。

物体が風に揺られる度に剝がれかけたシートの端がはためく。

ゆうらり。はたはた。ゆうらり。はたはた。

俄《にわ》かに恐怖心が頭を擡《もた》げたが、それよりも好奇心の方が大きかった。やめておけと言うもう一方の声を押しやり、志郎はシートの端を捲《めく》ってみた。するとシートはその一点で留められていたらしくいとも容易《たやす》く開き、風に吹き飛ばされた。そこに現れたのは――

一糸まとわぬ女の肉体だった。

口からフックに吊《つ》るされて、
ゆうらり。

ゆうらり。

よく見るとその唇が微《かす》かに震えている。

まだ、息をしている？――

いや、震えているのではなかった。口から溢《あふ》れ出た無数の蛆《うじ》が蠢《うごめ》いているのだ。

ひっと引《ひ》き攣《つ》るように声を洩《も》らすと、志郎はその場に腰を落とした。反射的に目を背けると、その先に外れたシートが落ちていた。そのシートの端に何かの紙片が貼られている。書かれてある文字はそこからでも読むことができた。

きょう、かえるをつかまえたよ。はこのなかにいれていろいろあそんだけど、だんだんあきてきた。おもいついた。みのむしのかっこうにしてみよう。くちからはりをつけてたかいたかいところにつるしてみよう。

埼玉県警に第一報が届いたのが午前六時。捜査一課と鑑識課の面々が現場に到着したのはそれから間もなくのことだった。高層階から眺める東の空はすっかり白くなっていたが、陽の出まではまだしばらく待たなければならない。

白い息を吐きながら古手川和也《こてがわかずや》はコートの襟を閉じる。風は冷たいが寒いのはそのせいばかりではない。

目の前で女の死体が揺れている。乾ききった青白い皮膚には下半身を中心に死斑《しはん》が拡《ひろ》がり、開かれた眼窩《がんか》からは白濁した眼球が溢れ出そうだ。口から挿し込まれたフックは上顎《うわあご》を貫通し、そのまま切っ先が鼻の横から突き出ている。それ以外には目立った外傷もなく出血もないので、死体から凄惨《せいさん》な印象は受けないが、見続けていると心の温度がどんどん下がっていくような気分に襲われる。惨《むご》たらしい死体からは犯人の昏《くら》いながらも滾《たぎ》るような激情が表出しているものだが、この死体からはひたすら冷気しか感じられないのだ。

「最近はよお、こういう死体増えたよなあ」

真横で渡瀬《わたせ》が不機嫌そうに言った。

「腹を一突き、死体は放置したまま慌てて逃走。そういうあっさりした死体が懐かしいくらいだ。まあ死体に愉快も不愉快もないだろうが、こいつは極めつけに不愉快な死体だな。連想するよ。南部の木には奇妙な果実が生《な》る。葉には血が、根にも血を滴らせ、南部の風に揺らいでいる黒い死体。ポプラの木に吊るされている奇妙な果実」

「……何んスか、それ」

「ジャズの一節さ。〈奇妙な果実〉ってビリー・ホリディの名曲で……ああ、お前の歳では知らんか。まだ奴隷制度があった頃、私刑《リンチ》に処された黒人が木に吊るされている様を唄っている」

「じゃあ、班長はこれ、私刑って解釈ですか」

「早まるない。連想って言ったろ」

渡瀬はそう言って煩《うるさ》そうに手を振ったが、私刑という言葉が妙に後を引いた。放置でもなく、解体でもなく、ただ高く吊るされた死体。確かにそれには被害者への辱めと同時に見せしめの意味も含まれているような気がする。実際その見立てを証明するような物も残っているのだ。

「発見者は？」

「立花《たちばな》志郎、新聞配達員。このマンションを担当していて配達途中に発見。もっともシートに覆われた状態なら三日前から見かけていたらしいですね」

「三日前？　その間、誰にも気づかれず、ずっと吹きっ曝《さら》しだったってか。ふん、目の前は隣の棟の階段部分で死角になってるって訳か。まあ、地上十三階というだけで立派な死角だよな。坂本九《さかもときゅう》じゃあるまいし、誰も上を向いて歩いてる訳じゃない。ところでこのフック、元々ここに固定されてたのか」

「ええ。このマンションが分譲を開始した時、垂れ幕を掛ける目的でフックを埋め込んだとのことです」

「衣服、所持品の類《たぐ》いは」

「素っ裸にブルーシートが被《かぶ》せられていただけで、周辺にそれらしきものも見当たりません。残存していたのはこの紙片だけです」

ナイロン袋に収められた紙片を受け取ると、渡瀬は生ゴミを見るような眼で文面をなぞる。重たそうに目蓋《まぶた》を半分閉じているが古手川は知っている。この男の瞳《ひとみ》はまるで底なしのように深く、そして網膜に映る何物をも見逃さない。

「きょう、かえるをつかまえたよ、か。原本じゃなくて何かのコピーだな。けっ、犯行声明文ってとこか……。おい、新人。お前、こういう事件、好きそうだな？」

急に振られて古手川は返事に窮《きゅう》する。確かにこんな猟奇的でマスコミ受けのするような事件を待っていたのだ。この時点で功名心を綯《な》い交《ま》ぜにした戦闘意欲が湧《わ》き上がるのは否定できない。

しかし一方、身体の奥底から生理的な嫌悪感が立ち上ってくるのもまた事実だった。

紙片に眼を走らせる。ワープロではなく手書きの文字だが、まるで幼児の手になるように列が乱れ、一字一字の大きさがばらばらだ。任意の一字を取っても、斜めに傾《かたむ》いていたり一本の線が無意味に長かったりで、およそ他人に見せることを意識している字とは思われない。

「服を剥いだのは、やっぱり身元を隠すためですかね？」

「いいや。だったら顔を潰《つぶ》しちまうのが先決だろう。犯人にとって被害者の顔が割れることなんざ、問題じゃねえんだよ」

「じゃあ、どうして」

「……カエルは服なんざ着てねえからな」

古手川はふと棟の真下を見下ろす。冬の明け方、パトカーの音を聞いた者はいただろうが、今のところ野次馬の姿は見えない。棟と棟の間に設けられた公園には雑草が生い茂り、ここから見ても遊具が錆《さび》だらけになっているのが分かる。マンションの瀟《しよう》洒《しや》な外観に比べ、それはひどくみすぼらしい風景だった。

一通りの実況検分が終わると、まだ廊下を這《は》いずり回っている鑑識課員を尻目に死体の搬送が開始された。フックを口から外すかどうかで一悶着《ひともんちやく》あったが、結局は、それ自体も鑑識に回すために回収しなければならないとの理由でフックごと庇から撤去することとなり、古手川は道具片手にフックの除去作業を手伝う羽目となった。

まず死体を三人がかりで押さえつけ、古手川は手摺《てす》りを足場にフックを固定しているボルトを外す。不自然な体勢なので古手川自身も腰を一人に支えて貰《もら》う。手を動かしながら、ふいと視線を下に向けると死体の顔が数センチ間近にあった。白濁した眼球の隅から何匹かの蛆が飛び出そうとしているのを見て、慌てて目を逸《そ》らす。既に生物であることをやめてしまった顔。だが外傷も変形も少ない。似顔絵を描かせて公開すれば、身元は早晩明らかになるだろう。

「下ろすにも三人がかり。単独犯だとして、こいつを吊るすには相当の力が要るな」

奮闘すること五分、漸くフックが外れ死体はフックを咥《くわ》えたままシートに覆われた。

「さて、この場は鑑識さんに任せて、と。じゃあ、新人。行くぞ」

「管理人への事情聴取くらいだったら俺一人で十分スよ。何も班長自ら出張らなくっても」

「何だ、文句あるのか」

「い、いいえ。文句とか、そう言うんじゃなくって」

「お前みたいな新人と組ませたら所轄が迷惑する。かと言ってトレーナー頼みたい奴《やつ》らは別の事件で手一杯、他になり手がいねえんだ。一課はいつだって人手不足でな。それとも貴様何か。俺じゃ不満とでも言うのか。つべこべ言わずに付いてこい」

聞こえないように溜息《ためいき》を吐きながら、渡瀬の背中を追う。仕方ないと言いながら、現場に立つ渡瀬の貌《かお》は生気に満ちている。他の班の警部たちがデスクワークに徹しようとしているのに対して、この男は何やかやと理由をつけては県警本部庁舎から外に出たがっているのだ。

一階管理人室に着くと、ちょうど管理人が到着したばかりだった。

「やあやあやあ。朝早くにお呼びたてして申し訳ありません。管理人の辻巻《つじまき》さんですな。埼玉県警の渡瀬です」

愛想良く声を掛けるものの、生憎とその声の主は人を殴ることしか考えていないようなご面相だ。辻巻はびくっと肩を震わせて一歩後退する。急を聞いて駆けつけたのだろう、最初から不安を露《あら》わにしている。そうでなくともネズミのように貧相な瓜実《うりざね》顔《がお》なので、余計に哀れっぽく見える。

「話はもう聞かれたでしょうが、マンション十三階の階段付近で女性の死体が発見されました。ご苦労ですが、後で顔を検分してマンション住人かどうか確認して下さい。さて、発見者の話では三日も前から庇に吊るされていたらしいが」

「す、済みません、済みません！」

別に責められている訳でもないのに辻巻は恐縮すること頻《しき》りだ。

「普通にマンションの清掃とかはするのでしょう？」

「わ、私も常駐ではなくて。月水金の隔日なもので全部の階を毎回掃除してはおらんのです。同じ階なら大体二週間おきくらいで」

「常駐じゃない？　こんな大きなマンションで？　まさか六棟全部を一人で管理している訳でもないだろうに」

「……三人です。私は一棟と二棟を担当してます」

「六棟をたった三人で……それはその、例の人員削減というやつですか」

聞けば当初は各棟に一人いた常駐の管理人も管理費用の削減で半分に減らされ、人手不足と費用不足で公園や設備は荒れ放題となっているらしい。

「……で、こんな虫食いみたいな状態になった訳だな。成る程、確かに十三階なんて階は空きやすくなるわなあ。因みにあんたの勤務時間は？」

「朝九時から夜六時までです……」

辻巻は面目なさそうに顔を伏せる。

被害者がマンションの住人にせよ、外部の者にせよ、あんな死体を担いで棟内をうろつき回れば人目につかない筈がない。しかし管理人が六時以降は不在で、尚且《なおか》つ住人の数がここまで少なければそれも可能だ。何のことはない。このマンションは洒落た外観を備えた僻地《へきち》なのだ。

今度の事件で入居者はまた減るだろうな、と古手川は意地の悪い予想をする。

その後、聴取を終えた辻巻が死体の顔を確認したがマンションでは見かけない女性だと証言した。

無駄とは思いながら近隣への聞き込みもした。呆《あき》れたことに十三階ばかりか十四階にも入居者はおらず、結局一棟の住人全員に聞いて回ったが手懸りらしいものは何一つ得られなかった。

捜査本部は所轄の飯能《はんのう》署に立ち上げられた。正午になり、そのまま捜査本部に向かうと思っていたがパトカーは別の方向に向かった。

「班長、一体どこに」

「法医学教室」

「って……何でですか」

「運良く今日は光崎《みつざき》教授の担当でな。あの爺《じい》さん歩くのは遅いのに、仕事はメチャクチャ速いんだ。今頃は一通り検死が終わってる筈だ。本部でおとなしく報告が来るのを待ってられるか。目撃情報皆無、手懸りゼロ。今はあの死体から直接話を訊《き》くしかねえんだ」

いつもながらフットワークの良い上司に古手川は呆れ半分で感嘆する。この軽快さが渡瀬の身上だが、頼もしい反面、絶えず鼻面を引っ張られるような慌しさもあって古手川はあまり好きになれない。第一これでは自分が率先して動けないではないか。一課に配属されて一年、早く大きな事件で犯人を検挙したい――。思いを巡らせていると、軽く丸めた右手の指先が掌の溝を探り当てた。見なくとも分かる、掌を横断する二本の並行する傷跡。自然に古手川は左の親指でその軌跡をなぞる。昔、他人に指摘されて知った癖だ。

法医学教室のドアを開けると、いきなりホルマリンの臭いが鼻に飛び込んできた。

その刺激の強さに思わず噎《む》せ返るが、渡瀬は平気な様子で「やあ、先生。いつもご迷惑かけます」と威勢良く第一声を発した。

この季節でも法医学教室に暖房らしきものはない。無論、凍えるほどではないが扱うモノが死体なだけに室温は常時五度以下に保たれているのだ。広さはかなりのものだが天井が低く、そこから蛍光灯が更に低く吊るされているため、ひどく圧迫感がある。その広い場所に表面がステンレス製の解剖台が四脚。床にはたった今洗い流したばかりなのだろうか、広範囲に亘《わた》って水溜りがあった。全部で八つの蛍光灯が部屋の中を隈《くま》なく照らしているが、その青白い光が部屋の中を更に寒々しい光景にしている。

部屋の隅で丼から顔を上げた白髪オールバックの老人がこちらをじろりと睨《にら》みつける。光崎藤次郎《とうじろう》、法医学教室の主。小柄で端整な顔立ちながら眼だけが猛禽《もうきん》類を思わせるように鋭い。

「相変わらずうるさい男だな、君は。ここを一体どこだと心得ている。大学の構内で、一応は病院施設の中で、しかもホトケの霊前だぞ」

「すいません。声の大きいのは地声でして」

「あと、態度もな。どうせ現場に遺留品も目撃者もいなくて、他に行く場所もすることもないから来たのだろう。まあ良い。どうせ検死管理官も帰った後だ。もうすぐ食い終わるから白衣を着て待っていろ」

渡瀬は命じられる前から白衣に手を伸ばしていた。ほれ、ともう一着を投げて小声で話す。

「早く着ろ。臭いが背広につくと洗濯したくらいじゃ落ちなくなるぞ」

急いで白衣を羽織りながらついと丼を覗き込むと中身は肉うどんだ。解剖台に乗せられた死体を背に肉うどんを啜《すす》るというのは一体どんな神経かと疑う。

「それにしても最近、君が寄越《よこ》すホトケは本当に碌《ろく》なものがないな。先月は骨付き肉の残飯みたいな代物だったし、今度のは干物だ」

「御時世、なんですかねえ」

「せめて流行りにしておいてくれ。毎度毎度、こんなホトケではやりきれん。三日前から晒されていたらしいな。よほど風通しが良くて乾燥した場所だったんだろう。何にせよ腐敗が進行していないのは幸いだった」

ずずっと最後の汁を啜ると、光崎教授はゆっくりと腰を上げ、シーツの盛り上がった解剖台に近づく。シーツを捲ると、今朝方別れたばかりの死体と再会した。但し鼻から突き出ていたフックは既に取り去られている。

「冬場でも死体の置かれた場所が摂氏五度以上なら腐敗が始まる。腐敗が始まると体内の硫黄含有蛋白《たんぱく》が分解され腐敗ガスが発生する。腐敗ガスは時間経過と共に膨張を始め、眼球・舌・唇などの柔質部分を腫《は》れ上がらせる。だから顔面は生前とは似ても似つかぬものに変形していく。その点、このホトケは運が良かった。おい、若造。ちゃんと聞いているか――

呼ばれて古手川は神妙《しんみょう》に頷《うなず》く。普段の年配者に対する不敬さも、光崎の有無を言わさぬ口調と死体から発散される猛烈な死臭を前に影を潜めていた。

光崎教授は死体の首から腕を差し入れて頭を起こす。既に耳の付け根から頭皮が剝がされ頭蓋骨《ずがいこつ》が剝《む》き出しになっている。

「後頭部に裂傷あり。皮を剝がすと内出血が認められ頭蓋にも損傷があった。形状から推して鈍器で殴打されたのだろう。但しこれは一度きりで致命傷にはなり得なかった。致命傷はこちらだ」

頭部を下ろし、喉元《のどもと》を指差す。青白い皮膚にはマーカーで引かれたような紫色の索《さく》条痕《じょうこん》が克明に残っていた。

「直接の死因は首を絞められたことによる窒息死。兇器《きょうき》は細い紐《ひも》状の物。かなりの力だ。喉に残った擦過傷の深さが尋常ではない。傷が二本残っているのは紐を二重にして絞めているからだ。他に乱暴の痕《あと》、または交情の痕跡は認められず。尚、上顎部を貫通していたフックは先が丸く、にも拘《かかわ》らず肉と骨を貫いたのは腐敗と共に崩れ始めた組織が死体の自重に耐えかねて食い込んだものと推察される。上腕部と腹部に鬱血とやはり索条痕が認められるが、これはシートの上から縛られた痕らしく克明なものではない。死体運搬時についた痕だろう。因みに被検者はごく最近、挿し歯の治療を施されている。多分、八重歯を抜いたのだろう」

「死亡推定時刻はどんなもんです?」

「吊るされる前日、つまり四日前の昼から夜にかけて、だな。胃の内容物を調べたらサンドイッチと緑茶が未消化のまま残っていた。死斑と下腹部の腐敗状態から推定したが、概ねその時刻と思われる。現時点で責任持って言えるのはこのくらいだな」

「では、責任持って言えないことを訊きたいですな。つまり死体検案書に書かれないことを。先生の印象ってえのを」

渡瀬の幾分不遜《ふそん》な言葉に光崎教授は一瞬、眉《まゆ》を顰《ひそ》める。怒り出すかと思ったが、

「検死医に直接ものを尋ねる刑事は、もうお前くらいしか残っていないな。今日びは書類のやり取りしか、したがらない奴ばかりで」

「はっ。恐縮です」

「嘘《うそ》つけ。恐縮なんか微塵《みじん》もしておらんじゃないか。しかし、こんな老いぼれの印象を聞いてどうするつもりかね。科学捜査をする上で一個人の印象を参考にするなど百害あって一利なしだと思うが」

「科学捜査ではないかも知れんが、私ぁ元々、科学捜査に全幅の信頼を置いている訳じゃないし、その道一筋の職人の意見てヤツを拝聴したい人間なんで」

光崎教授は唇の端を僅かに上げると、また遅い歩みで元の椅子《いす》に戻った。

「妙なメモが残されていたことは聞いた。かえるをつかまえた、みのむしにしてやろう、とかいう内容だったな」

「ええ」

「この死体には必要最小限の傷しかなく、他に暴行を受けた形跡はない。普通の感覚を持った人間にとって殺人とは究極の行為で死体は恐怖そのものだ。死体が今にも起き上がってくるのじゃないか。自分に襲いかかってくるのじゃないか。死体を損壊したり捨てたり隠したりするのは、その恐怖心の裏返しだ。だが、こいつは恐怖するどころか、まるで大勢の観衆に見て下さいと言わんばかりに、見立て通り素っ裸にひん剝き高所に吊るしてシートで覆っている……。こいつは死体を死体とさえ思っていない。単なるオブジェかマネキンぐらいにしか認識していないのだ。わしの意見を聴きたいと言ったな？　言ってやろう。こいつは掛け値なしに異常者の仕業だ。刑法三十九条との格闘を覚悟しておいた方が良い」

2　十二月二日

翌日から渡瀬を始めとした捜査一課の十一人は飯能署の強行犯係と合流した。形の上では飯能署の応援だが主導権は自ずと県警本部側に移行する。

事件報道と同時に被害者の似顔絵を公表すると、早速被害者の上司と名乗る人物が捜査本部に連絡を入れてきた。ツクダ事務機器販売の斉藤《さいとう》と名乗る男は、被害者が同社の従業員荒尾礼子《あらおれいこ》ではないかと言う。

出頭してきた斉藤勤《つとむ》という人物は生え際の後退した五十男で、緊張さえしていなければさぞかし愛想笑いが板についたであろう典型的な営業マンだった。百聞は一見に如かず、あれこれ訊くより先に渡瀬は斉藤をいきなり死体と対面させた。死体を目にするなり斉藤は吐き気を堪《こら》えるように口を押さえたが、しばらく経《た》って死体が荒尾礼子であることを確認した。

そして荒尾礼子の現住所と実家の連絡先を聴取すると、古手川は鑑識課の数名を伴って荒尾礼子の現住所、飯能市緒方《おがた》町のアパートに赴いた。渡瀬は立ち上げたばかりの捜査本部で各自からの報告を待つために飯能署に待機する。

到着したアパート、セイントヴィラ緒方は最寄駅から約半キロ。電車通勤の荒尾礼子が駅からアパートに向かう途上で襲われた可能性は決して小さくない。また死体発見場所の滝見町はすぐ隣だ。と、なれば自ずと犯人の実像も限定されてくる。少なくとも、この界隈《かいわい》に土地鑑のある者だ。

アパートの管理人に事情を説明し合鍵《あいかぎ》を借りる。

表札には丸文字で〈あらお〉とひらがな表記がされていた。元々取っていなかったのか溜まった新聞はないものの、ドアポストの口からは郵便物が溢れている。各種ダイレクトメール、電気料金の通知書、消費者金融やらカード会社からの督促状。ドアを開けると、香水の残り香なのか花の香りが柔らかに鼻腔《びこう》をくすぐった。ここ数日、嗅《か》ぐのは死臭かホルマリンの臭いばかりだったので、それだけで得したような気分になる。

部屋は細長い間取りのワンルームだ。やはり二十代の女性の部屋らしく、玄関にも廊下にもちょっとした飾りで彩りが添えられ、同世代ながら自分の寝起きする寮の殺風景さとは比べるべくもない。リビングに移るとその華やかさは一層強調され、色鮮やかなクッションやキャラクターグッズが所狭しと置いてある。あまりの色の多さに軽い眩暈《めまい》を覚えるほどだ。

だが、部屋のあちらこちらを調べるうち次第に華やかさは影を潜め、代わりに空虚さを感じ始めるようになった。本棚に並んだ書物は雑誌が殆《ほとん》どだった。モード雑誌、インテリア特集号、ジュエリー専門誌、通販のバックナンバー、首都圏グルメ本、ブライダル雑誌、転職情報誌、そして場違いに見える自己啓発本――。カタログ雑誌は求めても得られないモノの在庫リストだ。それがこの棚には横溢《おういつ》している。荒尾礼子は一体どれだけのものを渇望し、どれほどのものを手に入れたと言うのか。先の請求書の束と考え合わせると、その答えは自ずと明らかになる。

とどめは本棚の上で伏せられていたフォトスタンドだった。表に返すと中には何も挟まれていなかった。恐らく彼女自身の手で抜き取られたのだろう。フレームの中の虚ろは、そのまま部屋の虚ろさを反映していた。

不意に部屋のどこからか怨《うら》みと嫉《ねた》みの声を聴いたような気がした。

古手川は机の抽斗《ひきだし》を検《あらた》め始めた。最近は皆、携帯電話に住所登録をしているが、それでもバックアップ用に住所録を持つ者もいる。そして携帯電話なら、もう話をしない相手の情報など一瞬で削除してしまえるが、一度書いてしまった住所録を消すには手間が要る。

大した時間もかからず、それは見つかった。手帳サイズの住所録。ぱらぱらと頁を繰るうち、頭に★印のつけられた男の名前が一つだけ出てきた。

桂木禎一《かつらぎさだかず》。住所と電話番号、そして生年月日。ただの知人に生年月日は必要ない。間違いない。この男だ。

古手川は急いで内容を書き写すと荒尾礼子自身の写真を一枚拝借し、後を鑑識課に任せると外に飛び出した。ここは紛れもなく商店街の並びだ。本人の帰宅時間には人通りも激しく、何かの変事があれば必ず目撃者がいるに違いない。

だが、その期待は一時間も聞き込みを続けるうち、儚《はかな》い希望であることが次第に分かってきた。確かに駅前から荒尾礼子のアパートまでは商店が連なっているが、それは既に死に体となった商店街だった。三年前、郊外にオープンした巨大ショッピングモールに客を奪われ、駅前ですらシャッターを下ろしたままの店舗が珍しくなかった。驚くべきことに駅前なら大抵目にする筈の呑み屋や薬屋さえも廃業していた。駅前でこの有様なら後は推して知るべしで、夕刻を過ぎ日が沈む頃には仄暗《ほのぐら》い街灯とコンビニの明かりだけが点《とも》る、さながら赤字ローカル線の無人駅前と見紛《みまが》うばかりになる。住人の温《ぬく》もりが感じられない。生活感がない。買い物客は郊外へ、夜の街に繰り出そうとする者は都心に向かい、駅から出る者はそのまま布団に潜り込もうとする人間だけの文字通りベッドタウンと化した街。

事情を知ってしまえば成る程とも思えたが、ちぐはぐな印象は拭《ぬぐ》いようがなかった。この国はどこかが歪《ゆが》んでいる。人々の帰る場所、憩いを求める場所が何やら訳の分からない経済効率の理屈で空洞化していく。これが地域振興だとか再開発と言うのなら、旗を振っている先導者はせっせと箱だけを造っているただの馬鹿《ばか》だ。

結局、足を棒のようにして得られた成果は気落ちするほど僅かなもので、時々荒尾礼子が男と腕を組んで歩いているのを見たという目撃例が三件、肝心の火曜日については誰一人として彼女を見かけた者はいなかった。念のため、駅の改札口にも立ち寄ったが乗客一人一人の顔を覚えている駅員はいなかった。一通り聞き込みが終わる頃には日はとっぷりと暮れ、厚いカーテンのような闇《やみ》が駅前商店街の上を覆っていた。墨が滲《にじ》むように街が暗くなり、コンビニの白々とした明かりがそこだけぽっかりと浮かび上がる。

風が急に冷たくなった。

飯能署の捜査本部に戻ると渡瀬がいつにも増して不機嫌そうな顔で出迎えてくれた。報告した内容の乏しさに立腹しているものと思ったが、

「長野から被害者の御両親が来られた。さっき検分を終えたばかりだ」

「ああ、それは」

良かった、という言葉は喉元で止めた。被害者遺族の愁嘆場は古手川が苦手とするもののこれまた一つだった。

「一人娘だったそうだ。両親は地元で外装工事の請負をしているが、最近はすっかり左前になって、被害者が時折仕送りをしていたらしい。お前が見つけた金貸しからの請求書は案外、その辺が使途理由だろうな」

「金銭的理由という線は薄くなりましたね」

「元からそんな線は考えちゃいねえ。単なる物盗りがあんな手の込んだ細工するかよ。先月も本人から実家に電話があったらしいが、新しく付き合っている男がいるとか、

変な奴に付き纏《まと》われているなんて話は一切出なかった。殺されなきゃならん理由は何も思い当たらんそうだ」

「あれじゃないスか。別れたばかり、新しい男を見つけようと妙なサイトにアクセスしてサイコな奴を引き込んじまったとか」

「パソコン、開いてみたのか」

「鑑識の連中が悪戦苦闘している最中スよ。あ、現場の鑑識結果は出たんですか?」

「結果なんて大層な代物じゃねえよ。現場周辺からは被害者を含め不特定多数の髪の毛が山のように採取された。現在、せっせと分類中だ。今日び当然だがブルーシート、並びにメモから発見者以外の指紋は検出されなかった。メモについては筆跡鑑定人から報告が上がっている。使用された紙片は大手メーカー製造による中性コピー用紙、ごくありふれた製品でここから末端ユーザーを限定するのはまず不可能。筆跡は定規を使用しないフリーハンド。意識したのであれば、かなり習練したものと思われる。それでなければ見た目通り精神年齢六歳程度の人物か真っ当な義務教育を受けられなかった者の手によるものである……。な? 光崎さんみたいな意見は公式文書には出ないだろ」

「報告書は公式見解。先生のは単なる勘です」

「その勘ってのが結構大事なんだ。勘を非科学的だと思っているのなら、それこそ勘違いってものでな。いいか。刑事を含めて一線で犯罪に対処している人間の五感には膨大なデータが蓄積されている。死体の損傷具合、死斑の出方、腐敗ガスの臭い、靴跡の深さ、兇器の触感、現場の音と空気。それらは本人が意識するしないに拘らず、網膜、鼓膜、鼻腔、舌先、指先が記憶する。そしてそのデータは蓄積され、細分化され、判断の材料になる。お前が今言った勘というのは、その膨大なデータベースから弾《はじ》き出された一つの結論だ。科学検査を経て提出された公式見解と比べて何ら遜色《そんしょく》はない」

些《いささ》か独善的な理屈に反論しようとしたその時、警官が部屋に入ってきた。

「警部。被害者の知人と名乗る男が出頭してきました」

「何て奴だ」

「はっ。桂木禎一と名乗っております」

渡瀬と思わず顔を見合わせる。呼び出しの手間が省けた。だが、どういう理由で出頭してきたのか。善良なる市民の義務に喚起されたのか、どうせ疑われることが分かっているのならと自ら敵の懐に飛び込んで動静を探るつもりなのか。

別室で初見した桂木禎一の印象は良く言えば慎重、悪く言えば臆病《おくびょう》な、まるで草食動物を思わせるものだった。優しげな眼ではあったが始終泳いでいて一点に固定しない。珍しいタイプではない。殆どの人間は警察の建物の中に入った瞬間に萎縮《いしゅく》する。

桂木は開口一番、自分が先月末まで荒尾礼子と連絡していたこと。そして今日の新聞を見てすぐに出頭を思い立ったことを告げた。

「へえ。コンピュータソフトの会社にお勤めですか。被害者とはどんなご縁で？」

「うちの会社へコピー機のメンテに彼女が来たのが切っ掛けで……あの、彼女に会わせて欲しいんですが」

「希望されるのでしたら上に伺い立ててみますよ。それより連絡していたって……あんたたち別れたんでしょ？」

「いや、それは……彼女の言い分で僕の方はそう思っていないです。最後に電話した時も一方的なもので、僕は別れるなんて一言も言っていない」

「でも、荒尾さんは職場の人間には別れたと」

「思ってもいないことを言葉にするのは女性には珍しいことではないでしょう」

「部屋の写真立てからは二人の写真が抜かれていた」

「先月初め一緒に新しい写真も撮った。それと差し替えるつもりだったのでしょう」

「で、連絡が途切れたってのはメールに返事がなかったとか」

「ええ。こちらから電話してもメールしても返信が全然なくて」

その途端、古手川の方は桂木に対する見方を変更した。一方的に別れ話を持ち出されたが、男の方は未練たっぷりで話がこじれた挙句に女を絞殺——。笑えるくらい単純な筋書きだが、単純なだけに瑕疵《かし》は少ない。

「桂木さん、十一月二十七日火曜の夜はどこでお過ごしに？」

「一週間前の夜なんて普通は覚えている方が不自然なんでしょうが、生憎僕の一週間なんて判で押したような生活で……。さいたま市内のジャズ・バーで一人酒してました。店を出たのは一時過ぎ。常連だからマスターが証言してくれる筈です」

「それ以降は？」

「一時以降のアリバイ？……さすがにそれはありません。後は寝るだけですから」

「死体の状況、新聞で知ってますよね。彼女の交友関係の中であんなことしそうな人間に心当たりはありませんか」

桂木は首を振って、

「お互い会社の同僚のことはあまり話さなかったから僕には誰も……会社の人からそういう話はなかったんですか？　それに、彼女と最後に会ったのは誰だったんですか？」

「訊いているのはこっちなんだけど」

「済みません。でも、彼女は他人から恨まれるような人間じゃなかった」

「さっき、あんたたち喧嘩《けんか》したとか言っていたけど原因は何だったんですか」

「……それ、言わなきゃいけませんか」

「捜査にご協力を。それに話したところでもう荒尾さんは怒らないでしょう」

相手をわざと怒らせるつもりの台詞《せりふ》だったが、桂木の表情からは変化が窺《うかが》えない。

「……行き違ったのは、彼女が結婚を急いでいたからです。まだ付き合って一年でしたが、僕の方はまだ一年、彼女の方はもう一年。そういう認識の違いで……彼女は再三ご両親と会ってくれと言い、僕は別に慌てなくても良いと言って……別に相手が嫌いになったとか、そういうのじゃないんです」

「でも、彼女の方から三行半《みくだりはん》を突きつけられ、あんたの呼びかけにも応答しなくなった。つまりはそういうことでしょ」

「だから、僕が逆恨みしたと？」

「別段、珍しい話じゃないですね」

「失礼ですけど刑事さん……恋人とかいます？」

「……何？」

「その女性のためなら自分の生命を捨てても良いと思うような人、いますか」

「そんなこと関係ないだろ」

「いないのだったら、僕の気持ちなんか分からない。本当に自分よりも大切な存在だったら、たとえ縁が切れても幸せになって欲しいと思います。逆恨みなんてするもんですか」

淡々とした口調が却《かえ》って意志の堅固さを思わせた。ちっと聞こえよがしに舌打ちしてみせるが、桂木の表情に揺らぎはない。

「被害者の部屋、何度か上がってますよね」

「ええ」

「彼女、何か変なサイトにアクセスしてませんでしたか」

桂木は、しばらく考えてから
「いえ、そういうことはなかったと思います。開きっぱなしのネットを何度か目にしましたけどファッション関係のネットが殆どで。彼女の口からも聞いていません」

聴取を一通り終え、桂木が部屋から出て行くと、ドアの陰から渡瀬がのそりと現れた。どうやら一部始終を聴かれていたらしい。

「馬鹿野郎、手前ェこんな聴き取りもできねえのか！　質問する方が頭に血ィ上らせてどうするよ。最後なんざ、丸々向こうのペースだったじゃねえか」

「……あいつ、結構芯《しん》が強そうで」

「芯が強いだあ？　今出て行った時、あいつのズボンの膝《ひざ》、目に入らなかったか」

「ズボンの膝？」

「やっぱり見てなかったな。アイロンしたてみたいに折り目びっちりのズボンが膝だけ皺《しわ》だらけだった。部屋に入ってきた時からずっと裾《すそ》を握り続けていたからだ。芯が強いもんか。お前の言葉にじいっと耐えていたんだ。折れるか弾けるかしそうな心を、顔には出さず必死に抑えていたんだ」

指摘されることがいちいちもっともで反論する余地がない。

「ただ、最後はネタ振りにはなったみたいだから結果オーライといったところか」

「ネタ振り……って何スか」

「あの桂木という男、決して馬鹿じゃない。質問に答えながら俺たちが何を知って何を知らないか探りを入れてた風だった。就寝時間が一時以降と言っていたな。今から六時間、感情を殺して警察の動向を窺っていたあの男がどんな行動を取るのか興味湧かねえか」

「あ」

「奴《やっこ》さん、まずホトケの顔を拝みに行く。真情はどうあれ、最初に会わせてくれと言った手前な。大学病院を出てきたら尾行《つけ》るぞ」

窓から下を窺う。丁度、桂木が署から出たところだ。肩を落とし、風に押されるように正門に向かう。それが演技なら大したものだと古手川は思った。

渡瀬の言った通り、桂木はそのまま大学病院に直行し荒尾礼子の亡骸《なきがら》と対面した。同行した警官の話では、沈黙を守りずっと死顔を凝視していたらしい。泣くことも喚《わめ》くこともせず、表情すら変えなかったと言う。

病院から出たのが九時過ぎ。二人の尾行はそこから開始された。

病院から最寄駅へ。帰宅するだけかと一瞬気落ちしたが、桂木は途中から西武《せいぶ》新宿線に乗り換えた。

帰路を急ぐ勤め人たちの陰に隠れて同じ車両の離れた場所に立つ。吊革に摑《つか》まり電車に揺られる貌からは依然として何の感情も読み取れない。

不意に桂木の視線が目前に座る背広姿の男に落ちる。男が広げているのは埼玉日報の夕刊だ。一面に滝見町猟奇殺人の見出しが躍る。桂木の眼はその見出しを食い入るように見つめている。熱のない、虚ろな、しかし些かも揺らぐことのない視線。それに気づいた男が気味悪げにそそくさと新聞を畳む。

幾つかの駅をやり過ごし、桂木が降りたのは緒方町――荒尾礼子のアパートがある駅だった。

桂木は駅前の簡略地図を見上げる。そして古手川は漸く思い出す。かなり離れてはいるものの、ここはスカイステージ滝見の最寄駅でもある。犯人は必ず犯行現場に戻る――手垢《てあか》で真っ黒になった教訓が頭の隅で甦《よみがえ》る。

まさかここから現場まで歩くなどと無謀なことはしてくれるな――駅を出るなり吹きつけてきた寒風に怯《おび》えながらそう念じると、祈りが通じたのか桂木はタクシーを拾ってくれた。時刻は既に十一時過ぎで追跡用のタクシーの到来を心配したが、この時間の乗降客も或る程度は固定しているらしく、次のタクシーはすぐに捕まった。

追跡を人任せにすると、さすがに集中力が途切れる。弛緩《しかん》した視界に映る車窓の景色はぽつぽつと明かりの灯る住宅街を過ぎ、次第に闇の領域を増していく。街灯はある。だが見映えを優先しひたすら丈を高くしたオレンジ灯は、地上に届くまでにすっかり光量を減衰させている。道路脇には倒壊寸前の廃屋が建ち並ぶだけで光源となるものは見当たらない。夜風が背の高い草木を揺らし、剝がれかけた看板を叩《たた》く音が車内にまで洩《も》れ聞こえてくる。男でもこの道を一人で歩くには気構えが要る。道すがら、どんな悪事が行われてもこの深い闇が覆い隠してくれる。荒尾礼子の死体を運ぶのにこれほど好都合な場所もないだろう。光乏しく、夜の魔物たちが跋扈《ばっこ》する地にあって荒尾礼子の吊られた死体は不思議なくらい違和感がない。こんな場所によくもあんな場違いな高層マンションを建てたものだと、古手川は改めて感心する。

目的地でタクシーを降りると、桂木は敷地内の案内板を見て何事か確認していた。そして一棟に向かう。古手川と渡瀬は隣接する棟から桂木の姿を追うことにした。

間もなく桂木は死体の発見された十三階に現れた。階段の陰で全ては見えないが、現場でごそごそと動き回っているようだ。手摺りから見え隠れする姿に古手川は苛々《いらいら》したが、渡瀬はすっかり興味を失ったように漫然とその様子を眺めている。現場は既に鑑識が調べ尽くし規制線も解かれている。今更うろつかれても慌てる理由はないということか。

次に桂木はマンションから出ると裏手に回った。追ってみると裏手には各棟のゴミの集積場があり、桂木は今まさに山と積まれたゴミ袋の一つに手をかけたところだった。それを見た渡瀬は痺《しび》れを切らせたように、

「ったく、もう見ちゃらんねえ」

と言うなり物陰から飛び出した。止める間もなかった。

「桂木さんよお。もう、その辺で止《や》めとけ」

その一言で桂木は彫像のように動きを止めた。その顔には何が起こったのか解《わか》らないと書いてある。

「荒尾さんが当日着ていたのはコーデュロイのパンツとネルシャツ、コートとマフラー、そしてブーツ。あとハンドバッグ。十三階の現場には残されていなかったし、彼女の部屋にもなかった。勿論、マンション全館のゴミ箱にもな。ついでに言うと敷地の隅に置かれている、今は使われなくなった小型焼却炉。それも調べたが衣服や所持品を焼いた痕跡は発見されなかった。犯人が持ち去ったか、或いは彼女が裸のままここに運ばれたかだ。いくら彼氏だからって、警察が見逃した物を発見できるなんてスカタンは考えなさんなよ。こちとらこれで飯食ってるんだ」

「ぼ、僕は……」

「素人探偵が首突っ込んでも碌なことァない。犯人が彼女の周辺にいる可能性は依然として高いんだ。嗅ぎ回っていたら今度はお前さんが殺《や》られるかも知れん。それは彼女の望むことじゃないだろう」

凝固したような貌から警戒心が落ちた。桂木はゆるゆると腰を上げる。

「……僕にできることはないのですか」

「あるさ。俺たちに情報を提供してくれることだ」

「知っていることはもう全部話しましたよ」

「いや、まだ残ってる。荒尾礼子というのは、どんな女性だった？　人から恨みを買うとか買わないとかの話じゃなくだ」

意外そうに眼を開く。ややあって桂木は俯《うつむ》いたまま薄く笑った。

「そんなこと、捜査に役立ちます？」

「お前さんしか知らないことだろ。だったら、そいつは特別な情報だ」

桂木は思い出すような視線を斜め上に上げると声を落として話し始めた。

「そうですねえ……」

「礼子は……普通の女でした。どこにでもいる二十六歳のＯＬです。大学に入るために長野から出てきて、こっちで就職して。お洒落《しゃれ》と旅行と美味しいモノが好きな普通のＯＬ。でも今の仕事が本当に自分の望んでいた仕事なのか迷っている風でした。彼女の部屋に転職情報誌あったでしょう？　あれ最新号じゃなくて二年前のなんです。本気で転職しようなんて思ってなかった。でも本当にこれで良かったんだろうか。自分にはもっと別の選択肢があったんじゃないかって言ってました。笑います？　二十六にもなって何考えてるって。やっぱり女だから仕事なんていい加減に考えてたんだろうって。でもね、そういうの多いです。女に限らず男だって。明日の自分はどうなっているのか、明後日の自分はどうなっているのか。今日と同じ日が、これからも毎日毎日続いていくのか……。人間って不安になると、心の奥底に確かなものがあっても揺らいだりしますよね。今思えば、最後に話した時、丁度そんな状態だったのかも知れません。そんな彼女が求めたものが結婚という結論だったような気がします」

「男にとってはスタート、女にとってはゴール、か。よくある話だな」

「ええ、嫌になるくらいに。ところが僕は、そんな気持ちのままで一緒になっても長くは続かないなんて言ってしまった。彼女が怒ってメールを無視するのも当然です。僕は彼女が唯一の逃げ場所と考えた道を遮断してしまった」

　語尾が僅かに震える。桂木はそこに誰かが横たわっているかのように視線を落とす。

「僕は勝手なんですかね……いや、きっと勝手なんでしょうね。正直言えば早く結婚したいと言う彼女が疎ましくて、そして怖かった。今すぐ結婚して得られるものと失うもの、瞬時のうちに計算してしまったんです、僕は。でも、それはあくまで時間の問題で、一緒になることを考えなかった訳じゃない。拗《す》ねても、怒っても僕には大切な女性だった。怒った顔も泣いた顔も好きだった……。優しい女だったんです。道でティッシュやチラシを配っていたら必ずお礼を言って受け取っていた。無視したら配っている人が可哀想《かわいそう》だって。赤の他人なのに、向こうは仕事でしているだけなのに。それから、よく空を見上げるのが癖だった。生まれ育った長野の空は高くて高くて途方もなく高かった。なのに都会の空はどうしてこんなに低いんだろう、まるで押し潰されそう、なんて。それに、ああ、子供が好きだったなあ。公園で遊んでいる子供たちを見る度に微笑《ほほえ》んでいた。他人の子だろうって聞くと、そんなの関係ない、子供なら皆可愛《かわい》い。第一、子供が可愛くないなんて人いないでしょって……彼女はきっと善《い》いお母さんになれたんだろうな。それなのに……それなのに……」

畜生《ちくしょう》、と、この男の唇から初めて憤怒《ふんぬ》の言葉が洩れた。

「何で彼女なんだ？　何で礼子じゃなきゃいけないんだ？　一体あいつが何をしたって言うんだ？　裸にひん剝いた上に晒しものにして。怖かったろうに。苦しかったろうに。どうせなら他の、夜遊びの好きな、死んでも誰も悲しまないような いい加減な女を殺せば良いじゃないか。……畜生。畜生。畜生……」

桂木は顔を覆いその場に崩れ落ちた。今まで堪えていた堤が決壊し、感情が奔流となって溢れ出たかのようだった。指の隙間《すきま》から押し殺した嗚咽《おえつ》が洩れ、風に紛れて消えていく。

3　十二月三日

翌朝捜査本部に赴くと渡瀬がパソコンを前に腕組みをしていたので、古手川は仰天した。

「どうしたんスか、班長」

「何が」

「だって、パソコン……」

「俺がパソコン見てたら珍しいか」

住宅街で虎《とら》を見かけるよりも珍しい——が、口には出せない。実際、今ではやっと一人一台常備された支給品のパソコンだが、最初は班にたったの一台しかなかった。そして、その最初の一台を誰よりも声高に要求していたのが当の渡瀬だった。ところが渡瀬が喜び勇んでパソコンをいじったのは最初の三日間だけで、後は古い玩具《おもちゃ》に飽きた子供のようにさっさと使用権を若手に放り与え、資料が必要な時だけプリントアウトさせている。今では捜査一課の中でシリコンアレルギーの最右翼と陰口を叩かれている始末だ。

その渡瀬が自らパソコンの画面に見入っている。

「一体、何を見て……」

渡瀬の後ろに回り込み、画面を見た途端に息が止まった。

そこには闇夜をバックに庇から吊られた荒尾礼子の死体が映し出されていた。

鑑識が撮った現場写真、ではない。古手川は画面隅に目を走らせる。パソコンのハードに収納された情報ではなく、どこかのサイトから読み込んだ画像だ。サイト名は『死体写真オンパレード』とあった。

「班長、何でこんなサイトにこの写真が……まさか本部から流出したんですか」

「お前の眼は節穴か。よく写真見てみろ。昨日散々目にした現場写真にこれと同じ物があったか」

言われてから改めて画像を注視し、やっと渡瀬の言わんとすることが理解できた。

バックが暗い。だが、警察が現場に到着した時、既に空は白みかけていた筈だ。つまり、この写真は警察が到着する前に撮られたことを意味する。

「こんな物、一体誰が」

「それもちょいと考えれば判《わか》る。このアングル見ろ。頭から爪先まで丸々全身を真正面から捉えている。こんな風に撮れる場所は一箇所しかない。撮れる人間は一人しかいない」

「犯人……！」

「なら、おぞましいなりに捜査の進展になるんだが、これはただおぞましいだけだ。第一発見者だよ。あの新聞配達のガキがケータイで撮ってたのさ。まあ、一生に一度あるかないかの体験だからな。だが自分の愉しみにしとくだけでも問題なのに、事もあろうにネットに流しやがった。だからネットなんてのは好かんのだ。匿名だと人間は表立って言えないことを言う。心根の卑しい奴らは尚更だ。心根の卑しい奴の本音やら表現なんぞおぞましいモノに決まってるじゃねえか。ところがそんな代物に限って見たがる奴らがまた有象無象にいやがる。言ってみりゃあ不道徳の衛生博覧会みたいなもんだ」

衛生博覧会がどんなものなのかは知らないが、渡瀬の口調からそれがひどく不浄なものであるらしいことは推察できる。だが推察できないのは渡瀬の態度だ。たかが高校生の悪さにこれほど固執するとは——。

「班長」

「ん」

「他に何かあるんスか。その、ネットとかに関して」

「漠然とはな。こっち関係は俺よりお前の方が詳しいだろうが、たとえばこういう猟奇事件が起きた時、ネットはどんな反応を示す？」

「反応、ですか。まあ、2ちゃんねるとか現実事件を扱うサイトでは好き勝手なこと書き込む奴が大量に発生しますね。犯人の目星やら警察の動きやら推理しては当たったただの外れただの、まるでお祭り騒ぎです。更に死体写真でも流出しようものなら品評会が始まる。以前、公開された首なし死体には凄ェクールだってコメントさえありましたから」

そう聞けば、必ず渡瀬は不道徳だと怒り出しそうなものだった。が、顰《しか》め面のまま、「ま、それが普通だろうな」と言った。

「……不道徳、じゃないんですか」

「そういうのはな、不謹慎て言うんだ。或る状況下では不道徳は許されないが、不謹慎は許される。その一つが死体を目の当たりにした時だ。死体というのは見る者自身の死を自覚させちまう。自分もいつか死体に変わる、朽ち果てていく。考えれば考えるほど気が狂いそうになる。だから、精神的に健康な者は死を冗談のネタにする。そうしなければやりきれないからだ。俺たち警察官、医者、坊主。死体と始終向き合う商売に就いた奴なら死体にまつわるブラック・ジョークの一つや二つは必ず聞いている。それでなければ同様に精神の均衡を保てないからだ。だから、ネットに不謹慎な言葉が行き交う、そのことは良い。それが普通だ」

渡瀬は悩ましげに画面を見つめる。

「だが、今回はそれが見当たらん。さっき調べさせたんだ。事件報道から三日、お前の言った2ちゃんねるからそれらしきサイトまで一通り覗かせたが、気味が悪いとか恐ろしいとかの意見はあっても、事件をおちょくるような奴はいなかった。この写真が公開されても尚、死体を笑い飛ばすような書き込みは皆無だった。アクセス数三千件を超えているにも拘わらず、だ」

「それの、どこが気になるんスか」

「普通じゃないからだ。いつもの猟奇事件と同じ反応がない。皆が気味悪がっている。不謹慎な考えが不安に負けている。それがどうにも気になる。何がどう、とかはっきりしたことは言えんが嫌な予感がするんだ」

気味が悪い、という点は古手川も同感だった。単に死体を損壊させた陰惨さではなく、まるで子供が玩具代わりに死体を弄《もてあそ》ぶような得体の知れなさがある。事件の内容がただ猟奇的というだけなら、残虐さという既知の概念を当て嵌《は》めて人は対応する。子殺し、親殺しにしても非情さという概念で理解はできる。しかし、幼児性に起因する純粋な残酷さは幼児にしか解らない。分別を持った大人には理解不能の感情。だからこそ大人たちは不安がっているのだ。

「被害者のパソコン、解析済みました？」

「ああ、桂木の証言通り、彼女が妙なサイトにアクセスした形跡はなかった。だが、正直言ってこの事実は公にしたくない」

「どうしてですか」

「被害者は闇サイトにハマっていた。被害者には危険な交友関係があった——。その手の付帯条件ってのはな、情報の受け手にとって一種の安全弁である訳だ。被害者には狙《ねら》われる理由があった、だから殺された。自分には無関係だ。だが、被害者に何の付帯条件もなかったら？　殺されたのが自分であったとしても不思議じゃない。ひょっとしたら次に狙われるのは自分かも知れない。そして、予期せぬ死ほど恐ろしいものはない」

「……班長。それって考え過ぎじゃあ……」

「なら、良いんだけどよ。ネットなんて胡乱《うろん》なメディアに限らず、今回は社会の木鐸《ぼくたく》まで同じようなことを表明している。これ、見たか」

渡瀬が投げて寄越したのは埼玉日報の本日付朝刊だ。

「三面の社説だ。こういう事件が起きると決まって言い出す地域社会のコミュニケーション不足、ホラー映画や鬼畜系マンガの悪影響、荒廃した人心。そういう文脈が一切ない。あるのは模倣犯出現に対する危惧《きぐ》と早期解決への願い。行儀良すぎて記事自体も気味が悪い。要はマスコミすら不安がっているんだ」

読んでみると確かにその通りで、いつもは凶悪事件発生の原因を犯人自身よりは社会環境に求める傾向の強い論評が、今回は打って変わって婉曲《えんきょく》な筆になっている。

「新聞だけじゃねえぞ。軽さではアルミ以下、薄さにかけてはコンドーム以下のワイドショーさえがこの体たらくだ」

渡瀬は傍らのテレビをつけた。いきなり朝のワイドショーが映し出された。

『の理由で、現場のスカイステージ滝見は入居者が十分の一しかいないのですね。ですから当然、目撃者もいない訳で』

『成る程、都会の中のブラック・ポケットということですね』

『まさにそうなんです。我々も犯行時刻と思《おぼ》しき時間に現場に参りましたが、街灯も人通りも少なく女性が一人歩きするには躊躇《ちゅうちょ》してしまうような場所なんですね』

『何とも皮肉な話じゃないですか。真新しい高層マンションの敷地なのにこんな治安が悪いなんて。まるでアメリカのサウス・ブロンクス並みですな。水と治安はタダという日本の神話がまた一つ崩れた訳で』

『そうですね。しかし現場周辺の治安の悪さも然《さ》ることながら、我々が慄然《りつぜん》とするのは、やはり死体をマンション十三階から吊り下げるという行為です。これは一体、どういった犯人像なのでしょう』

非番の日には大抵目にする番組だから司会者もコメンテーターも知った顔だった。舌鋒《ぜっぽう》しかし、犯罪を正義の味方よろしく断罪するいつもの厚顔さは影を潜めている。

の鋭さで定評のあるコラムニストも心なしかトーンが低い。皆が皆、互いの顔を見合わせて途方に暮れているような印象がある。いや、有体に言ってしまえばテレビ映りを気にする余裕もなく、不安の色を隠そうともしない。

渡瀬の指摘は当たっていた。今まで幾多の凄惨な事件や衝撃的なシーンを料理し茶の間に提供し続けてきたマスコミが、今回は食材の不気味さにどこからどう手を付けて良いのか当惑しているのだ。

だが一方で、古手川にはそれがどうしたという開き直りに近い思いもある。社会を不安のどん底に突き落とし、マスコミまでが事件の継続よりも解決を待ち望む凶悪犯罪。凶悪であればあるほど、派手であればあるほど、事件が解決した瞬間の喝采《かっさい》は大きくなる。その喝采の渦の中にいるのは自分だ。自分が犯人を検挙して名を上げるのだ。大学は出たものの国家公務員試験Ⅰ種には落ちている。当然、古手川の警官人生はノンキャリアとしてのスタートだ。地道に勤め上げて人並み以上に昇進したとしても恐らくは警視止まり。それでは古手川の自尊心が許さない。警察機構にあって階級は絶対だ。自分の意志を通したいのなら昇進しなくてはならない。それは交番勤務の頃から培われた教訓だった。警察功績章か警察功労章、それが駄目なら警視総監賞でも良い。とにかく大きな手柄を立てて自分の存在を知らしめる必要がある——。古手川の功名心は日増しに肥大していた。

「サイトへの接触はなし。桂木以外に目立った知り合いもなし。だが、犯人は必ず何らかの形で被害者に接触している。過去であれ現在であれ、犯人は彼女を知っていた可能性が高い。幸いご両親が彼女の卒業アルバムを持参してくれた。過去の知人、現在の交友関係全て洗い出せ。ここ数週間のうちに彼女に接触した人間を一人残らずピックアップしろ」

「行きずりの犯行、という線はどうなんです？　犯人がもしもサイコな奴なら人を選ぶなんて悠長なことはしないでしょ。暗がりでじっと待ち伏せて手頃な犠牲者と見るや背後から殴りつけて」

「人を殴って気絶させられるような大振りな鈍器を握り締めて路地でうろうろするのか？　しかも事前にあんな大きなブルーシートまで用意して？　こいつは確かに異常者かも知れんが馬鹿じゃない。それどころか恐ろしく慎重だ。その証拠に遺体発見から三日も経つのに役に立ちそうなブツは皆無じゃないか。手当たり次第とは思えん。犯人はどこかで、或いは何かで荒尾礼子という女性を知り標的に選んだんだ。接点……荒尾礼子と犯人の接点さえ判れば必ず事件は解決できる」

渡瀬の机を見るとアルバムが二冊置いてある。先刻言っていた卒業アルバムだろう。写真付きだから一冊でもかなりの厚みがある。この中にいる人間一人一人の消息を追いながら荒尾礼子との接点を探れという訳だ。彼女と同い年なら仕事が終わって真《ま》っ直《す》ぐ家に帰る者も少ないだろうから、連絡をつけられるとしても深夜近くになる可能性が高い。また連絡がついたとしても空振りに終わる可能性も高い。労多く実り少ない仕事。我知らず、古手川は唇を尖らせていた。

と、その時、いきなりテレビのボリュームが上がった。振り向くと渡瀬がリモコンを握っていた。

『のゲストコメンテーターをお呼びしています。犯罪心理学の権威でいらっしゃいます城北《じょうほく》大学名誉教授、御前崎宗孝《おまえざきむねたか》さんです。先生、よろしくお願いします』

顔を見た瞬間に、ああと思う。この顔も最近馴染《なじ》みになった顔だ。凶悪事件の起きる度に複数のワイドショーからお呼びの掛かるマスコミの御用学者。少なくとも古手川はそう捉えていた。

『早速ですが先生。この事件の犯人像について先生の御意見は如何《いかが》でしょうか』

『まず、皆さんもお気づきかも知れませんが初めに目につくのが幼児性ですね』

『ははあ、幼児性』

『このメモをご覧なさい。平仮名ばかりの拙《つたな》い文字。まるで小学校低学年の文ですが問題は内容です。男の子なら大多数が幼児期にカエルや蛇を捕まえて遊んだ経験があると思います。このメモの主も同様でカエルを蓑虫に見立てて喜んでいる。元来、この見立てるという発想は子供独特の発想なのですが、この人物はその見立てを更に人間にまで推し進めている』

『つまり、死体を吊り下げるという行為自体が見立てという子供の発想だと』

『そういうことです。だからこの犯人は表面上はどうあれ、精神的には幼児性を色濃く残しています。人を殺すという局面において、こうした幼児性が顕《あら》われるという事実は、そのまま犯人の人間性を象徴しているように思えますね』

『犯人は異常者、ということでしょうか』

そう訊かれると御前崎教授は微かに眉を顰める。

『精神に幼児性を残した人間が異常者か、と言われればそれは違います。平和な日常生活を営んでいる人たちの中にも幼児性を秘めた人は大勢いますし、音楽や絵画、小説といった芸術の分野にあって幼児性は必ずしも負の財産ではありませんからね。明言できるとすれば、犯人はいきなり残虐になったのではない、ということです』

『え。それはどういうことでしょう？』

『つまり今まで全く正常だった人間が成人になって突然、破壊的で凶悪な行為に走ることは有り得ないという意味です。それが覚醒《かくせい》剤などの外的要因に因らない場合、凶悪事件の犯人は実際に犯行に及ぶ遙《はる》か以前から、その前兆と言うべき行動を見せています。一般によく知られているのが、まず小動物への虐待です。初めは昆虫とかカエルや蛇、そのうちに鳥、猫、犬と対象が段々と大きくなっていく。やがて対象は自分よりも弱い年下の者、体力の劣る者へと移っていく。これは最近の研究結果からも明らかで、彼らは殺人の前段階で既に破壊衝動を精神の裡《うち》に抱えているのです。ただ、この段階に至るとさすがに彼らの中の幼児性も影を潜め、代わりに暴力性が顕在化するのが通常なのですが、この犯人は未だその初期段階の幼児性を引き摺っている。私が犯人の幼児性に着目するのは、この犯人が犯行現場にカエルを弄んだという初期行動を匂《にお》わせるメモを残したのが非常に象徴的であり、まるで自分が残虐になった過程を披露しているようにも思えるからなのです』

『えー……あ。先生、どうも有難うございました。それではここでちょっとC』

テレビはそこで切られた。

渡瀬はリモコンを握ったまま、何も映らない画面に見入っている。

「愚痴を言っても始まらんが、この司会者は能無しだな」

「そりゃあまあ、コンドームより薄い連中でしょうから」

「この先生、何か重大なことを言おうとしてたんだ。最初は差し障りのない通り一遍の話だったが、質問が犯人の異常性に及ぶと巧みに明言を避けて、別の異常さからアプローチしようとした。キャスターのみならずスタジオ全体が望む、自分たちと犯人との決定的相違ってのを敢《あ》えて指摘せずにだ。きっとそれは、健常者と異常者の相違なんて糞《くそ》の蓋にもならんことじゃなく、犯人の本質に近づく重要な視点だった筈だ。

それを話の腰折りやがって」

「買い被《かぶ》りじゃないスか？　このセンセイ、最近ワイドショーに出ずっぱりの半分タレントみたいな扱いなんですよ」

「出ずっぱりなのは需要があるからさ。いくら反権力だ、重要なのは分かり易さだとほざいていても、袋小路《ふくろこうじ》に迷い込んだ人間が頼るのは結局権威だからな。その道の権威が専門知識を嚙《か》み砕いて解説してくれるんだ。重宝がられるのは当然だろう」

「それって、便利屋扱いってことでしょ」

いきなり渡瀬は椅子から立ち上がり、傍らのコートを引っ摑《つか》んだ。

「行くぞ」

「……って、何処に？」

「城北大学。この先生に会ってくる」

「な、何でまた急に」

「俺も袋小路に迷い込んだ一人だからな。それにさっきの話の続きをフィルターの掛からない状態で聞いてみたい。アポ取っとけ」

最後の言葉は既に背中越しだった。舌打ちする間もなく、古手川も渋々その後を追う。相変わらず鼻面を摑まれて引っ張られるのは癪《しゃく》に障ったが、卒業アルバムを繰る作業よりは幾分ましに思えたからだ。

大学に向かう車中、渡瀬はずっと黙りこくったままだった。同僚から聞いてはいたものの、渡瀬を横に乗せた道中は想像以上に気まずいものだった。窓の景色を眺めるでもなく、ただ正面を見ているだけだ。いっそ眼を閉じて瞑想《めいそう》に耽《ふけ》るか、さもなければ寝ていてくれた方が助かる。

「あのう……班長」

「何だ」

「今更ですが、これって意味あるんスか」

「本当に今更だな。もう都内に入ったってのに」

「専門家の意見が大事ってのは分かりますけど……犯罪心理学の権威と言っても所詮《しょせん》は大学のセンセイでしょう。血塗《ちまみ》れの事件現場を歩いた訳じゃないし、殺人犯と格闘した訳でもない。研究室の中に閉じこもって資料とにらめっこしているのが関の山じゃないですか」

「あの御前崎教授は実践派だぞ。今でこそ名誉教授に納まっているが、以前は府中《ふちゅう》刑務所の医官で毎日犯罪者どもの相手をしていた。決して象牙の塔の住人じゃない。奴らの血走った眼を見、哄笑《こうしょう》を聞き、饐《す》えた息を嗅いでフィールド・ワークとしてきた人だ。彼の教え子で開業した精神科医も多いと聞く。実を言えば警視庁の中にも信奉者が多くてな、難儀な事件が起きる度、足繁《あししげ》く教授の下に通っているって話だ」

「何だ。それなら」

マスコミの御用学者ではなく警察の御用学者という訳だ。つまりは知らなかったのは自分だけで、その事実に古手川は鼻白む。

「それに加えて教授自身が精神障害者の犯罪には縁があってな。お前、三年前に起きた松戸《まつど》の母子殺人事件を覚えているか」

勿論、知っている。覚えていると言うよりも、折に触れマスコミが取り上げるので忘れることがないのだ。

三年前の夏、松戸市内の住宅街でその事件は起きた。三人家族、夫が仕事に出、妻と三歳の娘が在宅していた昼下がり、配管工を装った当時十七歳の少年が部屋に押し入り、妻を絞殺の上で死姦《しかん》、泣き出した娘を鉄パイプで殴殺したのだ。少年は逃亡の末に逮捕されたが、弁護士の要請した精神鑑定の結果、犯行時には統合失調症であったと刑法三十九条の適用が為され、一審は無罪判決となった。検察が鑑定実施は不要と判断したまま控訴していたが、つい最近高裁は控訴を棄却し、ここに少年の無罪が確定した。その間、残された夫はたった一人で弁護側に立ち向かい、世間に対しては刑法三十九条の不合理さと遺族の無念さを訴え続け、その姿は逐一マスコミに報道された。高裁棄却の瞬間、天を仰いで号泣した夫の姿は大衆の同情を誘ったが、司法当局の考えを変えさせるまでには至らなかった。刑法三十九条を見直すべきという意見も途中で立ち消えた。

だが古手川は刑法三十九条の見直しよりは心神喪失《そうしつ》という定義を厳格にすべきではないかと思う。心神喪失、或いは心神耗弱《こうじゃく》したにしてはそういう人間が手に掛けるのは決まって女子供だけで、間違っても暴力団の事務所や相撲部屋に乱入しないのは十分に判断力が備わっているからではないか。

「御前崎教授があの少年の鑑定医だったんですか？」

「いや……殺害された奥さん、彼女は教授の一人娘だった」

校舎というものは須《すべか》らくこうなのだろうか。古手川も小学校から大学まで一通りの校舎に出入りした人間だが、学校の建物というものは一度そこを出た者にはひどくよそよそしい雰囲気がある。去る者は追わず、再度来る者は拒む、といったところか。

西校舎、二階の中央に御前崎の研究室がある。事件現場や関係者の自宅とはさすがに勝手が違うため、古手川は廊下もおずおずと歩いていたが、渡瀬は向こうから歩いてくる学生を突き飛ばすのも構わぬような勢いで進む。傍若無人の生きた見本だった。

研究室のドアを叩くと向こう側から「どうぞ」と低く落ち着いた声が返った。二人を迎え入れた男は、さきほどブラウン管に映った時よりも頬《ほお》がこけ痩《や》せぎすに見えた。

白髪の見事さは光崎教授と良い勝負だが、こちらは短髪で目元が随分と柔和だ。資料によれば今年で七十の齢《よわい》を数える筈だが、二人が入室した際に腰を上げた動きなどは矍鑠《かくしゃく》として老人らしさをまるで感じさせない。

「御前崎です。埼玉県警と言われると、もしや例の事件を担当されていらっしゃる？」

「ご推察の通りで。今日は専門のお立場からご意見を伺いたく参上致しました」

「お褒めの言葉は有難く思いますが、私は一介の精神科医であって犯罪心理学の権威云々《うんぬん》は見ず知らずのどなたかが勝手に吹聴《ふいちょう》しているだけなのですよ」

「いえいえ。さきほどテレビを拝見して益々《ますます》その感は強くなりましたな」

横で聞いていると恥ずかしくなるような誉《ほ》め殺しだが、人間七十も過ぎればそんな社交辞令も自然に聞き流せる度量が備わるのか御前崎の表情に不快らしき色は微塵も浮かばない。

「ううむ。それを言われるのは汗顔の至りですな。学者風情が何を好き好んで無知を晒すのかと揶揄《やゆ》された方がまだ落ち着く」

「あまり、ああいう場所はお好みではないようですね」

「それは無論そうです。本来、学究の徒が発表の場とするのは論文だけであって、マスメディアに顔を出すのはお門違いというものです。それでも私のような者が老醜晒してあのような場所に赴くのは、偏《ひとえ》に一般の方々の精神病に関する誤解を解きたいからなのです」

「しかし、世の中には誤解したままの方が良い、という者もおりますからね。たとえば先刻、教授の相手をされた司会者のように」

「誤解したままの方が……良い？」

「教授が解きたいと考えていらっしゃる誤解は彼らにとって正解なのです。いや、そう信じたいのでしょうね。あの時、あの司会者はこう言いました。犯人は異常者なのか、と。私は一瞬、耳を疑いました。バラエティ番組やドラマならともかく、一応は報道を含めた番組で異常者云々を口に出すのは局内で禁忌の筈です。ところが、それを言った本人も周りの人間も一顧だにしない。それこそが異常です」

「……貴方《あなた》も気づいておられたか」

「テーマが異常者に移る気配を察すると、教授は話を幼児性に振られた。そうなのでしょう？」

「彼らの訊きたいことは私の考えていることとは正反対のようでしたから」

「ですから、それを伺いに参りました。この部屋の中でしたらご披露頂いても構わんでしょう。彼らはこんな風に訊きたかったのです。我々普通の人間と異常者の間には深い溝の如き明確な境界線がある筈ですよね、と。それを専門家の口から聞きたくて、確認したくて、安心したくて、だからこそ司会者は禁忌も忘れてあんな質問をしたんです」

そう言われて、御前崎は困ったように笑った。

「なかなかに歯に衣《きぬ》着せぬ方ですな」

「申し訳ありません。生まれも育ちもがさつなもので着せる衣がありません。しかし一方、刑事なんて物事に白黒つけるのが生業《なりわい》のような仕事でしてね。確認せずにはおられない。線を引かずにはおられない。まあ、業のようなもんです」

「成る程。では貴方の業に敬意を表して申し上げれば、我々精神科医に健常者と異常者を分かつ境界線の概念など存在しません。正常である状態と異常である状態を相対的に捉えるのであれば、当然異常性を認識することがその前提となり、それは同時に何を以《も》って正常と規定するのかが問われることになります。十人単位の集落ならともかく、この世界には異なる言葉、異なる思想、異なる宗教、異なる嗜好《しこう》、異なる感覚、異なる慣習が鬩《せめ》ぎ合っている。その中で正常であるという規範を規定してしまうこと自体が無茶と言わざるを得ない。中世の異端審問、大戦中のユダヤ人迫害がその良い例でしょう」

「両者に境界線を引くことは困難ということは分かりますが、それは些か哲学的な見方ではありませんか」

「確かにその通りです。しかし、実は医学的にもヒトが異常になるメカニズムというのは解明されていないのですよ。仮説としては、神経伝達物質のドーパミンにトラブルが生じて脳神経のネットワークに混乱を来たすのだ、という説明がありますが、それが全てだとは思えません。そういった物質レベルの問題で論証するのであれば、当然遺伝子の関わりにも言及されなければなりませんが、一卵性双生児が両方とも異常性を発現する確率は五割程度というデータがこの仮説の脆弱《ぜいじゃく》さを露呈しています」

「それを聞かせられたら不安な人間は益々不安になるでしょうなあ」

「正常か異常か。白か黒か。不安な人間ほど区別したがるものでしてね。ところが、そんな二分法に陥ると思考停止になってしまう。思考停止の果てに行き着くものは、判断力皆無の操り人形です」

「ごもっともです。それをあの場で口にされていたら、さぞかし周囲の者は居心地が悪かったでしょう」

「今はまだ駄目です。障害者による犯罪に対してもっと理性的な議論が為され、冷静な判断がされるようにならなければ……人は得てして見たいものしか見ようとしない。聞きたいものしか聞こうとしない」

「先生は刑法三十九条をどう思われますか？」

古手川がふと思いついた質問を口にした途端、渡瀬が両目剝き出しで睨んだ。

「ははは……。そちらの方は更に歯に衣着せぬ人らしい。いえ、どうか気になさらぬように。確かに大きく報道された事件でしたし、被害者の縁者である私が精神鑑定医というのも因果な話ですからな。お答えしましょう。私自身、三十九条は存続して然るべき法律だと考えています」

「肯定派、ですか」

「意外そうですな。娘を殺された親なら三十九条憎しが当然だと？　人の情としてはその通りなのでしょう。確かに悲惨な事件でした。夫の仕事は順風満帆、夫婦仲は良好、女の子も生まれて幸せ一杯の日々。それが、あの日突然絶たれてしまった。何も……何も知らない母親と赤ん坊が虫けら同然に殺されてしまった。残された夫も悲惨だった。私も住まいは松戸市で近所だったから度々訪れたが彼の消沈ぶりは誠に痛々しかった。人生で一番大切なものを二つ同時に失った。唯々《ただただ》不憫《ふびん》です」

「高裁への控訴段階で検察が鑑定実施は不要と判断したことも敗因の一つでしたが、後になって弁護士と鑑定に当たった精神科医が友人同士であることが判って問題になりましたね」

「そうでしたな。別の精神科医が鑑定すれば違う結論が出たのではないかとも言われました。まあ、元々精神医学はまだ新しい学問であり未だに多様な学派が存在しています。更にそもそも患者の主観的体験を面接によって判断するので、精神科医個別の臨床体験を基礎に考察するとどうしても医師の個別相違が生じてしまう。だが、代わりに私や私の教え子が鑑定に当たれば別の疑惑も生まれましょう。それに、このことと法律の是非を混同してはいけない。日本の法律が責任主義を採用している以上、責任能力のある者とそうでない者を同列に論じることは合理的ではありません」

「さすがですね。我々凡人がその立場に立たされたら悲憤慷慨《ひふんこうがい》するばかりで、とてもそんな風に冷静な考えはできんでしょう」

「それは買い被りというものです。以前お会いした事件加害者のご家族は更に理性的な判断を示していました。ご自身の息子さんが殺人を犯し精神鑑定の末に無罪となったのですが……」

「無罪になったのは有難いが、医療刑務所に入れられるのは辛《つら》い。さぞかし複雑な気持ちでしょうね」

「いえ、その方はこう言われました。人一人殺《あや》めた人間が心神喪失という理由だけで刑罰を免れるのはやはり間違っている。病気が治ってから改めて裁判を受けそして然るべき処罰を受けるべきだ。裁判を受けるのは権利であり、罰を与えられて罪を償うのも実は義務ではなく権利なのだ。三十九条という法律は患者を救うのではなく、患者からその権利を奪うものではないか、と。そういう考えもあるのです」

「深い言葉ですな。ところで教授。実はここからが、今日伺った本題なのですが……

精神障害というものはどのくらいの割合で完治するものなのですか」

「完治？」

「言い換えれば医療刑務所から出所し、日常生活を過ごしている人々は本当に再発の可能性がないのか、という意味です」

御前崎は小さく呻《うめ》くと俄かに考え込んだ。

「それは私の答えで満足頂けるかどうか……一般の捉え方としては発狂の反対語は完治なのでしょうが、今まで閉鎖病棟で暮らしていた者が突然晴々とした表情を取り戻して社会に復帰する、そんなスイッチの切り替えみたいなことは凡《およ》そ絵空事です。完治ではなく、回復というのが一番妥当な言葉でしょうな。医学的には寛解《かんかい》状態と呼びます。急激に治すのではなく、ゆっくりと、しかし着実に精神を安定させていく。完全に治癒してはいないが症状が一時的、或いは継続的に軽減したり消失したりする訳です。現代の精神治療は極端な結果を求めてはいけないし、求めてもいない。従って完治という概念はなく、回復。回復があるのなら、当然再発も有り得ましょう。しかし、何故それをお尋ねになられます？」

「医療刑務所を出た者、或いは保護観察下に置かれた者についてはかなりの過去に遡《さかのぼ》ってデータベースができており、逐次その住所と近況が把握できるようになっています。大きな声では言えませんが猟奇事件が発生した際には、その中から容疑者をリストアップすることもあります。アメリカのミーガン法、つまり犯罪防止のために性犯罪者の情報を居住地域に通告できるという法律が日本にも成立した時の準備を兼ねているんですがね。ただ、これはあくまで事件が発覚し犯人が確定できたケースに限られている。虞犯《ぐはん》性がありながら未だ犯罪に着手していない人物、通院しながら内なる狂気をふつふつと醸成させている人物については全くのノーマークです。そこで教授にお話というのはですね。教授を含め、関東一円の精神科医の先生方にカルテの提供をお願いできないかどうか、なのです」

渡瀬がそう切り出すと、初めて御前崎は不快感を露わにした。

「捜査協力のため医者に自分の顧客情報を提出しろと、そういうことですかな」

「まあ、有体に言えば。仰《おつしや》いましたよね。回復したとしても再発の可能性はあると」

「歯に衣着せぬ上に厚顔無恥ですか。いやはや、やはり大した方だ」

「高潔な方に無理なお願いをする時に厚顔無恥というのは正攻法でしてね。教授の教え子には開業医の方も多いと聞きます。教授のみならず皆さんの協力を頂ければ尚有難い」

「個人情報をどのようにお考えですかな？」

「教授には釈迦《しやか》に説法でしょうが、個人情報保護法は警察にはひどく都合の良い法律でしてね。犯罪の予防、捜査については適用しないと明記してあります。勿論それは情報提供者を罰しないという条文であって、それを強制するものではありませんが」

「刑法に定められた医師の守秘義務は無視してですか。国家権力の横暴のような気がしますが」

「国家は国民の生命と財産を守らねばなりません」

「しかし人権侵害の誹《そし》りは免れますまい」

「だが、その人権は犯罪者の人権なのかも知れない。教授の娘さんとお孫さんを殺した人間と同様に。お考えになったことはありませんか。もし、あの犯人が犯行前から警察に存在を知られていればお二人の命は奪われなかったのではないかと」

「それは公私混同だ」

その声には静謐《せいひつ》な怒りがあった。私的な感情の発露ではなく、職業人がその誇りを蔑《ないがし》ろにされた憤りのように聞こえた。

「渡瀬さん。精神科を訪ねてくる患者は不安で一杯です。身体のどこそこが痛いとか苦しいとかの明確な自覚症状ではない。自分が何をしでかすのか、自分が何者であるのかさえも分からないという恐怖と疑心暗鬼に凝り固まっている。そんな状態の患者を治療するのには何が必要か。それは医師に対する全幅の信頼だ。それがなければ患者は心を開こうとしないからです。だから治療に専念している者、既に回復した者は下手をすれば親兄弟よりも医師を信頼している。その、信頼している医師が自分の情報を警察に漏らしたと知ったら一体患者はどう思うか。長い期間に亘って築き上げた信頼関係は一気に崩壊する。いや、それ以前に精神科医としてのモラルがそれを許さないだろう。私は勿論、私が精神科医としての信条を叩き込んだ教え子たちもね」

御前崎と渡瀬の間に暫《しば》しの沈黙が下りる。二人とも表情は穏やかだったが、交わす目線には傍らの者を寄せつけないような刺々《とげとげ》しさがあった。

最初にそれを解いたのは渡瀬だった。

「いや、申し訳ありませんでした、教授。厚かましい頼みとは重々承知しておりましたが、患者さんの心情にまでは思い至らなかった。やはりこの下賤《げせん》なところは年を食っても治るもんじゃない」

「貴方の場合、それは詐病の疑いがありますな」

「これは手厳しい。どうかご勘弁を。しかし先の用件は一蹴《いっしゅう》されず、もう一度お考え頂けませんか。正直なところ、被害者近辺からは然したる物的証拠も疑わしき人物も浮かび上がっておらず暗中模索の状態でしてね」

「一考はしますが期待しないでいて貰いたい」

「勿論です。捜査というのはそういう期待をしないで無駄に動き回るのもルーチン・ワークでしてね……。ああ、教授。もう一つよろしいですか？」

「何でしょう。そろそろ私も時間が」

「最前の番組で言いかけて途中で止められた話がありましたね。犯人の幼児性についての言及でしたが、あの続きをお聞かせ頂けませんか」

「ああ、そのことですか。私は犯人の幼児性の発露として死体をモノに見立てること、そして自分の残虐性を顕示したがっていることを挙げました。だが、幼児性にはもう一つ、特に顕著で重要な要因が残っています」

「何ですか？　それは」

「幼児は飽きるか叱《しか》られるかしない限り、気に入った遊びを決して止めようとはしないのです」


「結局、あのセンセイ怒らせちゃいましたね」

「あそこで機嫌損ねるだろうってのは織込済みだった。医者の倫理に反することだから当然だ。だが、このまま捜査が行き詰まったら遅かれ早かれ精神科医たちの協力が必要になる。そうなった時にいきなり要請するより、拒絶覚悟で今から根回ししておいた方が後々楽なんだ。それをあのタイミングで娘さんの事件持ち出しやがって」

「患者のリスト……必要になりますかね」

「そうならんことを祈るがな。人が人を殺める理由は数々あるが煎《せん》じ詰めれば三つしかない。愛憎、カネ、そして狂気だ。このうち愛憎とカネは絞り込みが楽だ。そいつが死んで笑う奴を探せば良い。だが狂気の場合、こいつは厄介だ。容疑者の絞り込みができん。その時は虞犯者をずらっと並べて篩《ふるい》にかけるしかない訳だが母数を可能な限り大きくしなきゃならん。異常者全てに動機があるようなものだからな」

「でも、そうやって苦労して犯人捕まえたって、相手が狂ってたら三十九条で結局無罪になっちまうんでしょ？　何っか虚しくないですか」

「かと言って野放しにしておく訳にはいかん。第一、起訴するのは検察の仕事。俺たちの仕事はあくまで犯人を挙げることだ。それに仮に犯人が有罪にならなかったとしても犯人が逮捕された時点で世間の安寧が保たれる。それだけでも意味は大きい。決して虚しい仕事じゃないさ」

古手川は一応頷《うなず》いてみせたが、納得はしていなかった。確かに犯人を逮捕すれば世間は安堵《あんど》するだろう。しかし、その犯人が刑罰を免れ塀の外に出た瞬間、恐怖は再開するのだ。しかも世間が過去の事件を忘れ果てて安穏としているその裏側で。

いつだったか刑務所を仮釈放中の受刑者が更生保護施設から抜け出し、ショッピングセンターで乳児を襲って死亡させた事件があった。当時の法務大臣はすぐに仮出所者が行方不明になった場合の情報収集の強化を指示したが、遅きに失した感は拭いようがなかった。その時カメラやマイクが向けられない場面では皆こう思っていたのだ。

虞犯者は一生、外に出すな、と。

勿論、それは公には口にできないくらいだから人権など無視した乱暴な意見であることは当の本人たちも承知している。だが、いつでも乱暴な意見には一分の真実があり、それを覆す筈の反論は理想主義と建前に支えられた空虚なものでしかない。少なくとも理不尽に親族を奪われた遺族たちに面と向かって説明できる理屈ではない。所詮、感情に打ち勝つ理屈などありはしないのだ。

ちらと盗み見ると、渡瀬は相も変らぬ仏頂面を決め込んでいた。

＊

その部屋は電灯が消え、明かりと言えば卓上の白熱灯スタンドだけだったが、彼は暗闇を好んでいたので全く気にならなかった。

しんしんとした寒さが床下から立ち昇るが、白熱灯の発する熱さえあれば彼には十分だった。部屋の中にはテレビもオーディオの類いもなく、聞こえるのは外に吹き荒《すさ》ぶ風の音だけだ。

月は全て欠け、窓から差し込む光もない。

明るい場所を彼は嫌った。皆が自分を見るから。皆が自分を指差すから。

だから彼は暗闇を好んだ。暗闇の中で人は視力を失うが、普段から闇の世界に住む彼は光のない場所でも自由に動き回ることができる。彼は闇の住人だった。彼には他人に見えないものが見え、他人に聞こえない音が聞こえる。傍目《はため》にはただ凝然としているだけだが闇の中で彼は秘めやかに愉しんでいた。スタンドの下には古ぼけたノートが開いてある。彼自身の日記だ。彼はそれを覗いて昏の端を持ち上げた。前の頁に書かれていた文面は、この間テレビで大写しになっていた。文字自体はテロップで彼の直筆ではなかったが、それは何とも不思議で心躍る光景だった。まるで初めてステージに立った役者のように誇らしい気持ちだった。開かれた頁にはこう記されていた。

きょうもかえるをつかまえたよ。かえるをつかまえるのがうまくなった。きょうはいたにはさんでぺちゃんこにしてみよう。かえるはぜんぶぼくのおもちゃだ。

二　潰す

1　十二月五日

その日、李明順《りめいじゅん》は作業着の上にオーバーを羽織るとまず空を見上げた。

午前八時。遙か上空には既に太陽がある筈だが厚い灰色の雲が光線を遮っている。雲は厚いだけではなく、随分と低い場所に垂れこめている。手を伸ばせば届きそうなくらいだ。十二月になってから太陽は一度も顔を見せていない。灰色の度合いが強いか弱いかの違いだけで、空はいつも曇天だ。故郷の空もこの季節は似たようなものだが高さが圧倒的に違う。そのせいだろうか、明順は見上げる度に押し潰されそうな圧迫感を感じる。

廃車工場の門扉は開いたままだった。元々施錠はされていない。廃車は捨てるべき物だから廃車だ。この国では誰も捨てる物を盗もうとはしない。だが、最近は事情が少し変わってきた。近隣の同業者から大量の鉄屑《てつくず》が盗まれたとの情報が出回っているのだ。一時の勢いは減退したものの未だ北京周辺の建築ラッシュは続き、鉄や銅の需要が高止まりであることも無関係ではないだろう。

工場の敷地内は文字通り廃車の山だ。建物換算で二階分の高さまで累々と重ねられ、それが周囲をぐるりと囲んでいる。中にはどう見ても新車としか思えないようなクルマも混じっている。

鼻を衝《つ》く機械油と鉄錆の臭い。だが明順はこの臭いが嫌いではなかった。日本でクルマとしての寿命を全うし、ここで鉄の塊になると彼らの多くは明順の故郷に送られる。そこで金属別に分類され、再生されると再び日本に送られ、またクルマの部品となる。国家間による完全なるリサイクル。偉大なるかな日本。偉大なるかな中華人民共和国。何とも素晴らしいことではないか。

　明順は厚手の手袋を装着すると三方締め廃車プレス機に向かった。自分の目線よりやや高目の位置に設置してあるプレス機には昨晩のうちに一台の廃車が収まっている。これを三方から圧縮するとクルマは四分ほどで直方体の塊と化す。

　電源スイッチ・オン。途端にプレス機は目を覚まし、ぶううんという低い起動音を轟《とどろ》かせる。三分待つとパネルのランプがオールグリーンとなった。

　スタートボタンを押すといつもの通り盛大な破砕音と共にシリンダーが動き始めた。破砕音はクルマの断末魔の叫びだ。鉄の骨が折れ、関節が軋《きし》み、皮膚が破れる音だ。

　尖った、そして乾いた音――。

　だが次の瞬間、明順の耳は聞き慣れない音を捉えた。いつもの乾いた音に紛れた湿った音。脱却し忘れたシートの音でもない。コンソール部分のプラスチックの音でもゴム製パイプの音でもない。もっと柔らかで水分を多く含んだ物――。これはそういう物が潰れる時の音だ。時折、硬い物が折れる音も混じるが、それとても金属のような重い物ではなく、もっと軽い何かだ。

異常を察知して明順は直ちに機械を止めた。

溜息のような音を吐いてプレス機は停止した。刹那《せつな》、周囲が無音となる。だが、鋭敏になった明順の耳はまた別の音を拾い始めた。

ぴちゃん。

ぴちゃん。

水滴の弾ける音。明順がその方向に視線を合わせるとプレス機の真下が音源だった。朱《あか》い飛沫《ひまつ》。それが鉄板の上に垂れて徐々に面積を広げている。シリンダーの隙間から漏れているのだ。

風が吹いて臭いを運んできた。鉄や油の臭いではない。農村で鳥獣を身近にしていた明順にははっきりと思い当たる臭いだった。

慌ててシリンダーを元の位置に戻す。開いた台座の上には中途半端に圧縮されたクルマのなれの果てがあった。

開くと臭いが一層、激しさを増した。朱い液体はトランクから大量に漏れている。

明順は傍らのツールボックスからバールを取り出すとトランクの隙間に挿し込み、一気に押し上げた。極限近くまで圧縮されていたカバーはそれ自身の撓《たわ》みも手伝って音を立てて弾け飛んだ。

中を覗いた瞬間、明順にはそれが何なのかすぐには分からなかった。

揺《ゆ》り籠《かご》程度の大きさまで圧縮されたトランクの中には所々が赤黒く染まった布の塊があった。いや、よく見るとそれは衣服だった。まるで締め付けられたボンレスハムのように、狭い容器の中で赤黒い塊がはち切れそうに膨れ上がっている。

そして明順は声にならない叫びを上げて、その場から転落した。

その物体から肉塊と頭蓋がはみ出していた。

捜査一課や強行犯係ともなれば死体を見るのは仕事の一部であり、それこそ様々な死体を目にする機会がある。原形を留めないものや死の形相凄《すさ》まじいものなど枚挙に遑《いとま》がないが、それでも慣れというものは大したもので、三年もすると大抵のモノには耐性ができてしまう。

だが、彼らが報《しら》せを受けて廃車工場で検分した死体は別格だった。問題のトランクに詰め込まれた死体を見るなり、敷地の外に駆け出した刑事が三人、堪らずその場で嘔吐《おうと》した鑑識課員が二人もいた。

酸鼻を極めるという言葉さえ、その現実の前では雅《みやび》に思えた。単に圧死と言うなら、家屋の下敷きになった死体や衝突した車中で押し潰された死体など珍しくないが、まるで何かの実験のように全方向から均等に圧縮された死体というのは初めてだった。

体積を無理矢理三分の一にされた時、その八割を水分で構成された肉体はどうなるか。トランクの中の物体はその明快な解答だった。内圧の上昇に耐えられなくなり、まず水分という水分が口、鼻、耳、肛門《こうもん》という開口部から勢いよく噴出する。眼球が飛び出し、次に筋肉と脂肪質が薄い皮膚を破って露出する。皮膚は所々に裂け目が生じ、そこから骨が覗く。関節は傘が萎《しぼ》むように中心に向かって折れながら収縮し、その過程で筋肉を刻んで肉体破壊に拍車をかける。折れた肋骨の圧迫により内臓は例外なく紙屑のように潰され、分泌液が血液や大小便、そして未消化の老廃物と混ざり合いながらチューブから搾り出されるように排出される。そうしてトランク内に収まりきらなくなった筋肉なり脂肪質はミンチ状に擂り下ろされて、隙間から後部座席や機関部に溢出《いっしゅつ》する。

渡瀬はいつにも増して不機嫌そうだった。その手には死体のポケットから発見されたメモが握られている。時折、文面を確かめる。おぞましさという点では目の前の死体と良い勝負だ。

「確認書類、出ました！」

鑑識課員が持ってきたのはくしゃくしゃに折れ曲がった免許証だ。だが写真の人物と死体の顔を比較する手段はない。無言のまま古手川に手渡す。

「今年七十二歳か……ユビシュクセンキチ？」

「それはイブスキと読むんだ。鹿児島の指宿《いぶすき》市を知らんのか。すぐ照会取れ」

「現住所は鎌谷《かまや》町……この近くですね。でも家族に連絡取れても、これじゃあ確認できるのは着衣ぐらいでしょう」

「こんなもの見せられるか。卒倒するぞ」

「死体の運搬、どうします？　クルマから死体剝がすの大変ですよ」

まさかこの場で剝離《はくり》させるのか、という訴えを言外に匂わせると、渡瀬は、

「クルマごと持って行った方が良いだろう。どっちみち、良い顔はされん」

と、あっさり答えた。

気のない返事の理由には想像がついた。捜査の手続きよりも死体の有様に渡瀬なりに憤慨しているのだ。捜査員の多くが眼を背ける中、渡瀬だけは潰れた死体を瞬きもせずにじっと見つめている。まるで網膜に焼きつけようとするかのように。

状態の悲惨さは荒尾礼子の時よりもひどかったが、より顕著だったのは人間に対する尊厳のなさだった。多くの場合、死体損壊には身元の隠蔽《いんぺい》、または死体運搬の効率化、或いは憎悪の発露など理解可能の理屈がある。だが、これは理性の埒外《らちがい》にある行動原理だ。吊り下げるよりももっと即物的でモノのような扱い。メモに残したように

犯人は完全に死体を玩具としか思っていないようだった。

「従業員の話では昨晩のうちに一台をプレス機にセットしていたらしい。工場の門扉は開きっ放し。夜中に死体を抱えて侵入し、トランクに押し込むだけの作業だ。仕事としては呆気《あっけ》ないが効果は派手なことこの上ない。こんなこと考えつく奴ぁ利口かも知れんがまともじゃねえ。犯罪者の中でも一番質《たち》の悪い奴だ」

畏怖《いふ》の念に駆られているのは捜査陣だけではなかった。規制線が工場敷地の外側に張られており、報道陣はそこから遠巻きに現場を眺める格好だったが、それでも彼らの対応の異様さははっきりと見て取れた。連続するフラッシュの放列。だが、どこか遠慮がちだ。いつもなら沸き立つ筈の怒号、驚嘆、好奇の声は一切聞こえず、代わりに静謐な空気が辺り一面を支配していた。

戦慄《せんりつ》。

捜査員の恐怖が伝染したかのように、数限りなく凄惨な現場を渡り歩いてきた筈の彼らも一様に慄《おのの》いていた。いや、長年凶悪事件と付き合ってきた彼らだからこそ、これが通常の連続殺人や猟奇殺人とは様相が異なることを皮膚感覚で察知しているのかも知れない。

古手川はその中に嫌な顔を見つけた。

埼玉日報社会部記者、尾上善二《おのうえぜんじ》。背丈は古手川の肩ほど。その短軀《たんく》でどんな隙間にも侵入し、よく走りよく喋《しゃべ》る。おまけに逃げ足も速い。いつも皮肉な笑みを貼りつけ、押しが強くて鼻が利き、どこよりも早くスクープをものにする。記者クラブの中で半ば公然と呼ばれる綽名は見た目そのままの〈ネズミ〉だ。

そして皆が息を潜めて現場を見つめている中、この男だけはいつにも増してにやにや笑いを浮かべている。

尾上が隣のカメラマンに何やら指示を出す。カメラマンは訝《いぶか》しげな表情を浮かべた後、場所を移動してファインダーを覗いた。この時に彼が捉えたショットが後に波紋を起こすことになるのだが、この時点では誰もそんなことを予想できなかった。

結局、死体は廃車ごとレッカーで運ばれることになった。星の巡りの悪さなのか法医学教室で待ち構えているのはまたしても光崎教授で、渡瀬は説明かたがた死体と同行することになった。すると自動的に遺族への確認は残された古手川の仕事になる。

死体搬送もぞっとしない仕事だが、遺族への報告も同様に嫌な仕事だ。自分がまるで死神の使いになったような気になる。

免許証の住所を辿《たど》り、指宿宅に到着した。スレート葺《ぶ》きの木造二階建て。時代を経た団地の中にあって指宿宅も同様に齢を重ねており、築年数は木造建築の耐年上限を超えているように見える。

チャイムを鳴らす。

「はーい！」と、こちらの陰鬱な気持ちを全く無視して快活な声が返ってきた。よしてくれ、と思う。快活であればあるほど報せを受けた直後の衝撃と悲しみは倍加する。

玄関先に現れたのは二十歳そこそこの娘だ。ショートカットの似合う元気そうな娘で、くりくりとした瞳が印象的だった。不審げに古手川を窺っていたが、提示した警察手帳を見るなり合点のいった顔になった。

「あっ。早速来てくれたんですね。早いですねえ。さっき母さんがそちらに伺ったばかりなのに」

「お母さん？」

「ええ。夕べからおじいちゃん、どっか行っちゃったんだけど見つからなくて。最近おじいちゃん、ちょっとボケが入ってて。いつもはあたしが一緒するんですけど、昨晩はゼミで遅くなったものだから一人で出掛けたんです。でも結局帰ってこなくて」

身振り手振りを加えてよく喋る。まるで尻尾《しっぽ》を振る子犬みたいだなと古手川は思う。

「それで捜索願を出そうって。だから来てくれたんでしょ？」

「……行き違いになったみたいだな」

見るに忍びなく、単刀直入に切り出すことにした。今朝、廃車工場で死体が発見されたこと。着衣のポケットに指宿仙吉《せんきち》の免許証が入っていたこと——。

娘の顔色がさっと変わった。

娘は梢《こずえ》と名乗った。家は仙吉と息子夫婦、そして梢の四人家族、父親は仕事に出ており梢一人が留守番をしていたと言う。

当初は真っ青な顔のまま震えていた梢だったが、両親に事の次第を報告すると多少の落ち着きを取り戻したようだった。それでも随分と無理をしているのは明らかで、気丈さだけでやっと堪えている様子は傍目にも危うく映った。

「あの……本当におじいちゃんなのか確認させて貰えませんか」

「それはご両親が帰られてから話し合った方が良い。今は大学病院で検死が行われている最中だし」

敢えて遺体の発見状況と有様は伏せておいた。検分しても恐らく見分けはつかないだろうし、告げたが最後、渡瀬の言う通りこの場で卒倒するかも知れない。

「事故、なんですか……」

「遺体はクルマのトランクに押し込まれていたからね。とても事故では有り得ない」

「そんな！　何でおじいちゃんが」

「先日の滝見町の事件は知っているかな。あの、マンションから女性が宙吊りされていた事件。あの事件との類似点が認められる。同一犯人の可能性がある」

梢は驚きを隠そうともしなかった。

「何でおじいちゃんがそんな事件に関係するんですか。あんな気味の悪い事件に」

それはこっちが訊きたいくらいだ。

「被害者の荒尾礼子という女性はおじいさんと知り合いでしたか」

「さあ、あたしはその人の名前、聞いたことありません。ただ……」

「ただ?」

「おじいちゃん、定年退職するまで中学の校長先生だったから、生徒の中にその人がいたかも知れません」

成る程、校長なら今まで何人もの人間と接点を持ってきた筈だ。荒尾礼子、或いは犯人と顔見知りだった可能性も十分にある。

「どんな人だったんですか」

「退職してからは、ずっと町内の自治会長をしていました」

その肩書きで人品骨柄《じんぴつこつがら》は判断できるだろう、という言い方だった。

「しかし、どんな犯罪にも必ず理由がある。君には立派な人かも知れないが、おじいさんが死んで得をする者か喝采を叫ぶ者がいる筈なんだ。誰か心当たりはないかな」

「おじいちゃんに限って、そんな」

「皆、そう言うのさ。だけど世の中には人格者を逆恨みする奴がいる。僅かなカネのために平気で人を殺める奴もいる」

人、という単語は親族と言い換えても良かったが、それは止めておいた。

梢は涙目に怒りを滲ませて、

「おじいちゃんを憎んだり恨んでる人なんていませんでした！　他人に優しくて自分に厳しい人でした。卒業してからもこの家を訪ねてくる元生徒たちが沢山いました。皆皆、おじいちゃんが好きだったんです。それにおじいちゃんが死んで得する人なんていません。お金には全然縁のない人で、退職金だって半分は家のローン、半分は養護施設に寄付して使い果たしちゃった。財産と呼べるのはこの土地と家だけ。昨日、散歩に出た時も財布の中には千円札が数枚しか入っていなかった筈よ」

それは本当だった。指宿仙吉の財布の中身と言えば所持金三千五百二十円と免許証、それ以外には歯科の診察券と図書館カードがあるだけでキャッシュカードの類いは一枚もなかったのだ。梢の言う通りカネには縁のない老人だったのだろう。

だが、人には縁のある人生だった。もしも指宿仙吉のかつての教え子に荒尾礼子本人、もしくはその関係者がいたとしたら、犯人に直結する何かが見つかる筈だ。荒尾礼子の卒業アルバムでは同級生ばかりに気を取られていたが、教師にも注目するべきだったのだ。

念のために仙吉の毛髪が付着したブラシを拝借し、指宿宅を出たところで渡瀬からの連絡が入った。

『おう、俺だ。家族から確認取れたか』

「母親が近くの交番に捜索願出しに行ったのとすれ違いになったみたいで、娘が一人で留守番してました。指宿仙吉は昨晩、散歩に出たきり戻らなかったそうです」

『こっちに確認に来るのか？』

「両親と相談するよう言っときました。追って本部に連絡があるでしょう」

『連れてくるにしても父親だけだな。ありゃあ女子供に見せるもんじゃない。ったく、こっちは大変だったぞ。人間だけじゃなくクルマも解体しなきゃならんからな。業者も呼んでホトケを車体から剝離させるのに相当手間取った。光崎先生からは最初から最後まで愚痴聞かされるわ、助手たちからは迷惑がられるわ、まるで針《はり》の筵《むしろ》だ』

針の筵なら古手川も同様だった。死体なら多少扱いが雑でも文句は言わないだろうが、生きている人間相手ではそうもいかない。

『あんな状態だが幸い首の部分は破損の度合が少なかったから死因も特定できた。前とまるっきり同じだ。後頭部を鈍器で殴打、その後で頸部《けいぶ》を絞め上げている。ま、生きながらプレスされるよりはマシってところか。ああ、鑑識からの報告も来た。例のけったくそ悪いメモの筆跡はやっぱり前回と同一人物の手によるものだ。で、指宿仙吉の素姓は？』

「とっくの昔にリタイヤした中学の校長でした。孫娘は当人を恨む人間は一人もいなって必死に弁護してましたね。現時点では荒尾礼子との関連は不明ですが、職業が校長ですから過去を辿っていけば接点が見つかるかも知れません」

『そうだな。そっちは任せる。俺もこれから本部に戻る』

鑑識に毛髪付きのブラシを届けてから、さっそく古手川は県の教育委員会に照会して指宿仙吉の職歴を調べ上げ、荒尾礼子との接点を探ってみた。

結果は惨憺《さんたん》たるものだった。

まず、荒尾礼子は就職で埼玉に来るまでは長野を一歩も出たことがなかった。そしてまた、指宿校長の異動履歴も似たような事情だった。二十四歳で教員に採用され、四十二歳で校長に昇格するまで、指宿の赴任先は埼玉県内に限定されていた。従って指宿仙吉と荒尾礼子との間に師弟関係は存在しなかった。残る可能性は二人に共通の関係者——たとえば荒尾礼子の元担任——が何らかの事情で長野と埼玉の間を異動した場合だが、こちらの調査にはまだしばらくの時間が必要だった。

古手川は念のため桂木禎一の異動記録も調べてみた。桂木禎一の出生地は石川県金沢市。彼は中学までそこで過ごし、父親の仕事の都合で東京都内に移ってきた。そして都内の大学を卒業してからはさいたま市内の企業に就職——その履歴からは指宿との接点は窺えない。

結局、被害者の二人に共通するのはいずれも飯能市民という点だけだったが、これを共通点と言うにはあまりに漠然とし過ぎている。まだ何か、表面に現れていない何かがある筈だった。

連続殺人は世間に対する衝撃が強い反面、捜査する側にとって都合の良いこともある。被害者同士の共通項を探っていれば、早晩容疑者が絞り込めるという利点だ。犠牲者が増す毎に、捜査が進む毎にその利点は拡大していく。

いつまでも枕を高くしていられると思うなよ——。古手川はまだ見ぬ犯人に向かってて毒づいた。

飯能署に戻ると本部は異様な雰囲気に覆われていた。周囲の空気には鈍感な古手川ですら、そうと分かるほどの重く沈鬱なものだった。

「あのう……何かあったんスか」

答える代わりに同僚の一人が読んでいた新聞を突き出した。埼玉日報の夕刊だった。開くなり古手川は絶句した。

〈飯能市で第二の殺人事件〉の大見出しが躍るその下、号外並みの全六段を使った現場写真に目は釘《くぎ》付けとなる。

それはひどく無機質な写真だった。問題のプレス機を真正面から捉えた単純な構図。

傍らに佇《たたず》んでいた筈の捜査員たちはフレームの外に切られ、プレス機のみが大写しになった単純極まりない写真——ただ一つ、プレス機の隙間から赤褐色のどろりとした粘液が溢れ、滴り落ちている点を除けば。

それは間違いなく、あの時尾上がカメラマンに命じて撮らせたワンショットだった。写真を見ているうちに胸がむかついてきた。否応なく、潰された死体の有様が脳裏に甦る。だが、それは現場で実物を目にしていない者にとっても同様だったろう。無機質な構図が却って事件の凄惨さを際立たせている。写真の下に記事が連なっているが、千万語を費やしてもその一枚の訴求力には遠く及ばない。仮に死体そのものの写真を掲載したとしても、その禍々《まがまが》しさをこれほど適確には伝え切れなかっただろう。その意味でこれは写真家冥利《みょうり》に尽きる一枚と言えた。

だが反面、これほど見る者に衝撃と恐怖を与える写真もなかった。人口八万五千人の飯能市民のうち、果たして何人が今夜見るであろう悪夢から免れ得るのか。後に発表されたところによると、この日の夕刊は埼玉日報創立以来の売上を記録したと言う。新聞は不安と不幸で部数を伸ばすという巷説《こうせつ》はこれで実証された。

また、この日の埼玉日報はもう一つ重要なものを世間に与えた。

犯人の名前だ。

曖昧《あいまい》で形を持たない不安は名前という輪郭を得ることによって恐怖へと変貌《へんぼう》する。

明瞭《めいりょう》な形を持つがゆえに、それは人から人に伝播《でんぱ》する度に倍増し加速していく。二つの殺人事件で犯人の残していった名刺代わりのメモは報道によって既に衆知のものとなっていた。その稚拙な文章と理性の窺い知れないかな文字は、なまじ緻密《ちみつ》な頭脳から紡ぎ出される犯行声明文よりも遥かに読む者の生理を逆撫《さかな》でした。

その記者——署名がなくとも誰が書いたのか古手川には大体予想がついたが——は、深夜の街中を徘徊《はいかい》する犯人を現代社会の病理に侵された者と位置づける一方で、その罹病《りびょう》者にこんな名前をつけた。

〈カエル男〉と。

「班長。駄目っス」

指宿仙吉の背後関係を洗っていた古手川は三日後に白旗を掲げた。この三日間、三百二十人の教職員の異動履歴と五百四十二人の転出記録を当たってみたが、指宿仙吉と荒尾礼子との接点は勿論、荒尾礼子の担任が指宿校長の下で働いていた事実もなければ、荒尾礼子の同級生が埼玉に転校していた事実も発見できなかったのだ。

「ふん」と鼻を鳴らした渡瀬を見て、古手川はこの男が最初から学校関係には手懸りを期待していなかったことを知った。

「それで俺が教育委員会に頭からずっぽり漬かっていた時、他の進捗《しんちょく》状況はどうだったんですか？」

たっぷり皮肉を込めて訊いたつもりだったが、渡瀬は動じる風もない。

「カネ関係を洗ったんだが何も出なかった。孫娘の言った通りだった。長年の教師生活で得たものはあのちっぽけな建売住宅だけで、老後の蓄えになる筈の退職金は何の酔狂か本当に半分が寄付に消えてる。自治会長なんてのは名誉職みたいなものだから指宿仙吉の収入は年金だけだった。七十過ぎだから生命保険にも入っていなかったし、逆に借金もなかった。唯一の財産である土地建物を狙うって線もあるが、この場合仙吉が死んで得をするのは息子夫婦だけだ。だったらわざわざ今殺さなくても遅かれ早かれ土地建物なんて遺産相続で自動的に手に入る。で、息子夫婦に金銭的な動機がないのなら、もう一つの可能性も薄いってことだ」

「もう一つの可能性？」

「交換殺人」

何の衒《てら》いもなく、渡瀬は言った。

「荒尾礼子を憎む桂木禎一と指宿仙吉の遺産を狙う息子が結託して、互いの標的を交換する。息子と荒尾礼子を結ぶ線は存在せず、桂木禎一と指宿仙吉を結ぶ線もまた存在しない。両者の利害は一致、この方法ならお互いのアリバイも容易に拵《こさ》えられる」

「……班長、そんなこと考えてたんですか」

「推理小説じみてるってか？　あのな、交換殺人なんてのは使い古された出涸《でが》らしみたいなアイデアで、現実にそういう事件は幾つも起きている。だから交換殺人は決して突飛な考えじゃないが……駄目だ。弱いな」

説明を聞きながら古手川は呆れ半分に感心する。古手川の記憶でも渡瀬が休暇を取ったことなど数えるほどしかない。それなのに、この男はよく知識を漁《あさ》り、また様々な場所に出没する。中山《なかやま》競馬場で見掛けたと言う者もいれば浅草《あさくさ》の演芸場、はたまた国立美術館にいたと言う者もいる。剰《あまつさ》え本まで乱読していて、古い話から最近のことまで、どうでも良いようなことを実によく知っている。一体この男は一日に何時間寝ているのだろう。しかも読む本が推理小説ときた。仕事でこれだけ死体や犯罪者と付き合っているというのに、まだ足りないと言うのだろうか。

「ところで家族の確認はどうでした」

「当日の夜になって息子夫婦と孫娘、三人揃《そろ》って大学病院にやってきた。お見せしたら案の定さ。女房は一目見るなりぶっ倒れる、亭主はその場で食べた夕飯全部戻すでまた光崎先生に迷惑かけちまった」

「孫娘はどうでした？」

「ああ、梢って子か。うん、あれは気丈な娘だったな。真っ青な顔してるのに歯ァ食いしばって堪えていた。それで俺の目を、こう真正面に見据えてだな、必ず犯人捕まえて下さいって頭下げるんだ。あんな風にされたんじゃあ、頑張らん訳にいかん」

武闘派のヤクザでも目を逸らすような渡瀬の顔を正面から見据えるのだ。それは間違いなく気丈だろう。

「ただ、随分と無理してるな。ああいう性格は思い込みが激しいと桂木みたいに素人探偵の真似し始めるんだ。それが犯人を刺激させなきゃ良いんだが……古手川よ。なるべくあの娘から目を離すな」

「今度は子守りですか」

「だが指宿宅を見張るにはまだ時間が空かんな。学校関係が空振りに終わった直後に何だが、情報の精査やって貰わにゃならん」

「情報の精査？」

「タレ込みだよ。指宿仙吉の事件が起きてからというもの、県警本部及び飯能署の電話は鳴りっ放しだ。前日、廃車工場で不審な外国人を見掛けただの、隣に住んでいる引きこもりの誰それが怪しいだの、胡散《うさん》臭いのから多少なりとも信憑《しんぴょう》性のあるものまで寄せられた情報は昨日までで二千件を超えた」

「二千……件？」

「ああ。それもたったの三日間でだ。おっそろしい数だ。無論、中には被害妄想じみたものもあるが、一応は全部潰していかなきゃならん。ネタは大抵がさっき言った引きこもりとかホームレスとか、または通院歴のあった人物に集中している。本人たちにしてみれば傍《はた》迷惑な話だろうが、受けた情報を全く無視することもできん。瓢箪《ひょうたん》から駒という例も過去にあるしな。それにもう一つ珍しいことがある」

「まだ、何かあるんですか」

「こういう事件に付き物の、犯人は俺だ、というタレ込みが唯の一件もない。いいか。二千件のうち一件もないんだ。普通これほどマスコミの耳目を集めるような事件が起きれば十や二十は悪戯《いたずら》電話や神経症患者の告白電話があるもんだが、それが全くない。いずれ偽情報と判明するにしろ、名乗り出れば一週間はマスコミの寵児《ちょうじ》でいられることが確約されているにも拘わらず、だ。これが何を意味しているのか分かるか」

「さあ……」

「分からんか？　怖がっているのさ。普段なら事件を対岸の火事として面白がる筈の大衆とかいう集団、及び無責任な不届き者が、この事件に関してだけは絶対に触れようとしない。関係者になりたがらない。一刻も早く終結を見たいと切望している。善良なる市民とすれば正しい態度だろうが、では、いつもスキャンダルが大好きで付和雷同で下世話なその他大勢が善良なる市民に豹変《ひょうへん》したのはどんな理由だ？　思い込みさ。事件に対して毅然《きぜん》とした態度と安全な距離さえ取っていれば少なくとも自分には被害が及ばない。そんな風に信じている、いや、信じずにはいられないのさ……。ったく、埼玉日報はよくやってくれたよ。あのプレス機の写真は市民から完全に平常心を奪った。前に言ったよな。凶悪な事件に対処するためには多少の不謹慎さは必要だと。あの写真は、そんな僅かな余裕すら吹き飛ばしちまったのさ」

その意見には同意せざるを得ない。

今朝もテレビのニュースキャスターが怯えるように言っていた。

カエル男は誰なのか。

カエル男は何処《どこ》に潜んでいるのか。

そして、カエル男が次に狙うのは誰なのか。

飯能署を出ると小柄な男が待ち構えていた。顔を見ずとも体型だけで見当がつく。尾上善二だ。

「警部。お疲れ様で」

「何がお疲れ様だ。この腐れ赤新聞野郎」

渡瀬は射殺すような視線を向けるが、尾上は柳に風といった様子で、

「おやおや、我が埼玉日報はクオリティ・ペーパーの一翼を担っているとばかり自負していましたが、まさかイエロー・ペーパー呼ばわりされるとは」

「赤新聞だって誉め過ぎなくらいだ。何だあの一面は。カストリ雑誌ですら、あれよ

りは上品な写真載せるぞ」

「あの、班長。赤新聞とかカストリ雑誌って一体何のことです？」

「いいんだよ、お前は知らなくても！」

「ジャーナリストの端くれとしてお恥ずかしい限りですが、さすがにワタクシも現物を見たことはありませんねえ」

「見たことないなら教えてやる。手前ェみたいなのをそのまま紙に変換した代物がそうだ。どうしても見たけりゃ神田神保町《かんだじんぼうちょう》の古本屋で勉強してくるか、鏡を見るんだな」

「随分な言われようですねえ。よほどあの一面の写真がお気に障ったようで。あの写真、評判良いのですよ。近年稀《まれ》に見るジャーナリスティックな一枚だって」

「ジャーナリスティック？　けっ、笑わせやがる。大方、発案は手前ェだろうが、ありゃあパクリだ。誰も知らないとでも思ったか？　第一次世界大戦当時にレメーカーという画家が発表した〈負傷兵輸送列車〉とかいう風刺漫画、画面一杯に黒い貨車が描かれてあって扉の隙間から血が溢れ出ている。あの写真はその漫画の構図をそっくり盗んだだけだ」

「いつもながらまあ色んなことをよくご存じで。しかし、盗んだと言われるのは心外ですね。せめてリスペクトとかインスパイアと言って欲しいですなあ。第一、我々は社会の公器として地域住民の方々に警告を発したつもりなのですが」

「警告だと？　あのな、お前らのやったことは、満員札止めロードショー上映中の真っ暗な映画館の中で、火事だあって大声で叫び回るようなもんだ。社会の公器がパニック誘発するたあどういう了見だ」

「しかし本当に火事だったとしたら、どうです？」

尾上は白々と言い放つ。

「語るに落ちましたね、警部。我々と同様、捜査本部もこの事件が容易ならざるものと捉えているのでしょう？　情報が多い割にホンボシに近づけるようなネタはなく、薄気味悪い犯人の影が市民の心の闇を闊歩《かっぽ》している。市民の不安は募る一方なのに警察は為す術《すべ》もない。ご指摘された劇場火災の喩《たと》えはさすがに慧眼《けいがん》です。閉塞《へいそく》された空間内での焦燥と恐怖。それこそ、現在の飯能市の姿そのものですからね」

「だからと言って騒ぎ回るのは思慮分別のある奴のすることじゃねえ。騒いでいる奴はな、心配している以上にその状況を愉しんでいる愉快犯だ。そういう輩《やから》をしょっ引くのに俺はこれっぽっちも躊躇しないからな」

「おやおや、今度は言論統制ですか。警部と話していると今が平成の世であることを忘れそうになりますねえ」

「じゃあ思い出す前にとっとと消えろ。どうせ捜査状況進展せずってコメントを取りたかったんだろう。そんなもん俺の言質《げんち》がなくても手前ェなら勝手に拵えるだろが」

「気が進みませんが、それでは仰せの通りに」

そう言い残すと、尾上はひょいひょいと跳ぶように立ち去って行った。

2

六時限目の終わりを告げるチャイムが鳴ると、ナツオは暗澹《あんたん》とした気分に襲われた。終業のチャイムはそのまま最悪の時間の始まりを告げるものだった。

今が夏ならば、まだ陽が高いので帰宅までの時間を稼ぐことができるが、午後四時に太陽の沈む季節ではそれも適わない。窓の外には早くも夕闇が迫っている。遅い時刻まで子供を校舎に残し、何らかの事故が起きた時には学校側の責任になるため、教師たちは用のない児童を一刻も早く校舎から追い出そうとする。外へ出たら出たで、商店街の人々や近所の大人はいつまでも家に帰ろうとしない子供を見咎《みとが》めて、そこにいることを許さない。要らぬお節介だと思うが、ナツオに拒否権はない。正直、家に帰るくらいなら公園で野宿した方がマシだとさえ思っているのに。

ナツオには分かっている。大人は責任を取りたくないのだ。先生も近所の大人も自分の目の前で何かが起こったら困るのだ。だから自分の周囲から子供を遠ざけようとする。別に責任なんて取って欲しくはない。お願いだから自分の勝手にさせて欲しいと切望するが、それを聞き入れてくれる者はどこにもいない。

この辺りの校区は範囲が狭いため、小学校とナツオの家はあまり離れていない。ぶらぶら帰っても二十分もすれば到着してしまう。薄ぼけた街灯に照らし出されたアパートの二階、その端がナツオの家だった。窓から明かりが漏れている。父親が在宅している証拠だ。ナツオは怖気《おじけ》を震《ふる》った。すっかり重くなった足を階段に乗せる。鉄板がかん、かんと寂しげな音を立てる。

「ただいま……」

見慣れた風景。ジャージ姿の父親、嵯峨島辰哉《さがしまたつや》がこちらに背を向けてテレビに見入っていた。首まで真っ赤になっているので、もう相当呑《の》んでいるのだろう。

「飯だ。早くしろ」と、辰哉はテーブルの上に置かれたカップ麵二個を顎で示した。

テーブルを回り込む時、父親から酒の臭いと一緒に煙草の臭いがぷん、と漂った。辰哉自身は吸わないので、今日も朝からパチンコ屋に入り浸っていたのが分かる。そして負けたことも分かる。勝った時にはテーブルの上にもっとまともな食糧が置いてあるからだ。

辰哉はカップ麵ですら自分で作ろうとはしない。炊事洗濯は女子供の仕事と決め込んでいる。だからナツオが帰ってくるまで食糧はいつも手つかずのままだ。

炊事場へ向かう途中にもナツオの鼻は様々な臭いを拾う。辰哉の体臭と口臭、脱ぎ捨てたばかりの服から漏れる汗の臭い、乾いた残飯の饐えた臭い、腐った何かの臭い——。三日前、ナツオは珍しく級友の家を訪ねた。その子がノートを忘れたので当番だったナツオが届けに行ったのだ。その家には甘い匂いが充満していた。洗いたてのシャツの清潔な匂い、母親の香水の匂い、ミルクの匂い、夕飯であろうカレーの匂い。ナツオは自分の家の臭いとの落差に愕然《がくぜん》とした。これが普通の家庭の臭いなら自分の家は一体何なのだろう。まるで犬小屋ではないか。

無言のままカップ麺を啜る父親の正面に座る。まだ二十代だというのに辰哉にその年代特有の若さは見受けられない。金髪に染めた髪も根元がはや黒くなっているので貧乏臭く見えるだけだ。そんなちぐはぐな髪をした男が無言で麺を啜っている姿はやはり犬を連想させる。だから、この家が犬小屋の臭いを発散しているのは当然だった。

「おい」

対面の辰哉が睨み据えてきた。

「さっきから何じろじろ見てる」

「別に……」

途端に平手が飛んできた。カップを持ったままナツオは椅子から転げ落ちる。

辰哉は何事もなかったように麺を啜り続ける。以前は殴ったり蹴《け》ったりした後に理由を言っていたが、理由を言うと次にはそうすまいと警戒するので、暴力を振るう理由を失わないために黙っているのだ。辰哉自身はそれを躾《しつけ》と呼んだが、ナツオの身体は美しくなるどころか衣服に隠れた場所には痣《あざ》と傷が増えるばかりだった。

　何か言えば殴られる。何も言わなくても理由を探して殴られる。緊張と恐怖で味など分かる筈もない。砂を嚙《か》むような思いでカップ麺を食べ終わると、辰哉がぼそりと呟《つぶや》いた。

「風呂だ。ぐずぐずするなよ」

　その一言でナツオは凍りつく。だが従うしかない。家の中では尚更ナツオに拒否権はない。奴隷か家畜、いや、それ以下の存在かも知れない。

　のろのろと服を脱ぎ、風呂場に行くと辰哉がバスタブの中で待っていた。アパート仕様の狭いユニット・バスは大人一人入れば一杯になる。そこにナツオも入るので少量の湯で湯舟は満杯となる。水道代とガス代の節約になるというのが辰哉の理屈だったが、魂胆は別にある。

　湯舟から出されて全身を洗われる。石鹼塗《せっけんまみ》れの辰哉の指が首筋から脇、胸から腹、そして股間を滑るように這う。実の父親の指だというのに触られる度に悪寒が走る。

「本当にお前はあいつに似てきたな。顔とか肌の白いところとか」

　あいつ、というのは去年家を出て行った母親のことだ。出て行った理由は知らない。

泡を洗い落とすと辰哉がバスタブの端に腰掛けて股《また》を広げていた。

「咥えろ」

正面に立ってそのまま跪《ひざまず》くと目の前に屹立《きつりつ》した性器があった。自分のモノとは形も大きさも違う。ナツオは眼と心を固く閉じる。ここにあるのはバナナだ、そう思い込もうとする。体臭とは異なる異臭が鼻腔に入るが、顔を背けるとまたいつかのように脇腹を蹴られるので必死に我慢する。

先端を口に含む。ナツオの小さい口腔はそれだけで隙間もないほど一杯になる。辰哉は却ってそれが良いのだと言う。吐き出したいのを堪えながら首を前後に動かす。

「舌や唇も使えよ。折角、ついてるんだから」

言われる通り、機械的に舌で舐め回し、唇で甘噛みする。最初は抵抗あったが慣《な》れてしまえば指先を舐めるのと大差ない。それよりも何回してもおぞましさがなくならないのは最後の瞬間だ。

抽送を繰り返していた辰哉の息遣いが荒くなってきた。聞けば聞くほど犬の息遣いにそっくりだ。辰哉の手がナツオの頭を押さえて先端を喉奥に押しつける。

やがて短い呻き声と共に口中に生暖かい粘液が放出された。おぞましい味がじわりと広がる。

「分かってんな。残りを吸い込んでから、全部飲み込め。好き嫌いしてたら碌な大人になれないぞ」

これもその通りにした。嚥下《えんげ》してから吐き気を堪える。辰哉の手が離れて、漸くナツオは風呂場の責め苦から解放される。口蓋《こうがい》や歯の裏にはまだ精液の残滓《ざんし》がこびりついたままなので、何度もうがいをするが完全には落とせない。最後は指を突っ込んで拭い取るしかないが、それでもひりついた感触が朝まで残る。

抜け殻になったような気分で着替えを済ませ、宿題にかかる。この時間だけは辰哉も邪魔できないのでナツオにとっては束の間の休息になる。だが、一日の宿題は一時間もすれば終わってしまうし、十時を越えれば必ず床に入らなければならない。

「おい、寝るぞ」

背中越しに辰哉の声が掛かる。抗《あらが》うことはできない。ナツオは机から離れ、再び心を閉ざす。隣室では辰哉が万年床で待ち構えていた。

今日を締め括《くく》る悪魔の儀式。

「おら、脱げよ」

その一言で今まで抑えていた感情が臨界点に達した。

「……嫌だ」

「何だとお？」

「もう嫌だ。こんなこ……いっ！」

言い終わる前に息が止まった。辰哉の指が内腿《うちもも》を万力のような力で抓《つね》り上げていた。

「こんなこと？　へっ。こんなことってどんなことだよ。担任に言いつけてみるか」

言える筈がない。元から喋るのは苦手だ。いや、それよりも恥ずかしくて、悔しくて、恐ろしくて。

「もしも一言でも洩らしてみろ。すぐに殺してやる」

辰哉は笑いながらそう言ったが、ナツオにはそれが冗談ではないことが骨身に沁《し》みて分かっていた。逃げ腰になった身体を強引に引き寄せられ、頭を押さえつけられて四つん這いにされる。

尻を両側から広げられ、亀裂が拡大する。

辰哉のモノがいきなり挿入《はい》ってきた。激痛に声を上げようとするが、大きな掌で鼻から下をすっぽり覆われて叫びはくぐもって聞こえるだけだ。いつものローションを塗っているのだろう、辰哉の男根は狭い窄孔《さっこう》の中をぬるぬると侵入してくる。逃げようと腰を引くが強靭《きょうじん》な手が尻を摑んで離そうとしない。

「息吸うなよ。吐くんだ」

初めてその場所を犯された時は痛さと驚きと恥ずかしさで頭の中が真っ白になった。まだ十歳だったのだ。性、ましてやアブノーマルの知識など欠片《かけら》もなかった。しかし他人に知られてはならないという認識はあった。だから、この秘密は結果的に辰哉と共有することになった。

　律動が始まった。辰哉の性器には潤滑油が塗られているが、激痛は治まるどころか突かれる度に脳髄に響く。まるで頭の中を鉄棒で殴られているような衝撃だ。早く終わって欲しい。強い拒絶が次第に弱々しい哀願となる。

　また辰哉の息が荒くなってきたが痛覚で飽和状態のナツオの意識には届かない。学校での出来事、最近の楽しかった出来事を思い出そうとするが激痛でそれも適わない。

　やがて短く洩らして辰哉が果てた。体内に放出されたのが分かる。一時間にも二時間にも感じられたが実際は五分ほどの時間だった。それでもナツオの疲労は激しく、尻から辰哉の手が離れると、そのまま腰が布団の上に落ちた。辰哉の先端から精液が糸を引いて滴る。布団の上は二人の体液でぐっしょりと濡《ぬ》れている。そんな状態のまま放置しているので、布団には忌まわしい臭いが沁みついて異臭を放っている。辰哉は気にする様子もないが、ナツオにとってそれは恥辱と苦痛に直結する臭気だった。まだ痛みの残る部分に手を当てると、辰哉の体液に混じって自分の血が付着した。どうやらまた出血したらしい。

　事が済むと辰哉はすっかり興味を無くしたかのように隣に敷いていた布団に潜り込む。こうして、やっとナツオの一日が終わった。

　母親が出て行った日から、毎日がこんな日の繰り返しだ。責め苦から逃れられるのは辰哉が酔っ払い過ぎて先に寝てしまうような日だけだったが、最近は呑む量が少なくなったので僥倖《ぎょうこう》にありつくこともなくなってきた。

その家は食卓のある牢獄《ろうごく》だった。

緊張と恐怖と恥辱の連続。

脱出も、告発もできない。

だが、十一歳の子供にも生存本能はある。恥辱や痛みはまだしも、恐怖だけは克服しなければならないと、その本能が警告を発していた。父親に背を向け、我が身を守るように丸まって幾つかの夜を過ごすうち、本能はゆっくりと解答を引き出した。

恐怖を克服するには——自分自身が恐怖になれば良い。

3　十二月九日

予想していた通り、タレ込み情報の大半は対象者への聴取だけで潰れていった。多くの者にアリバイがあり、中でも引きこもりの人間については、本人が部屋から出ていないことを家人が証明した。第一、部屋に閉じこもるから引きこもりと言うのであり、犯行の度にひょいひょい外出するようなら、それは最早《もはや》引きこもりとは呼ばない。

それでも対象者が二千件を超えると、捜査員一人当たり百五十件となる。一日で対応できる件数は凡そ八件が精一杯であり、進捗は捗々《はかばか》しくなかった。

渡瀬から声が掛かったのは、そんな時だった。

「優先順位をつけよう。こっちのデータベースにある虞犯者リストとタレ込み情報が重複した案件から当たるんだ」

確かに、その方が可能性は高いだろう。

「条件の絞りは二点。過去に性犯罪、若しくは殺傷事件を起こし、現在は釈放、仮釈放されている者。そして飯能市内に居住している者。二つの事件から犯人は土地鑑がある者と考えて良いからだ。この二つの条件に該当するのは七件。捜査員一人につき一件てとこだ。で、お前にはこれ」

渡されたＡ４用紙には対象者のプロフィールと前科、そして病歴と保護司の概略も記載されていた。

当真《とうま》勝雄《かつお》、十八歳。四年前、近所に住む幼女を監禁、暴力を加えた上で絞殺した。その直後現場に踏み込んだ捜査員によって現行犯逮捕されて捜査そのものは終結したが、起訴前鑑定によりカナー症候群と診断され、不起訴のまま措置入院となった。三年後、担当医師が再犯の可能性なしと判断、家庭裁判所は保護観察を決定した――。

「カナー症候群って？」

「自閉症の一つさ。自閉症にも色々あってな。知的障害があるもの、つまりＩＱ七十以下をカナー症候群と呼称している。若干、言語障害もあって、まあ典型的な自閉症と言うべきかな。別名は低機能自閉症。興味深いことに健常者に比べて統合失調症に罹患《りかん》する確率が極めて低い」

「しかし、事件当時十四歳でしょ。健常者なら少年院にもう少し収容される計算なのに三年で退院てのはなあ……。御前崎教授の話じゃ、こういうのは回復はしても完治はしないんでしょ？　だったら時限爆弾を野に放つようなもんじゃないですか」

「少年法の絡みもある。改正以前だと十四歳以上十六歳未満の少年は刑事責任があっても刑事罰を科せられなかったからな。それに新法が施行されたのは知ってるか？　心神喪失者等医療観察法ってやつ」

これは最近の話題だったので珍しく古手川も知っていた。心神喪失などの理由で刑を免除された者を独自の施設に収容して治療を行い、再犯の防止と社会復帰を促進することを目的とした法律だ。

「お題目は心神喪失者の社会復帰だが、実際はまるで逆の方向に進む可能性がある。不起訴や無罪になった障害者は強制的に指定入院医療機関に収容され、再犯の虞《おそれ》なしと判断されれば施設から出ることができる理屈だが、お前の指摘した通り、その判断はえらく難しい。それに社会復帰可能と判断した障害者が出所後に重大事件を起こしたら、その判断を下した裁判官や精神科医が世間から糾弾を受けるのは必至だ。医療機関の方では三年後の社会復帰を一応の目標としているが、一方ではそういう事態を避けるためにでき得る限り入所者を出所させない方が得策という考えも出てくる。当真勝雄の場合は新法施行前だったから出所に比較的抵抗がなかったのさ。妙な話だろ？　心神喪失者のための法律が逆に彼らの社会復帰を阻む構図になっている」

割り切れない気持ちのまま、データの続きに目を走らせる。

担当保護司、有働《うどう》さゆり三十五歳――。

「最初は対象者本人より先に保護司に面会を求めろ。常に対象者と接触して生活実態を把握しているのは保護司だからな。本人の口から訊くより早いし、ずっと確実だ」

「了解」

保護司有働さゆりの住所を暗記してデータを渡瀬に戻す。

その際、目敏《めざと》い眼が古手川の右掌を捉えた。

「何だ、その二本傷」

「ああ……古傷っス」

「傷一本だと皮膚はすぐにくっつくが、二本だと血は止まっても皮膚はなかなか元に戻らん。一昔前のスケ番のやり口だ。女の貌に一生残る傷をつけるためのな。お前、そういうのと痴話喧嘩でもしたか」

「そんな色っぽい話じゃないですよ」

古手川は笑ってごまかしたが、艶《つや》めいた話でないことは本当だった。

有働さゆりの住所は飯能市佐合《さごう》町。指宿仙吉の住む鎌谷町の隣になる。この辺りは新興住宅地が集中しており、建ち並ぶ住宅は敷地五十坪程度と小面積ではあるがどれも小綺麗《ぎれい》だ。各戸のガーデニングも賑《にぎ》わいを見せて華やいだ雰囲気がある。郊外の大型店舗までには距離があるため商店街にもまだまだ活気があり、下校途中の小学生たちの黄色い声を交えて人通りも多い。ここ数日、半ば死んだような街ばかり見てきた古手川はほっと一息ついたような気分になる。

有働さゆりのプロフィールの中でまず興味を覚えたのは三十五歳という年齢だった。古手川の先入観では、保護司というものは正業から身を引いた年配者がなるものという印象だったので、三十五歳は際立って若いように思えたのだ。

保護司に年配者が多いというのは満更古手川の先入観だけのものではない。実際、保護司の平均年齢は六十三歳というから高齢者揃いと言っても間違いではない。だが、別に保護司に年齢制限はなく、あるのは上限人数と、地域で信望があり時間に融通が利く者という条件だけだ。ただ、その条件に合致する人間となるとやはり元地方議員や宗教家、または公務員の経験者などが推薦され易く、勢い高齢者が集まってしまう。保護司全体が高齢化するのは当然の成り行きだった。

そこで法務省は二〇〇四年から七十六歳以上の者への再委嘱はしないことを決定した。そのため大量の退任者が出てしまい、結果的に有働さゆりのような幾分若年の保護司も任命される運びになったのだ。

だが、そうなると有働さゆりという女性は三十五歳という若さにも拘わらず、地域の信望を集める人物ということになる。では一体、それはどのような信望なのか。

辿り着いた有働宅で、古手川はその表札を興味深く見つめた。

有働さゆりピアノ教室。

想像力の乏しさか、保護司とピアノ教師の姿をダブらせるのはひどく困難だ。とにかく前もって訪問の意は伝えている。当人に会えば浮かんだ疑問も氷解するだろう。

チャイムを三回鳴らすと、「はーい」と陽気な声が返ってきた。ほどなくしてドアを開けて現れたのは、小柄な女性だった。

「お電話でお願いしていました、埼玉県警の古手川です」

「あら、ご苦労様。わたしが有働さゆりです」

そう言って上げた面は眩《まぶ》しそうに微笑《わら》っていた。幾分丸顔だが目鼻立ちがはっきりしていて、美人と言うよりは可愛い部類に入る。

どうして、この女性はこんなに幸せそうに笑うのだろう——。古手川は、少しの間その笑顔に見惚《みと》れていた。気がつくとさゆりの方も物珍しげにこちらを見ていた。

「あの……何か」

「あ。ごめんなさい。随分、若いお巡りさんだと思って。電話だともっと年配に聞こえたものだから」

「えー……済みません、急に押しかけてしまって。お話した通り、有働さんがお世話されてる当真勝雄君のことで……」

「丁度良かった。勝雄君、今うちに来てるの」

「えっ」

「やっぱり本人に会うのが一番良いですよね。どうぞ、お上がりになって」

「い、いや。本人にはもっと後になってから事情聴取する予定で」

「今日できることは明日に延ばすなって格言知らない？　勝雄君だって仕事のある身なんだから、会える時に会った方がいいでしょ」

　さゆりは玄関先で躊躇《ためら》う古手川を半ば強引に家の中に引っ張り込んだ。家の中は整理整頓《せいとん》が行き届いて落ち着いた雰囲気だった。天井は高くないが、太陽光が四方から入って開放的な印象を受ける。壁に掛かったパステル画も調度品に合っている。仄かに鼻腔をくすぐる香りはハーブ系のものだろうか。

「あ、最初に言っておかないと。わたし、がさつな上にね、年下の人にはどうしても敬語使えなくて。喋り方、耳障りかも知れないけどご免なさいね」

ているんですね」

「いえ、貴方の百倍か千倍がさつな人間が上司にいますから……ピアノの先生をされ
「そおよー。珍しいでしょ、ピアノの教師が保護司をしているなんて」

「ひょっとして、お仕事中、でしたか」

「いいえ、治療中。患者は勝雄君」

「治療中？」

「ピアノを使った治療。彼が自閉症というのはもうご存じでしょ。病院からは出たけれど完治した訳じゃないから治療は続けなきゃ。わたしが彼の保護司に選ばれた理由の一つはこの治療法にあるの」

廊下を真っ直ぐ進むと突き当たりに部屋があった。ドアの把手《とって》を見ると、室内の雰囲気にそぐわない、太くて頑丈なものだった。

「ここはレッスン室。ドアが防音仕様で分厚くなっているから、把手もごっつくて」

さゆりは把手を押し下げてドアを開く。たったそれだけの動作にかなりの力が必要なようだ。そして鈍い音を立てて開いたドアは、成る程厚さが耐火性の金庫ほどもあり、驚いたことにはそこにもう一枚のドアがあった。

「二重ドア……」

「ピアノの音って響くからねー。こうでもしないとご近所から苦情が出ちゃうのよ」

二枚目のドアを、また力一杯に開く。

目の前に現れた部屋を見て古手川は言葉を失った。家の外観と室内の様子からは想像もできないような広々とした空間がそこにあった。

広さは三十畳ほどもあろうか。ほぼ正方形の部屋で床はブラウンのフローリング、壁にはベージュのクロスが張られ、中央にグランドピアノが二台鎮座している。異様なことに窓は一つも見当たらない。驚くべきは天井の高さで、最前歩いてきた廊下よりも明らかに高い。目算では二階分の高さがあるのではないか。咄嗟《とっさ》に古手川は家全体の見取り図を思い浮かべてみる。しかし、どう図面を引いても、この部屋だけが家の中に収まらない。無理に収めようとすれば一階の居住空間も含め、二階の他の部屋はかなりの面で皺寄せをくうことになる。

シャンデリアやペンダントなどの吊り照明が一切ないことも天井を高く見せている一因だ。照明は天井に埋め込まれたダウンライトと壁の上部に設置されたスポットライトだけだが、その数がざっと数えただけでも二十数個。その全てが二台のグランドピアノに注がれている光景は小劇場の舞台と言っても差し支えなかった。ご丁寧なことにピアノを囲む形で十脚ほどの椅子があり、端にはベースキャリーに載せられたコントラバスまで置いてある。大学時代、友人がバンドを組んでいたのでベースキャリーには見覚えがあった。ホームセンターに置いてあるL字型ショッピングカートのような形状で、その名の通りベースギターを運ぶための物だが、ベース以外の大型管弦楽器にも使用されている。

そして、一台のピアノに青年が座っていた。

「紹介するわ。わたしの教え子、当真勝雄君。当真君、こちら古手川さん。わたしの新しいお友達」

「お友達って……」

当真勝雄はゆっくりと古手川に顔を向けた。やや肥満体型で顔にも余分な肉がついている。下から見上げる不安げな視線は自閉症患者特有のものとも思えたが、それは古手川にそういう予備知識があるせいで、何の先入観もない者から見れば単に臆病な青年の仕草に見えたかも知れない。

ふと振り返るとドアの真上に四角いボックスが掛けてある。

「あの箱は？」

「ああ、あれは配電盤」

「配電盤なら、もっと目立たない脱衣所とかに設置した方が良くないですか」

「この家ね、夏とか冬にエアコン使うとすぐにブレーカーが落ちちゃうの。この部屋だけでかなり電力消費しちゃうから。本当はアンペア変える工事した方が良かったんだけど、最初はそこまで頭回らなかったから後の祭り。しょうがないから落ちてもすぐ直せるように配電盤をここにつけて貰いました」

つまり家全体よりもこの部屋を優先させたための処置ということになる。ここは何から何まで規格外の部屋なのだ。

「古手川さん、練習見たいんだって。いいかな？　いいよね！」

さゆりは勝雄の目の高さまで屈《かが》み込んで同意を促す。勝雄は慌てた様子で首を縦に振る。どうやら、さゆりの陽気な強引さは相手を選ばないらしい。

対面のピアノにさゆりが陣取る。勝雄と目で合図を交わした後に鍵盤《けんばん》に指を置く。その指は華奢《きやしや》な身体に似合わず、関節が太く先の広がった隆々とした形だったので古手川にはひどく異様に見えた。ピアノ弾《ひ》きの指が細くしなやかだというのは先入観に過ぎなかったのか。クラシック、中でもピアノ曲には疎遠だったがピアノ二台で演奏する曲があるらしいことは音楽雑誌か何かで聞き知っていた。今から二人で弾こうとするのはそうした中の一曲なのか。

最初に弾き始めたのはさゆりの方だった。力強くリズミカルな打鍵。部屋の構造のせいだろうか、一音一音が残響を伴いながら明瞭に耳の中に飛び込んでくる。

だが、すぐに古手川は奇異な感覚に捕らわれる。明確な音と軽快な旋律を持つ音楽。それはどこか単調で初心者のための練習曲のようだったが、それにしては初めて聴くフレーズだった。

やがて、おずおずといった調子で勝雄が割り込んできた。和音なりの伴奏でさゆりの音に寄り添うものと思っていたが、飛び出してきた音はまるで調子っ外れのものだった。いや、旋律などという体裁の良いものではない。即興曲としてもひどく出鱈目な音、それもフリージャズのように力強い打鍵ではなく、弱々しく方向性の定まらない音なので雑音のようにしか聞こえない。

するとさゆりの奏でるピアノは俄かに声を潜めた。勝雄の音に合わせるように旋律は低く緩やかに変調する。それでもリズムは乱れず曲としての体裁を保ち続けている。

しばらくして、いきなり勝雄の音が素っ頓狂《とんきょう》に跳ね上がった。不意に感情が爆発したかのような音だ。すかさずさゆりがその音を同じ音階で追う。二つの音は寄り添うように見えて決して一つにはならない。しかし、共に五音階の中で駆け回っているのだ。時に離れ、時に近づき合う二つの不協和音。凡そ協奏曲としての体を為さない、技術のかけ離れた者同士のセッション――。それは聴衆に聴かせるための演奏ではなく、二人が言葉ではなく音で交わす会話だった。

勝雄の表情には変化が現れていた。最初のおどおどとした不安そうな色は消え去り、鍵盤の一つ一つ、一音一音に集中し頬も紅潮している。それはまるでゴールを目前にしたマラソンランナーの貌だ。

自分の中でテープを切ったのだろうか、やがて勝雄の打鍵が急に弱まり、唐突に途絶えた。そしてそれを合図にさゆりの指も鍵盤から離れた。

拍手しようとしたが、さゆりが首を横に振って制止した。

「演奏会じゃなくて治療だから拍手は要らないのよ」

治療を終えた勝雄は肩で息をしていた。笑みこそ浮かんではいないものの、双眸《そうぼう》には思いを遂げた者の持つ満足げな光が宿っている。成る程、治療と言われればその通りで、鍵盤に触れる前と後では様子はがらりと変わっている。それも明らかに良好な方向に。

「今日はこのくらいにしておきましょうか。勝雄君、次の休みはいつ？」

「か、火曜日」

初めて耳にする勝雄の声は興奮のためか上擦って聞こえた。

「そ。来週の火曜日ね。じゃあ、火曜日の同じ時間に」

勝雄は席を立って、ぎこちなく頭を下げると部屋を出て行った。元より背の高い方ではない上に背を丸めて歩くので、余計小柄に見える。

「勝雄くん、仕事は何をしてるんですか」

「隣の鎌谷町に沢井《さわい》って評判の歯医者さんがあって、彼はそこで雑用やってるの」

「雑用って……医療事務みたいな仕事ですか」

「まさか。器具の運搬とか医療廃棄物の処理とかの雑用。あ、でもね。決して彼が雑用しかできないって話じゃないのよ。あれでも勝雄くんにはとんでもない才能があってね、記憶力が凄《すご》いのよ」

「記憶力？」

「百人以上の人名とか十桁《けた》の数字とか、凡そ普通の人では覚えきれないものを記憶できるの。自閉症の人にはままある能力みたい」

その時、古手川は二人の声に残響音が伴っていることに気づいた。向かい合った壁同士が特定の音を響かせる所謂《いわゆる》フラッター・エコーではなく、広大なホールで声を交わすような尾を引く残響だ。そのために、音像がぼやけて発信の位置が不明確になる。

「有働さん、この部屋……」

「部屋？　ああ、響きのことね。これよ、これ」

さゆりは背後の壁をこつこつと叩いてみせた。

「四方の壁と天井、それから床もね、防音と調音が施されているの。ラスク材、だったかな。特別仕様の調音パネルで小ホールと同等の残響が生まれるようになっているのよ。ピアノというのは残響も音の一部で、長さを調整して余韻を作り上げる楽器なの。だから演奏場所というのはとても重要で、そこが教会なのかホールなのかロフトスペースなのかで弾き方も変わってくる。名ピアニストはハコで演奏すると言われる所以《ゆえん》ね。ここに習いにくる子たちも最終的にはホールで演奏するんだから、同じ条件を再現しないと本番で調子が狂うでしょ」

「結構大きな音、出してましたよね。しかも二台で。あれで外に漏れないんですか」

「あ、それは大丈夫。全っ然問題なし。見えるでしょ？　この部屋には一つも窓がない。ドアは二重ドア。壁と天井と床には防音材が敷き詰めてある。換気孔も二重構造。施工業者さんの話では遮音性能マイナス六五dBと言うから、中で象が啼《な》いても外にはこれっぽっちも聞こえない理屈ね」

「凄い部屋だなあ。よくご主人が許してくれましたね」

「ああ、それも大丈夫。旦那様はね、二年前に女つくって家を出て行ったから」

「あ。し、失礼しました」

「いいのよ。お蔭《かげ》でこんな部屋作るきっかけにもなったんだから。でもねー、元は普通の洋間だったたから、改装費も凄かったのよー。何やかんやで家一軒分の費用が掛かっちゃった」

「い、家一軒分て」

「さーんぜんまん！　まだローンの残高は殆どそのまま。本当にこれで生徒さん増えなかったらどうしましょうねー？」

そう言いながら、さゆりは屈託なく笑ってみせた。つられて古手川も笑ってしまう。

「それにしても、さっきの演奏、じゃなくって治療。ああいうのは初めて見ました。

もしや有働さんのオリジナルな治療法ですか？」

「まさか。そんな訳ないじゃない。音楽療法と言ってね、ポール・ノードフという音楽家が広めた方法なの」

次に続いたさゆりの説明は、古手川には初耳の音楽用語も混じっていたので完全に理解できた訳ではなかったが、簡略化するとこうだ。

スウェーデンから発祥したバイオ・ミュージコロジーという研究分野がある。その基本概念によれば、音楽を理解するということは、音響としての情報から何らかの記号的成り立ちを聴き取るという行為に他ならない。そしてそのためには、複雑な音を聴き分ける耳とその情報処理をする脳の働きが不可欠となる。

では、その原理を自閉症の治療に応用できないか――。その発想から考案されたのが音楽療法だ。完全五度の音から成る即興音楽で子供の微かな表現に道筋をつけ、そのメッセージを音として表出することでその世界を共に構築し与えようというのだ。

音楽とは文化にかなり依存しており、或る種の音楽はどこまでいっても或る種の人間に或る種の状況下でしか成立しない。だから音楽療法には専ら即興音楽が用いられる。

「全音階と三和音、つまりドレミとドミソは西洋音楽の重要な発明で、多様な情動を微妙に表現するのに向いている。今の音楽の九割はこれで出来ているわね。それに対して五音音階の表現内容はシンプルで安心感がある。でもシンプルだから、音楽技法だけで感情のベクトルを表現しなくちゃいけない。さっきみたいに患者の感情表現に合わせて、こちらもそれを引き出しやすい伴奏をしなくちゃいけない。こう見えても大変なのよー、アドリブって」

足を組んで講釈を述べるさゆりは成る程ピアノ教師と言うよりは女医の風格がある。

「つまり、あれですか。心の壁を音楽の力で破るってことですか」

「そうそう！　上手い表現するのね、古手川さん。ナイス解釈」

「いや。でも本当に感心しました。効果覿面《てきめん》て言うか、あんなに彼の表情が変わるなんて。意外でした。つい先日は或るお偉い先生から精神疾患は回復するが完治しない、なんて断言されたものだから余計に新鮮でした」

「回復するけど完治しない？　へえ、随分と悲観的な物言いをされるものねえ。じゃあ、わたしのやっている治療は単なるその場しのぎの対症療法なのかしらね。で、どこの誰なの？　そのお偉い先生ていうのは」

「城北大学の御前崎教授」

「ああ、御前崎先生！　だったら納得。あのね、古手川さん。それ、先生の本心じゃないから。学者さんてね、知識がある人ほど物事を断定的に言わないものなの。ほら、何でもそうじゃない。道を極めても極めてもまだ先があることに気づいて謙虚になるのね。特にあの先生はその傾向が強いかな」

「……ご存じなんですか？　あの先生を」

「うん、勝雄くんの恩師。と言うか元主治医」

「主治医？」

「ええ。勝雄君が医療少年院にいた頃の矯正スタッフのリーダーだったの。半分父親代わりでもあったみたい。それにわたしの恩師でもあるわ。隠してもしょうがないから言うけど、わたしも昔はひとかどの不良娘でね。捕まって府中の少年院に収容されて、ああ、ハクが付いたなあなんてヤケになってた頃、先生と出逢ったの。運命の出逢いよねー。先生はカウンセリングのかたわら、わたしにピアノを教えてくれた。その時の感動をどう表現したら良いのかな。とにかく真っ暗な中で急に光が射し込んだような？　そんな気持ち。それからはもうピアノ一辺倒。来る日も来る日も鍵盤叩いていた。出所してからもずうっと。それで音大に入って、コンクールに入賞して、名前も覚えられて……コンサート・ピアニストにはなれなかったけど、こうして音楽で食べていけるくらいにはなれた。それもこれも御前崎先生のお蔭ね。今でもよく相談に伺うのよ。わたしにとっても父親みたいな存在だもの。ついでに言うと、保護観察所にわたしを推薦してくれたのも先生。勝雄君の保護司にわたしを指名したのも先生。或る意味、わたしと勝雄君は姉弟みたいなものだから」

　確かに、現場からの叩き上げで精神医学の権威という人物から推薦を受ければ保護司選考会も無下《むげ》にはできないだろう。と、すれば有働さゆりの保護司任命は彼女自身への信望からではなく、御前崎教授への信望ゆえであり、古手川の疑問はこれで一つ氷解した。

だが、まだもう一つの疑問が残っている。

「ところで勝雄君は家族と同居を？」

「いいえ。彼の肉親は彼の事件が報道されてから行方知れず。入院中は面会にも現れなかったみたい。今は沢井歯科の寮で一人住まい」

「有働さん。最近、新聞を賑わせている飯能市の連続殺人事件ですが……」

そう切り出した途端、さゆりの顔色が変わった。

「ちょっと待って！　ひょっとして貴方、勝雄君が例のカエル男だとでも？」

カエル男という言葉がさゆりの口から発せられたことに古手川はどきりとした。既にこの固有名詞は市井の主婦が口にするほど人口に膾炙《かいしゃ》されているのだ。

柳眉《りゅうび》を逆立てたさゆりはさながら子供を護《まも》る母猫のようで、普段は自分の失敗など省みることのない古手川もこの時ばかりは口舌の稚拙さを後悔した。渡瀬ならもう少し上手く訊き出すことだろう。

「い、いいえ、決して断定している訳ではなくてですね。あくまでも形式的なもので」

「形式的にしても変じゃない。あの殺された二人と勝雄君の間にどんな関係があるって言うのよ。一人が二十代のＯＬ、もう一人が七十のお爺さんでしょ。医院と寮の往復生活で、しかも他人と接することを何より苦手としている彼とどんな接点があるって言うのよ」

「いや、だから別に彼が容疑者というんじゃなくって……ええと、容疑者以前、いや、参考人ですらなくって……あのですね、事件発生からこのかた、本部に寄せられた情報は二千件を超えています。たとえどんなに信憑性の薄い情報でも、我々は一つ一つ潰していかなくちゃいけないんです」

「と、言うことは誰か勝雄君がそうじゃないかって通報した人がいるのね」

　さすがにその問いには答えられずにいると、

「それは……しょうがないことなのかなあ。その通報した人だって悪気があって通報したんじゃないと思うし、障害者で前科があれば色眼鏡で見る人も当然いるよね」

　Ｖ字に尖っていた眉がふっと緩んだ。

「きっと自分は善良な市民だと信じての通報なんでしょうね。だから余計に厄介よねー。本人が善意だと信じている行為ほど始末に負えないものはないもの。世の中で一番厄介な揉《も》め事ってさ、悪意から派生するものよりは善意と善意の擦れ違いなのよね。そう思わない？」

　何処かで似たような言葉を聞いたな——。既視感を辿るうちに思い出した。

「僕の上司が似たようなことを言ってました」

「へえ。きっと思慮深い上司なんでしょうね」

思慮深いと言うよりは狡猾《こうかつ》なのだが。

「ご理解頂けますか」

「嫌々ながら、ね」

「勝雄君は先月二十七日と今月四日の或る時刻、寮にいたことを証明できますか」

「彼は、ああいうキャラクターだから仕事が終わっても誰かと付き合うことはないし、自分の部屋に閉じ籠《こも》るだけ。それに寮と言っても管理人がいて出退をチェックする訳じゃないらしいから……」

そんなことではないかと予想していた。どだい、一人暮らしの深夜帯などアリバイを立証できる者の方が少ないのだ。だが、別に落胆はない。犯人に近づけなかった代わりに有働さゆりという女性と面識を得られたのだから。

さゆりに礼を述べて家を出ようとした時、「やめて!」という甲高い声が聞こえた。声のした方向を見ると、軒先数メートルで四人の男の子たちが揉み合っていた。

いや、よく見定めると揉み合っているのではない。三人が一人を取り囲んで突つき回しているのだ。囲まれた少年は両手で頭を護るようにして蹲《うずくま》り、三人が笑いながら足を繰り出す。

どうやら恐い警察官の出番らしい。

「おう。やめろよ、このクソガキども！」

ここぞとばかり荒い声を浴びせると、三人はびくりと肩を竦《すく》めた。ゆっくりとこちらを振り向いたので、古手川は殊更に恐い貌を作ってみせる。

「どんな事情か知らないが、一対二以上は喧嘩と言わんのだぞ」

両手を割り込ませて包囲を解く。頭を抱え込んだ少年は蹲ったままだ。もしや誰かの爪先が急所に命中したのか。不安になって立たせると、弱々しい抵抗を無視してシャツの裾を一気に捲り上げた。

少年は羞恥《しゅうち》に顔を背ける。

脇腹を中心にして青痣が広がっていた。どう見ても新しくできたものではない。ずっと以前から繰り返し繰り返し、数か月に亘って与えられた痣だ。それも巧妙に衣服に隠れた部分だけを狙って。

古手川の中で自制心の切れる音がした。

「おらあっ！」と叫ぶと同時に、二本の腕が三人の首根っこを摑み上げていた。

「貴様らがやったのか？　無抵抗の人間を、数人がかりで、寄ってたかって。金脅し取って、挙句に小突き回したのか。ええ？　答えろおっ。貴様らがやったのかあっ」

子供らの鼻先数センチまで顔を近づけて鼓膜も破れよとばかりに声を張り上げる。

三人は蒼白《そうはく》のまま首を振るばかりだ。

「貴様らの名前を言え。親の名前もだ。礼儀だから先に俺の名前を教えてやる。埼玉県警の古手川だ。勿論、学校に通報するし親も呼びつける。学校にじゃないぞ。今日びのガキなら学校ぐらいじゃビビらんだろうから埼玉県警本部の生活安全課に直接出頭させてやる。この子の腹が証拠物件だ。略式裁判で三人とも少年院に叩き込んでやる。知ってるか、少年院？　貴様らみたいに頬っぺたぱんぱんに膨らませた甘ちゃんなんざ一人もいないぞ。恐喝、傷害、覚醒剤に殺人、歳が二十歳未満ってだけでやってることはそこらのヤクザと一緒だ。どうだ、ワクワクするだろ？」

三人は蒼白になり、引き攣ったように泣き始めた。

「ひとん家の前で何、子供脅してんのよ！」

はっとして振り向くと玄関先でさゆりが仁王立ちしていた。我に返って手の力を緩めると、いつの間にか宙吊りにされていた三人はそのまま地べたに落ち、涙と鼻水で顔を斑《まだら》にしたまま這々《ほうほう》の体《てい》で逃げて行った。

またやっちまった――。古手川は我が手をじっと見つめる。内側に二本の古傷が残る手はまるで他人の手のように思える。

「大人げないわねえ。小学生相手に県警の生活安全課とか少年院とか、よくもまああんな出鱈目《でたらめ》を言えたものだわ。親から訴えられたらどう言い訳するつもりなの」

「あれだけ徹底的に脅かせば誰にも言いませんよ。中途半端に脅すから親に言いつける。あんなガキ、枕抱き締めて顫《ふる》えながら眠ればいいんだ。おい、坊や。大丈夫か」

少年は改めて顔をこちらに向けた。どこか頼りなげで庇護《ひご》しなくてはいけないような気にさせる顔だ。泣いてはいないが、それを必死に堪えるように唇は真一文字に締められている。眼は切れ長で睫毛《まつげ》も長く、それだけは少女のようだが、これも唇と同様に溢れ出しそうな感情を懸命に堪えている。

「毎日、やられているのか」

少年は答えない。

「ああいう奴らの撃退方法を教えてやる。一発、たった一発で良い。満身の力を込めたストレートを鼻の天辺にお見舞いしてやれ。それでもう二度と君には近づかない。イジメをする奴なんて野良犬と一緒だ。逃げれば逃げるほど追いかけてくる。一度でも立ち向かってみろ。こっちも多少怪我《けが》するかも知れないが、結局はキャンキャン吠えて逃げて行く」

「そんなことしたら鼻血出ちゃわない？」

「それでいいんだったら！　鼻血ってな、血管弱くてすぐに破れるから大出血に見えるけど、本当は大した怪我じゃない。ところが流した本人は真っ青になっておろおろしだすんだ」

「ねえ、そこの暴力刑事さん。その子の掌はね、鍵盤を叩くためのもので友達の鼻っ柱を叩くものじゃないの。うちの子、たぶらかさないでくれる？」

「う、うちの子？」

「はい、初めて会う人に挨拶《あいさつ》は？」

「有働、真人《まさと》です」

真人はぺこりと頭を下げると、さゆりの脇をすり抜けて家の中に入って行った。

今まさに苛《いじ》められた直後の息子を見たというのに、さゆりはその後ろ姿を見送るだけで追いかける様子はない。

「いいんですか、息子さん」

「何が」

「今の完全なイジメですよ。脇腹には痣まであった。ご存じでしたか」

「知ってますよ。三年生のクラス替えで仲の良い友達が離れてから、イジメの対象になってるわ。これが普通の親なら血相変えて相手の親なり担任の先生に怒鳴り込むんでしょうねえ。だけど地区の保護司が息子のことで怒鳴り込んだら、それだけで向こうには脅威でしょうし、こっちだって権威を笠に着てとか言われかねない。その場合、反発はわたしじゃなく真人に向くだろうし、それに……」

「それに？」

「さっき古手川さんの言った野良犬の喩え話、あれ正論よ。結局自分で立ち向かわない限り、いつまでもイジメは追いかけてくる。場所を替えても違う犬が狙ってくる」

「……放っておくんですか」

「ケアはする。だけど先頭には立たない。これって母親じゃなくて、保護司としての発言かしらね」

「俺には、何とも……」

「善意の道は地獄に通じるって言葉、知ってる？　本当にその人のためを思うのなら、助言はしても助力はしない。それは保護司でも母親でも共通の認識だと思うけど」

「保護司と母親は共通するんですか」

「結構、色んなところでダブるわねー。困った性格直そうと焦ったり、就職先気にしたりするとか、友達と上手くやってるか心配したり……。他人と言っても、自分の子供くらいに思わなきゃ、この仕事やってられないしね。相手だって保護司を家族同様に思ってくれないと、それを足掛かりに社会復帰するなんて無理な話よ」

そんなものかも知れない、と古手川は合点する。塀の中では時間が止まっている。四季の移り変わりはあっても、世間を流れる時間からは隔絶されている。そんな彼らが仮出所、または退院しても、浦島太郎の気分を味わうだけだ。そして外界に放り出されて戸惑う浦島太郎を迎える元の家族はいない。だからこそ、彼らには家族の代わりになるものが必要になる。

「ただね。保護司の立場から言わせて貰えれば、助力が必要な場合もあるわ。それは真人じゃなくて古手川さん、貴方よ」

「え？」

「さっき、子供たちとのやり取りを見てたけど、あれは明らかにやり過ぎ。かなりエキセントリックで、大人が子供を注意する光景じゃなかった。あそこでわたしが声掛けなかったら、手が出てたんじゃない？」

否定はできなかった。子供が悪戯を見咎められたような居たたまれなさを感じる。二十代半ばのいい大人が十歳ばかり年上の主婦に子供扱いされている様を、渡瀬が見たら何と言って嘆くことだろう。

犯罪捜査に私情は禁物、目の前の悪事についても感情は決して露呈しない――自らに課した取り決めだが、どうしようもない例外がある。それがイジメだ。殊に、その現場を見てしまうともう抑えが効かなくなる。

「どうやら鎮静剤が必要なようね。もう一度上がって。良い薬、処方《しょほう》して上げるわ」

「いや。俺、鎮静剤なんて要りませんから」

「さっき何聴いていたの。わたしの処方箋《せん》は五線譜。薬は飲み薬じゃなくて聴き薬」

そう言うと、さゆりは再び古手川の腕を取って家の中に引っ張り込んだ。

忘れてしまいたい記憶ほど、容易に消し去ることができない。

まだ十歳の頃の話だ。何かにつけ斜に構える癖の古手川も、その頃は普通に感受性の強い少年だった。テレビでは平成になってリメイクされた昔ながらの特撮ヒーローが活躍し、子供たちの幼い正義感に火を点けていた。そして彼らもまた想像の中で悪と闘い、世界の平和を守り続けていたのだ。

だが現実はどうだったのか。

その子の名前は順一郎《じゅんいちろう》と言った。人見知りする温和《おとな》しい性格だったが、古手川とは一年生からずっと同じクラスで家が近いこともあって登下校も一緒だった。

「カズ君は親友だよね」と何度か言われた。

その順一郎が三年生になった頃、イジメの標的にされた。はっきりとした理由はない。あるとすれば、苛められても反撃しない気の弱さに目をつけられたとしか言いようがない。順一郎が買い物に走らされ、学用品を隠され、女子の面前でパンツを脱がされ、金品を巻き上げられ、殴られ、蹴られ、唾《つば》を吐かれ、遂には親のカネを盗んでこいとまで脅された時、古手川は何をしていたか。

何もしなかった。

どんなに陰惨な中身であろうと、イジメは被害者以外の子供にとっては痛快なゲームだ。しかも被害者に同情すれば自らもイジメの対象になってしまう、危険で解り易いゲームだ。来る日も来る日も蔑まされ傷を負いながら、それでも弱々しい笑みを浮かべる順一郎に古手川は付かず離れず、一定の距離を保っていた。時折、順一郎の視線がこちらに救いを求めるように送られたが、気づかない振りをした。イジメのとばっちりを食うのは嫌だったし、順一郎との関係を断ち切るのにも抵抗があった。今から考えれば自己欺瞞《じこぎまん》も甚だしく、憧れていたヒーローとは真逆の存在に成り下がっていたのに、自分でそれを認めようとしなかっただけの話だ。傍観者は時として加害者以上に卑劣だ。自らの悪意や惰弱から目を背け悪人にもなりきれない、薄汚い卑怯者《ひきょう》――。それが当時の古手川和也という少年だった。

そして二人は同じクラスのまま四年に進級した。順一郎に対するイジメはますますエスカレートし、体育の着替えの時に垣間見る痣や擦り傷は地肌をすっかり覆うほどになっていた。脅されて親の財布から盗んだ金額も数十万円に上っていた。

聞き耳を立てていたので古手川は知っていた。その日、順一郎は総額二十万円の現金を要求されていた。明日までに用意しなければ殺すとまで脅迫されていたのだ。さすがに普段の微笑みもなく、朝から顔は蒼褪《あおざ》めたままだった。

昼休みになって、偶然に古手川はその場に居合わせていた。結局、給食には一切手をつけず机にうなだれていた順一郎が、やがて意を決したように立ち上がった。

ポケットに片手を隠したまま。

古手川も初めて目にする悲愴な貌だった。だから思わず口から出た。それを言うのが親友である自分の務めのような気がした。

「順ちゃん、大丈夫？」

すると、順一郎ははっとしてこちらを振り向いた。そこに親友が立っているのに初めて気づいたようだった。あのさ、と古手川は切り出した。親友が貴重な忠告をしているのだという傲慢《ごうまん》を言葉の端々にちりばめて。

「我慢しなよ。あと二年で卒業だからさ。あいつらと違う中学行けばいいじゃん」

その時、一体自分はどんな顔で喋っていたのだろう。順一郎の自分を見る眼はまるで信じられないモノを見るそれだった。

決して大丈夫ではなかったし、我慢もできなかった。限界まで追い詰められていた。それなのに、親友と信じていた奴はそんな状態も見定められないほど遠くから傍観しているだけだった――。きっと、そう思ったのだろう。

ポケットに隠れていた右手がさっと抜かれて古手川の頬に飛んできた。

平手で打たれる――咄嗟に右手で庇《かば》った。しかし相手の掌は皮膚をかすめただけだった。

「順ちゃん？」

問いかけた時、掌にちくりとした痛みが走った。少し遅れて真横にいた女子が金切り声を上げた。痛みの走った部分が俄かに熱を帯びてきた。手を開いて見ると、二本の真っ直ぐな傷から夥《おびただ》しい血が噴出していた。思わず片手で傷口を覆ったが出血は止まらず、指を伝って血の雫《しずく》が床に滴り落ちる。

目の前に彫像のように静止した順一郎がいた。だらりと下げた右手、三本の指には二枚の剃刀《かみそり》刃が挟まれていた。

「ひどいよ」

その貌に生気はなかった。全ての者に背を向けられ、一縷の希望さえ失った絶望の貌だった。

「カズ君が、一番ひどい」

言葉の切っ先が胸を貫いた。

それから順一郎は古手川の脇をすり抜けるようにして教室から出て行った。

その後のことはあまり覚えていない。急に気が遠くなり、気づいた時には保健室で手当てを受けていた。

順一郎が校舎の屋上から飛び降りたと聞かされたのは、教室に戻ってからのことだった。地上四階からのダイビング。アスファルトに激突し、頭蓋骨骨折と内臓破裂で病院への搬送を待たずに即死していた。

所持していた剃刀刃が誰を標的にしていた物なのかは、結局判らずじまいだった。衝動的な自殺だったらしく遺書らしき物も残されていなかったからだ。

いや、実を言えば遺書は自分の掌にくっきりと残されていた。三日間学校を休み、ベッドの中で顫えながら煩悶《はんもん》した。怯えて泣き叫ぶ様子を周囲は親友を喪くした悲しみと解釈し同情したが、実際は違っていた。あの日、凶器を誰のために用意していたかはどうでもよかった。肝心なのは、順一郎が最後の感情を自分に向けたという事実だ。亡くなった友を悼む気持ちなどさらさらなく、あるのは全身を押し潰すほどの罪悪感と恐怖だけだった。出血は止まったものの水平に開いた二本の傷が塞《ふさ》がることはなく、その傷を見る度に順一郎の最後の貌が甦る。不実な友への復讐としてこれほど最適な手段は他になかった。

事件から二ヶ月が過ぎ、漸くクラスに平穏な空気が戻っても、古手川だけは別だった。罪悪感は日増しに募り、ブラウン管のヒーローに重ね合わせていた正義感は自分自身を糾弾し続けた。偽善者、裏切者、卑怯者——。それらの蔑称《べっしょう》は全て自らの称号となった。

胸の裡《うち》に巣食う膿《うみ》を取り除く方法は何かないだろうか。必死に考えた末、古手川は報復と称してイジメに加担したクラスメートを一人ずつ校舎裏に呼び出して制裁を加えることにした。中には返り討ちに遭う場合もあったが問題は結果ではなく行為そのものだった。殴られる恐怖よりも順一郎を思い出す恐怖が勝っていた。そしてクラスの男子十二人の顔面に色をつけたものの、古手川の気分が晴れることはなかった。順一郎の顔と声が記憶から遠のくこともなかった。

ところが、イジメ加担者十二人に対する報復は思わぬ副産物を生んだ。古手川の苦悩をよそに、誰彼構わず挑みかかっていく姿は傍目からは亡き親友の無念を晴らす俠《おとこ》気《ぎ》のある行為に映ったのだ。やがて古手川の拳《こぶし》は、他クラス他学年のイジメ加担者にも向けられるようになった。大義名分は関係なく、絶えず誰かを敵にしていなければ自分自身を傷つけるかも知れないという惧《おそ》れがあったからだが、しばらくすると知らない間に綽名で囁《ささや》かれるようになった。

不良狩りの和也——。

背信が誠実さに、偽善が正義に反転する様は名づけられた本人にしてみれば戸惑うばかりだったが、名前には人を拘束する力がある。挑む相手は周囲から見て好ましからざる生徒に拡張されていった。元々基礎体力には恵まれており、喧嘩の仕方は実戦を重ねるうちに向上した。そもそも弱者をイジメの対象に選ぶ者に腕力自慢は少なかったので不良狩りの名は近隣の学校にまで知れ渡った。

そんな生活が高校まで続くと、古手川は半ば当然のように制帽を被る自分を夢想するようになったが、それは志望と言うよりは成り行きに近いものだった。

さゆりは鎮静剤を処方すると言ったが、元より頼りにはしていない。音楽療法の効果はついさっき確認したばかりだが、そもそも自分は病気ではないし、音楽による癒しに関しても古手川は懐疑的だった。音楽を聴いて治る程度の苦痛なら、それは苦痛などという大層なものではなく、単に疲労ではないかと思っている。

ピアノの前に座ったさゆりは演奏者であると同時に治療師だ。聴衆が自分と隣に座る真人の二人だけでも些か緊張する。

「何かリクエストはないかしら」

「ええと……特には。あまりこの方面の音楽には詳しくなくて」

「それは結構ね。免疫や耐性がない分、効果が期待できるわ」

「さっきのような即興曲をまた？」

「貴方は自閉症ではなさそうだから既存曲の方が馴染むわ……そうね、情動には不足していないみたいだから野性的なストラヴィンスキーよりもロマン派、ベートーヴェンやワーグナーの濃厚なメロディが合うかも。それじゃあピアノ・ソナタ第八番を」

一呼吸おいて、いきなりフロア全体を響かせる力強い一音が放たれた。グランドピアノの音をこんなにも間近で聴くのも初めてなら、ただの一音がこれほど胸に深く届くのも初めてだった。

強音と弱音が交錯し、一音と一音の間に間隙《かんげき》が生じるが、長い余韻がそれを補ううちに次の音が重なり合う。孤独な情感が胸に迫る。と、突然、旋律が走り始めた。何かを追うように、或いは熱情のままに目的もなく駆け出すように短調が疾走する。驚愕と哀惜、情熱と冷静、憐憫《れんびん》と嫌悪、そして愛情と憎悪——痛みを伴った強い情動がうねりながら魂を揺さぶる。

聴きながら去来するのは最後に見た順一郎の顔、そして血塗られた我が手だ。畏怖が悲しみを呑み込み、欺瞞が真実を駆逐する。しかし、やがて脆弱な心は凛《りん》とした音に貫かれて奈落の底に落ち、最後の一音が尾を引くと共にひっそり横たわった。

衝撃を受けて呆然とするうちに第二楽章が始まる。このメロディには聞き覚えがあった。耳慣れた触りの良い旋律に張り詰めていた気持ちがとろとろと融《と》けていく。一瞬も途切れることのない歌うような音階が硬直した精神を弛緩させていく。こんなにも緩く柔らかな音なのに、最初の一音に勝るとも劣らない強靭さで古手川を鷲《わし》掴みにして放さない。だが、それは決して不快な拘束ではなく、寧《むし》ろ母親に抱擁されるような柔らかい戒めだ。赦《ゆる》しを乞わずとも過ちや怯えの全てを是として容認してくれる慈愛。憤怒も自己嫌悪も鎮めてしまう治癒の力——。

第三楽章は一転、軽やかなステップのロンドで始まった。歓びを振り撒きながら音が踊る。急峻な坂を駆け下り、緩慢な傾斜を舞い、目まぐるしい変調を繰り返す。

そして踊り手が途中でぴたりと静止するように曲は唐突に終わった。

最後の余韻が細く途切れた後もしばらく古手川は身動きできなかった。さっきまで重かった気分が浮き立っている。全身から力が抜けたように心地良い疲労感があった。

音楽に癒しの力があることを今はもう疑いようがなかった。

「……今の……曲名をもう一度」

「ベートーヴェンのピアノ・ソナタ第八番ハ短調、〈悲愴〉」

「悲愴っていう感じの曲じゃないですね」

「作曲者自身がフランス語でGrande sonate pathétique、つまり悲愴な大ソナタと命名しているから。ただ、フランス語のpathétiqueは強い情動を掻《か》き立てるもの、という意味だから日本語の悲愴という語感が偏っているのね」

壁の時計を見て驚いた。演奏開始から二十分も経過していた。曲の中に入り込んでいる時は長くも短くも感じなかったのでそんなに時間が経っていたとはひどく意外だった。音楽の魔法だ、と思った。そして、それを奏でるさゆりは演奏者であり治療師であり、加えて魔法使いだった。古手川は照れ隠しで隣の真人に向かって、

「君のお母さん、スゴイなあ！」と驚いてみせたが、真人は何事もなかったように、

「うん。だけど、僕、毎日聴いているから……」

と、白けた表情で浮いた両足をぷらぷらと揺らしている。

「ご感想は？」

「俺、クラシック、ナメてました」

「まあ、クラシックはどんな音楽だと思ってたのかしら」

「クルマのCMに使われるBGMくらいにしか……すいません、ウロコ落ちっ放しです。心入れ替えました。早速今の曲、CD買ってきます」

「満足、して貰えたかしら」

「演奏が、ですか。それとも薬の効き目が、ですか」

「お薬を処方すると言った筈よ。患者さん」

「それなら、しばらく通院する必要がある」

「あら。効かなかったのかしら？」

「いいえ、とんでもない。メチャ効きましたよ。でもその代わり、別の病気に罹ったみたいだけど」

「迷惑千万な話ねー」

そう言うと、さゆりは悪戯っぽく笑った。

ハマるというのはこういうことか。

有働宅を辞去すると、すぐその足で市内の大型ＣＤショップに飛び込んだ。いつもは素通りするクラシックのコーナーに向かう。目当ては勿論ベートーヴェンだ。ところが棚を覗いて早速戸惑った。作曲家別になった見出しラベルがアルファベット順になっている。さて、かの大作曲家のイニシャルはＢで始まるのか、それともＶなのか。いや、そもそも彼のフルネームは何というのか。古手川の中で彼は中学校の音楽室に飾られていた蓬髪《ほうはつ》のむさ苦しい肖像画のイメージしかない。綴《つづ》りやフルネームなど覚える必要のない、単なる歴史上の偉人に過ぎなかったのだ。

別に商品が逃げる訳でもないのに、慌てて店員を呼んだ。クラシックコーナーの担当としてやってきたのは今時珍しい大きなフレームの眼鏡をした若い女性店員だ。

「ベートーヴェンの〈悲愴〉を」

そう告げると、間違いなく学生のバイトと思える娘は営業スマイルを崩すことなく、古手川のすぐ目の前に位置する一段を指した。そこでまた戸惑った。娘が指したのはその中の一枚ではなく、一段全部、つまり一段全部が〈悲愴〉を収録したＣＤだった。

考えてみれば当然のことで、曲自体は二百年も前の古典だから演奏者の数だけ盤が存在してもおかしくはない。しかし、ロックやポップスなど一曲には一人のアーチストが当たり前と決め込んでいた古手川には、それも新鮮な驚きだった。

とりあえず試聴を申し出て〈悲愴〉五枚を聴き比べてみた。想像以上に一枚毎に曲の印象が様変わりする。その中で有働さゆりの演奏に最も近かったのはヴラディーミル・アシュケナージというピアニストのものだった。とにかく打鍵が強く、そして速い。決め手はジャケット写真だった。小柄な身体に不釣合いなほど大きな手。それはさゆりを彷彿《ほうふつ》とさせる容姿だった。

〈悲愴〉の収録された〈ベートーヴェン三大ピアノ・ソナタ〉を摑んで会計まで持っていくと、千五百円にしかならなかったので少し驚いた。箸《はし》にも棒にもかからないアイドル歌手のアルバム一枚よりずっと安いではないか。得をしたような気分が半分、自分の宝物を安売りされるような憤りが半分で古手川はここでも戸惑いを覚えた。

4　十二月十日

翌朝、いつものようにｉＰｏｄのイヤホンを耳に挿したまま飯能署のロビーに入ると、背後からいきなりイヤホンを奪われた。

「なっ」と反射的に振り返ると、そこには渡瀬が立っていた。

奪ったイヤホンを耳に挿して、

「ほお。ベートーヴェンの〈熱情〉か。宗旨替えか？」

一聴して曲名を当てたことにはもう驚かなかった。

「イヤホンしていたのに何で曲変えたことが……」

「いつもより洩れる音がシャカシャカしてないからな。それにしてもどういう風の吹き回しかね」

イヤホンを手渡される際、つくづくこの男の観察力に舌を巻いた。昨夜のうちにｉＰｏｄに買ったばかりのＣＤを全曲収録しておいたのだ。

「俺がクラシック聴いてたらおかしいですか」

「人間、分けても男ってのは案外保守的な生き物でな。仕事を持つと拘束時間が長いから好きなことする時間が限られて余計に趣味嗜好《しこう》は固定化する。ところがある日を境にそれがいきなりがらっと変わる時がある。趣味嗜好なんてのは、そいつの個性の一部だから、それが一変するなんて結構大事なんだ。まあ、大抵は好きな女ができた時なんだが」

そう言い残して渡瀬はさっさと階段に向かう。意表を突かれてその場に固まった古手川は慌てて後を追う。

「いや、これは昨日会った保護司が音楽を通じた自閉症療法をしていて」

「ほお。それでお前もクラシック鑑賞か。仕事熱心で何よりだな。で、捜査対象はどうだった。アリバイはあったのか」

「いえ、当真勝雄は歯科医院で住み込みの仕事をしていますが、終業後は一人で部屋に籠もってしまうため、アリバイが成立しません」

「寮住まいか」

「ええ。だけど管理人というのはいません」

「なかなか気の許せる仲間も少ないだろうしなあ。仕事終わってから焼き鳥屋で一杯引っかけるなんてこたぁねえだろうし」

「彼、未成年ですよ」

「夜の街で女引っかけるなんてこともねえだろうしなあ……。対象者は七人いると言ったよな。実は昨日のうちに四人はアリバイが成立して対象から外れた」

「当真勝雄も、そんな風には見えませんでしたが」

「そんな風ってのはどんな風だ。人殺しは普段から人殺しの顔してるってのか。スカタン吐《ぬ》かすな。外見でその人となりが判るのなら今頃人相見や手相見は全員刑事になってらあ。いいか、どうせ見るなら顔じゃない。動作を、立ち振る舞いを見るんだ」

「立ち振る舞い、ですか」

「劇団でも俳優養成学校でも一緒だが、素人に演技指導する時には表情よりも先に指先とか歩き方から演技させていくんだ。何故だか分かるか？　表情は簡単に変えられるが、染み込んだ職業的な癖や心理を表わす動作は抑えることが難しい。だからその人物になりきろうとするなら癖を覚えた方がらしくなる。逆に言えば癖とか仕草には隠しようのない何かがどうしても出ちまう。刑事が見るべきところはそこだ」

古手川は思わず右の掌を押さえたが、一方で鼻白む思いもある。DNA鑑定全盛の時代に何故シャーロック・ホームズの真似事が必要なのか。

「何故シャーロック・ホームズの真似しなきゃならんのかって顔してるな。いいか、科学捜査は詰まるところ証拠固めには有効だが、証言の真偽やその人間が何者なのかを特定するには至らない。それを見極めるのは刑事の眼だ。ところがお前に不足しているのはその観察力だ。こう言っちゃ何だが、対象者は表情で他人を欺けるタイプじゃあるまい。いい機会だ。容疑が晴れるまで、しっかり観察してこい」


上司から調査継続を命じられ公然と有働宅に足を運べるのは好都合だったが、当真勝雄を疑い続けることには躊躇があった。

初めて訪れた街の印象は最初に遭った人の印象に左右されることが多いと言う。そして古手川がこの佐合町を好きになり始めているのは、まさにそれが理由だった。有働さゆりと真人、そして当真勝雄に対して古手川は確かに好感を持っている。だが、それは渡瀬がちらと匂わせたような男女間のそれではなく、もっと別の何かだ。とにかく今まで経験したことのない分類不能の心地良さで、それが何なのかを一言で表現することは語彙《ごい》の貧困な古手川には非常に困難だった。ただイヤホンから流れるピアノに耳を傾けていると、言葉では表現できなくとも感覚で理解できるような気がする。

電子音、ビート、ノイズ、スクラッチ、ラップ——人の神経を逆撫《な》でし、刺激することで躍動感を獲得した現代音楽がその代償として失ったものの一つがメロディだ。古手川の耳にしている音楽にはこのメロディが横溢している。豊潤で、荘厳で、華麗。そして愉悦と激情に満ちた旋律。これがあればアルコールは要らない、と古手川は思う。もし自分が麻薬中毒者であったとしたら、クスリすら要らないと思っただろう。

もしかしたら今日も運良くさゆりのピアノが聴けるだろうか。そう考えながら有働宅まで行くと、家の前に真人と一人の男が立っていた。ランドセルの横に何故か真っ赤な風車が挿してある。見れば、真人は偉丈夫に行く手を遮られていた。古手川は歩を速めた。

「どうした、真人君」

真人とその偉丈夫が同時にこちらを振り向いた。見れば偉丈夫の足元に男の子がしがみついていた。昨日、古手川が吊り上げた三人のうちの一人だった。

どうやら親に告げ口するだけの勇気はあったらしい。

「あんたが古手川さんか」

遠目から偉丈夫と見えたその肉体は、近くで見ると単に体格が良いというだけではなく、隅々まで鍛え上げられたものと分かった。厚手のジャケットからも筋骨隆々とした形が窺える身体は格闘家のそれのようだ。歳の頃は三十半ばといったところか。

「そうだが、あんたは」

「市ノ瀬《いちのせ》という者だ。こいつの親父さ」と、足元の子供を見下ろす。

「昨日は子供が世話になったようだな。家に帰るとこいつが布団に包《くる》まってぶるぶる震えてるんで問い詰めた。あんた、こいつを少年院にぶち込むと脅したそうだな」

「息子からどこまで話を訊いた？　イジメってのはれっきとした犯罪だ。脅してでも止めさせるのが刑事としての、いや大人としての役目だ。それとも、自分の子供はイジメに加担していないとでも？　何ならこの子の腹についた証拠をお見せしようか」

「それも訊き出した。イジメはしたが暴力はふるっていないそうだ」

「両者の言い分に食い違いがある訳だな。で、抗議にでも来られたんですか」

「抗議じゃなくて直接行動だ」市ノ瀬はジャケットを脱いだ。「息子を脅した奴を放っておく訳にはいかんからな」

古手川の中で警報が鳴り始めた。

「警察への非難を腕力で示す市民は初めてだな」

「警察へ、じゃない。あんた個人へ、だ」

「息子のイジメを庇うのか」

「庇うつもりはない。イジメが犯罪だってのは俺も同じ意見だ。だが、そういうことは子供同士が解決する問題で保護者が口を出すものじゃない」

「それじゃあ、どうして」

「息子が眠られんくらい脅されたんだ。敵を討つのが父親の役目だ。もっとも、この場で手を突いて謝罪してくれるのなら話は終わりにするが」

「……それ、大人げないって言わないか」

「揉めて揉めてどうしようもなくなった時、最後に残る解決方法は殴り合いだと教えている。それなのにこういう時に親父が何もしなかったら嘘を吐《つ》いたことになる」

「市ノ瀬さん。あんた職業は？」

「あんたと同じ公務員さ。自衛官やってる。お互いそういう職業だから、肩書き抜きの保護者同士で白黒つけるのが最適だとは思わんか」

自衛官と聞いて、その屈強そうな肉体に合点がいった。内なる警報は更に高く響き渡る。警察官も日頃の鍛錬は義務づけられているが、自衛官の鍛え方はその比ではない。何しろ肉体鍛錬が日常業務と言っても差し支えないのだ。

逡巡《しゅんじゅん》していると、真人がズボンの裾を引いていた。

「もういいよ、古手川さん……」

弱々しく微笑っていたが、眼だけは切実に何かを訴えていた。

どきりとした。

今の真人は丁度あの頃の順一郎と同い年だ。弱々しい笑みが順一郎のそれに重なる。

――いい訳あるか。

野良犬は逃げれば逃げるほど追いかけてくる。多少の怪我を覚悟してでも立ち向かえ――偉そうに教訓垂れたのは自分ではないか。ここで警察官の行為としてはやり過ぎだったと謝罪し、この場を立ち去るのは容易いことだ。しかし謝ったり逃げたりしたのでは、今後真人にどんな顔をして会えと言うのか。現に順一郎が真人の眼を借りて助けてくれと訴えているのだ。

忘れていた筈の幼稚な正義感が頭を擡《もた》げる。

警報が不意に鳴り止んだ。

心を決める前に手がジャケットを脱いでいた。寒風がシャツ一枚の肌に触れるが不思議に寒さは感じない。

こうして相対すると一目瞭然《いちもくりようぜん》だが、両者の体格差は如何ともし難い。しかし、機敏さでは自分が勝るのではないか――そんな期待がふっと頭を過《よ》ぎった。たとえ相手がどんな強者であろうと後先考えずに立ち向かって行ったあの頃の自分が甦った。まさか、こんなところで不良狩りに再会するとは。古手川は我知らず苦笑する。

「何が可笑《おか》しい？」

「この歳になってタイマン張る羽目になるとは思わなかった」

行った。

一瞬、市ノ瀬と目礼を交わす。それが合図になった。古手川は頭を下げて突進して
気がつくと、有働宅のソファの上に寝かされていた。脇腹や顔面、関節の所々が疼《とう》痛《つう》を訴えている。薄目を開くと真人が心配そうな顔で自分を見下ろしていた。

「古手川さん……大丈夫？」

そんな風に訊かれて大丈夫と答えられないようでは男じゃない。

「ご免なさい……」

消え入るような声だった。慌てて言葉を被せる。

「お前が謝る必要はない。俺が勝手にやったことだ。それに負けじゃなかっただろ」

「え？」

「何発かは向こうにも入った。だから勝ちじゃないけど負けでもない」

「何それ。子供の強がりみたい」と、今度はさゆりの顔が覗き込む。「本当っに、男なんて幾つになっても子供なんだから」

「とんだ迷惑を……面目ありません」

「でも、真人のためにしてくれたんでしょう？　……どうも有難うございました」

深々と頭を下げるさゆりを見上げ、身体を起こそうとしたが、その途端肩に激痛が

走った。

「ってっ！……」

「駄目よ、まだ。身体のあちこち腫れ上がったままだから。痛みが治まるまでは横になってて。顔の腫れだけは今日一日引きそうにないけど」

「そんなにひどい？」

恐る恐る触ってみると、滑らかな筈の曲線が確かに凸凹になっている。鏡は見ない方が良さそうだった。だが、それを眺め続けている真人が済まなそうな表情ながら口元を綻《ほころ》ばせているので、古手川は良しとした。肩書きは自衛官ながら一般市民と拳を交えたのだ。公になれば良くて訓戒、悪ければ減棒処分だが、この笑みと交換ならそれも良いかも知れない。

「あの、お願いがあるんですが……」

「何ですか？」

「鎮痛剤を……そうだな、〈悲愴〉をもう一度弾いて貰えませんか」

「……そんなので良いの？」

「それでないと効かないんです」

「いいわ。わたしのピアノで治るのなら後でゆっくり聴かせてあげる。でも、その前にお昼にしましょう。古手川さん、お昼御飯まだなんでしょう？」

「いや、それは。公務中ですから……」

「何言ってるの。公務中でもピアノは聴く癖に。いいから食べていって。どうせ多めに作っちゃったし。ね、お願い」

お願いと言いながら口調は命令そのものだ。見かけはおっとりしているようで、その実、相当に我が強い性格なのは昨日の数時間で知らされた。恐らく一口なりとも食べなければ帰して貰えないだろう。渡瀬の苦虫を嚙み潰したような顔が浮かんだが、目の前で何かを期待している童顔に掻き消されてしまった。

（まあ、いいか）

諦《あきら》め半分、期待半分でテーブルにつくと、差し出されたのはクリームシチューだった。さては真人主体の献立で、とどのつまりは自分もお子様扱いか。少々へこんだ気分でスプーン一口を啜った古手川はまたしても驚かされた。

具材も味つけもありきたりの、しかし何と優しい味なのだろう。ピアノと同じだった。舌から喉へ、喉から胃に落ちる際に暖かさが体中に広がっていく。傷ついた部位がじわりと内側から癒されていくような気になる。初めてなのに懐かしい。普通なのに特別な味に思える。

「……美味《おい》しい、です」

「あら、口に合った？　良かったあ」

さゆりは軽い口調でそう応えた。社交辞令と思われたのなら心外だった。自分はこんなに感動しているのに。だが、古手川にはその感動を言葉にする術《すべ》がない。せめて中身を平らげることが今の自分にできる精一杯の感情表現だった。

夢中になってスープ皿の中身を掻き込む自分を、さゆりと真人がくすくす笑いながら見ている。

いいよ、幾らでも笑ってくれ。そんなこと全然気にならないくらい美味しくて美味しくてしょうがないんだ――。

すっかり暖まって額が汗ばんできた。汗が眼に入ったのだろうか、次第に視界がぼやけてくる。ゆっくりと分かり出した。こんな風に誰かとテーブルを囲んでシチューを食べることなど何年も、いや十何年もなかったのだ。

父親は碌でもない男だった。母親も負けず劣らず碌でもない女だった。今思えば丁度バブル経済崩壊直後で大企業から中小企業までリストラの大合唱だった時期、父親もその憂き目に遭った一人だった。まだ四十になったばかりで再就職の道もあったが、自分の能力に見合った収入が得られないとか何故年齢だけで差別するのかと愚痴を言うばかりで、安っぽいプライドを肴《さかな》に酒に明け暮れる日々だった。

共働きだった母親の就業時間は父親の退職を期に延長され、父親も職探しと称して呑みに出掛けるので、日中家にいるのは古手川一人だけだった。そのうち、父親も母親も帰宅するのは夜中になった。家は単に三人分のベッドが置いてある場所に過ぎず、団欒《だんらん》などというものは欠片もなかった。

やがて母親は職場の上司と懇ろになった。だが父親は全く気にしなかった。その頃はもう殆ど家に帰らなくなったからだ。仕事もないのに、どうやって飲み食いしているのだろうと子供心にも不思議だったが、ある日郵便ポストを開いて疑問は氷解した。中には金融会社からの督促状が溢れ返っていたからだ。

それからのことはまるで安物のドラマをなぞるような展開だった。家庭不和と浮気と借金苦。一家離散の原因が三拍子揃った先にはやはりお定まりの結末しかなかった。だからテーブルには暖かな思い出などない。あるのは青白い蛍光灯が一人分の膳《ぜん》を照らすうそ寒い光景だけだ。

初めてなのに懐かしい、普通なのに特別な味がする——その理由がやっと分かった。

視界のぼやけ方はいよいよひどくなり、とうとう目を開けていられなくなった。

真横で真人が不思議そうにこちらを見ている。何か言われる前に、口の中にできた傷に沁みて痛いんだ、と言っておいた。さゆりは何も言わなかった。

人心地がついた後で、さゆりは約束通り〈悲愴〉を披露してくれた。昨日からアシュケナージの指が目に浮かぶほど聴き込んでいるが、それでもやはり生の演奏に勝るものはなかった。まるでスポンジに水が沁み込むようにメロディが魂に吸い込まれていく。腹に収まったクリームシチューと相俟《あいま》って市ノ瀬から受けた傷は一楽章毎《ごと》に癒えていく。

至福の二十分を過ごした後、部屋の隅に目を配ると昨日目にしたコントラバスは姿を消し、折り畳まれたベースキャリーだけが残されていた。事情を聞くと、近所の音大生や楽団員が練習にこの部屋を度々訪れ、時には即席のミニコンサートが開かれるのだと言う。

まさかこのまま居座る訳にもいかない。本来はさゆりに許可を得た上で沢井歯科に当真勝雄を訪ねる予定だったのだ。ピアノに未練を残しながら辞去の意を表すると、真人が玄関先まで見送りに来てくれた。

その小さな手には赤い風車があった。

「レトロだなあ。まさか今どきの子は風車で遊ぶのか？　まるで昭和の風景だぞ」

「これね、総合学習の時間に作ったの」

「ソウゴウガクシュウ？　ああ、そう言えばそんなの聞いたことがあるなあ」

じっくりと見れば、成る程一時間で拵えたらしい代物で、セルロイド製の羽根部分は四枚の大きさが不揃いでお世辞にも良い出来とは言いかねた。だが、折り曲げ損なった部分や切り取り線からずれた切断面を観察すると本人の一生懸命さが伝わってくる。棒の先端には慣れないナイフを使ったせいか、うっすらと血のついた痕もある。

遊びと言えばテレビゲームしかないような昨今の事情で小学生が自らの手で工作するのだ。こんな簡易な造りであっても、四苦八苦したのは想像に難くない。

「この風車さ、あげる」

「え。俺に？」

「さっき僕を護ってくれたよね」

どう応えて良いのか分からなかった。

「友達……になってくれる？」

これには迷わず頷いた。すると、真人は安堵したように表情を緩めた。

「僕、大人の友達って古手川さんが初めてなんだよ。だから、古手川さんにあげる」

おずおずと風車を差し出す。手に取ってくれるのだろうかという不安が濁りのない瞳に見て取れた。

何という小さくて滑らかな手なのだろう。五本の指も細くて皺一つなく、母親の指には似ても似つかない。まるで陶磁器でできた人形の指のようだ。

「有難く貰っておく！」

真人は眩しそうに笑ってみせる。笑い方は母親にそっくりで、微かに開いた口に銀歯が一本光った。

手を振る真人を背に有働宅を出ると、一陣の風が吹いた。反射的にコートの裾を閉じようとしたが、気がつけば身体はすっかり暖まって寒風もさほど堪えなかった。絆《ばん》創膏《そうこう》だらけの顔面にも冷たい風は心地良い。

胸に挿した風車が寒風を受けてくるくると回り始めた。不揃いな羽根でも回転は至極円滑で、風の勢いにつれて羽根が軽やかな音を立てて真っ赤な大輪を形作る。

それは小さな友人の期待を裏切らなかった勲章だった。

（……結構、カッコ良いじゃないか）

さて、後はこの怪我の理由をどう言い繕おうか――。

鼻唄で〈悲愴〉の一節を口ずさみながら古手川は軽い足取りで沢井歯科に向かった。

＊

その夜、彼は窓を叩く風の音に耳を澄ませていた。建て付けの悪くなった桟が風の強弱で怯えたような音を立てたが、彼自身は全く怯えなかった。それがたとえどんなに獰猛《どうもう》な音であっても、またどんなに苛烈《かれつ》な音であっても、他人の声を聞くよりは数段ましだった。

人の声は生活廃水と同じだ。濁っていて、聞くだにおぞましい。会話をしている近くに立つだけで汚泥に身を浸しているような不快感に襲われる。周囲の人間もテレビの中の馬鹿騒ぎも自分の容姿を嘲笑《あざわら》っているように聞こえる。話し掛けられるのが嫌だったから、彼も挨拶など必要最低限の言葉以外は決して口にしようとしなかった。

ただ、あの人の声だけは別だが。

それ以外の声は雑音として聞き流すようにしている。しかし、今日耳にした雑音の中には興味を誘う言葉もあった。

カエル男――。

あいつらは声を潜めてその名を囁き合っていた。まるで、その名を口にすることが不吉な行為であるかのように。男たちも女たちも、そしてテレビさえもがカエル男の名に怯えていた。彼にはそれが愉快でならない。

何故ならカエル男は自分なのだから。

カエル男。ヒーロー番組に出てくる怪人の名前みたいだったが、彼は気に入った。昨日まで自分以外の人間に恐怖していたのが嘘のようだ。今は自分自身が恐怖になっている。たったの数日で立場は逆転した。

喜悦に貌を歪ませながら彼はたった一つの明かりである卓上スタンドに目を向けた。

その光の下、日記は新たな頁を晒している。

きょう、がっこうでずかんをみた。

かえるのかいぼうがのっていた。
かえるのおなかのなかは、あかや
しろやくろのないぞうがたくさん
つまっていてとてもきれいだ。
ぼくもかいぼうしてみよう。

三　解剖する

1　十二月十一日

朝とは言え、陽はまだ東の山脈《やまなみ》に隠れている。濃霧が立ち籠めているために、視界は数メートルしか確保できない。

その中を倉石《くらいし》巡査は一人自転車で佐合公園に向かっていた。睡眠不足ではあったが朝の冷気が肌を刺激して適度な眠気覚ましになっている。コンビニへ買い物に出掛けた子供が帰宅していないという通報を受けたのが昨夜の十一時過ぎ。母親と一緒に自宅周辺を捜索し一旦打ち切ったのが深夜三時。所轄署に事件のあらましを報告したのが四時。そうしてやっとベッドに潜り込んだものの、公園に人間の死体を発見したとの新たな通報で叩き起こされたのが六時なので都合二時間しか眠っていない。それでも倉石巡査は通報内容を確認した瞬間に交番を飛び出した。警察に奉職して三十余年、さすがに足腰が言うことを聞かなくなりつつあったが、長年のうちに培われた警察官としての勘が彼を現場に急がせていた。一晩のうちに通報が重なることは珍しい。その珍しさが不吉な予感となって老体に鞭《むち》を打つ。不吉な予感は大抵的中するものだ。殊に最近はカエル男なる正体不明の殺人鬼が跳梁《ちょうりょう》跋扈している不穏な時期でもある。

佐合公園に着くと、門の付近にトレーナー姿の青年が不安げな面持ちで立っていた。

「君が通報者か」

青年は瘧《おこり》のように首を振り、黙って公園の中を指差す。決してそちらの方を見ようとしない。よくよく観察すれば青年の顔は蒼白に近く、今にもこの場から逃げ出したいという風情だ。

「見てきて下さい」と懇願するように言った。

「僕は嫌ですから。もう一瞬だって見たくない。あんなもの。あんなもの……」

これはもう使い物にならない。そう判断した倉石巡査は青年を残したまま公園に足を踏み入れた。

予感は的中した。それも考え得る最悪の形で。

公園のほぼ中央の砂場一杯にそれは広げられていた。恐らくは男児の死体だろう。小ぶりの頭部と四肢が切断されて軀体を中心とした放射線状に配置されている。切断面さえ無視すればまるで分解されたマネキンの部品のようにも見えるが軀体だけは些か様子が違った。食道から恥骨まで正中線に沿って腹部を切り開かれ、内部が剝き出しになっている。だが体内に残されているのは肋骨だけだ。心臓、肺、胃、大腸、小腸、その他諸々の器官はすっかり切除され、軀体の外側に整然と並べられている。砂に塗れた各々の器官はまるで玩具のような佇まいだが逆に生々しい生物感があった。

それは砂場をキャンバスにした出来損ないのオブジェだった。人間の肉体を徹底して物体として扱った醜悪な解剖図だった。

倉石巡査は腋《わき》の下から流れる汗に気がついた。体感温度がこんなに低いにも拘わらず、汗は止め処もなく流れ続ける。喉がからからに渇いて声が出ない。両足が棒のように固まって動こうとしない。

凍てついた空気に異臭が混じっていた。腐敗臭ではない。外気に触れたばかりの大量の血液と胃の内容物が醸し出す、生物が物体に変わる寸前の臭いだった。いきなり嘔吐感が腹の底から湧き起こったが、倉石巡査は職業意識で何とかそれを抑えた。生理的な嘔吐感ではない。寧ろ精神的な拒絶反応に近いものだった。

確認する前から確信めいたものがあった。この哀れな被害者は昨夜行方不明になった少年に違いない。推論の材料は何もなかったが警官としての勘がそう告げていた。果たして砂場の隅に衣服は無造作に捨てられていた。いや、これ見よがしに置かれていたというべきか。更に衣服の間にメモが挟まれていた。——きょう、がっこうでずかんをみた——見覚えのある稚拙な字体が顔を覗かせていた。

現場保全以前に、元より手を触れる気がしなかった。だが下着の裾に文字らしきものを認めて倉石巡査は少し近づいてみた。それは名前だった。自分にも覚えがある。学校で他の児童の物と間違えないように子供の下着や靴の裏側にはこうして親が名前を書いておくのだ。その名前は予想通り、昨夜捜索願が出された少年のものだった。

──有働真人。

通報は直接捜査本部に齎《もたら》された。三人目の被害者の名前を聞くなり、古手川は狂ったようにパトカーを駆り、数台のクルマと接触未遂を起こしながら現場に到着した。悪い夢か、さもなくば何かの間違いであってくれと祈りながら。

だが砂場を前にした古手川はそれが現実であることを思い知った。

蠟《ろう》のように生気の失せた頭部を見ても最初はそれが作り物にしか思えなかった。顔からは両の眼球が抉《えぐ》り取られ、耳の横に置かれていたからだ。

しかし、その顔は紛れもなく真人のものだった。手も見覚えのある綺麗な手だった。古手川は幽鬼のように立ち尽くす。

頭では現実であることを認識していながら、意識は夢心地だった。昨日見たばかりの笑顔、昨日握ったばかりの掌。それが今は冷たい物体となって砂塗れになっている。

突然がたがたと上下の歯が鳴ったが寒いせいではなかった。胃が鉛のように重かったが嘔吐感のためではなかった。

現場周辺を鑑識課員たちが這い回る。体液の染み込んだ砂の採取、足跡の採取、遺留品の捜索、切断面の撮影。現場と死体に容赦なくデジカメのフラッシュが焚《た》かれる。

止めてやれよ、と古手川は心の裡で叫ぶ。その子は恥ずかしがり屋なんだから、そんな場所を写すな。その子をそんな風に物みたいにして扱うな——。

僅かばかり機能していた理性の堤が沸騰する激情によって決壊する。

「うわあああっ！」と、声を張り上げた。もう自制心は完全に吹っ飛んでいた。明確な理由はなく、鑑識課員の誰でも良いから飛びかかろうと身体が前に出た。

が、それを背後からがっしりと羽交い絞めする者がいた。爆発しそうな感情をもってしてもその肉体をぴくりとも動かさない強靭《きょうじん》な力。

「落ち着け、新人」

聞きたくもない渡瀬の声だった。

「相手が、違う」

途端に全身の顫えが止まった。

「母親の、有働さゆりの話では被害者が文房具を買いに行くと家を出たのが二十一時過ぎ。一時間経っても戻らないのでコンビニまでの道程を探してみたが姿が見つからないので交番に通報した。当直の巡査が一緒になって近所を探し回ったが目撃者すらなく、所轄に報告を上げてきたのが四時、そして今朝になって現場付近でジョギングしていた第一発見者がこの様を通報した」

古手川が真人と別れたのが昨日の十四時頃だから、その僅か七時間後に拉致《らち》されたことになる。いっそ、あのまま有働宅に居座っていれば真人の運命も変わっていたかも知れない——そう考えると、気が狂いそうになる。

「検視官の話じゃ手口は前の二件と同一だ。後頭部を鈍器で一撃、そして絞殺。お馴染みのメモも残されていた。手口については公表していないから模倣犯が出ようもない。十中八九、奴の仕業だ」

「母親には……報せたんですか」

「もうすぐ来る」

「ここで検分させるんですか？　幾ら何でも残酷過ぎる！」

「同感だ。だが、母親なら是が非でも確かめたがるだろう。きっと何かの間違いだろうと、一縷の可能性に望みを託してな。だから母親がここに来ても現場を見せるな。確認させるのは着衣だけで良い。どこか別の場所に移動させて、被害者の検分は司法解剖が終わってからだ。それが母親と面識のあるお前の仕事だ。できるな？」

　返事をしないままでいると渡瀬は古手川の胸倉を摑み上げた。

「しゃきっとしろい！　被害者が誰であろうが犯人が誰であろうが、現場に足を踏み入れた瞬間に手前ェは刑事なんだ。感情は見せるな。五感と足だけを動かせ。被害者を悼《いた》む気持ちがあるなら犯人に手錠を掛けろ！」

　渡瀬の怒声でやっと古手川は自分を取り戻した。身体が俄かに重くなり、皮膚が周囲の寒さを感知した。感情を殺せ、と自らに命じる。今からここにやってくる女性は、自分など比較にならないほどの悲憤と不条理を抱えているのだ。そんな状態の彼女に息子の無残な死体を見せたら追い討ちをかけるようなものだ。

その時、首筋に冷えた塊が当たった。

ぴくりとして落ちてきた方向を見上げると鈍色《にび》の空から粉雪が舞い降りていた。ここ数日の寒波にも拘わらず久しく降雪はなかったが、重くなった雪雲がとうとう我慢できなくなったらしい。儚《はかな》げな結晶は風花のように吹かれ、砂場と死体、そこに群がる捜査陣の上を静かに覆い始めた。

それからのことは思い出したくもなかった。赤のミニヴァンでやってきた半狂乱のさゆりを宥《なだ》めすかしてパトカーの中に押し込み、半ば強引に着衣を見せた。果たして昨夜、真人が外出時に着ていた物だった。どこか世間ずれした天真爛漫《てんしんらんまん》なさゆりは消えていた。ここにいるのは突然の出来事に驚き戸惑い、叫び狂うただの哀れな母親だった。手前勝手な言い分と分かっていたが、そんなさゆりを見たくはなかった。

「……一時間経っても帰らないからコンビニまで探したけど、どこにもいなくて……コンビニの店員さんは、そんな男の子来てないって言うし……それで当真君にも手伝って貰ったけど、やっぱりいなくて」

二人にとって不運だったのは現場となった佐合公園が幹線道路の外れに位置してい

たことだった。建築基準法では一定区画の住宅地には公園を設置する決まりだが、佐合公園はこの規定を満たすだけの目的で便宜的に拵えられた公園だった。遊具のメンテナンスは全くされておらず園内も荒れ放題のために利用者は殆どなかった。

「もう少し足を延ばして、この公園まで来ていれば真人もこんな目には……」

まずい思考回路だ、と古手川は思った。息子の死という現実を冷静に受け止められず、全ての責任を自分に被せている。

「有働さん、それは違う。公園と言ってもここは子供が立ち寄るような場所じゃない。しかも町外れにある。短い時間にここまで探索するのは巡査だって不可能だった。犯行状況を考えれば犯人は出会い頭に凶行に及んでいる。恐らく真人君はコンビニに行く途中で犯人に捕まってしまった。だから探しに出て行った時にはもう……」

「あんな時間に外へ出さなければ！」

こうなったら場所を替えるしかない。現場と至近距離、しかもパトカーの中は一般人には特異な場所で、落ち着けと言う方が無理な注文だ。いつものように鍵盤に指を置けば平静に戻るのではないか——そんな安直な計算も働いていた。

さゆりに喋らせる間を与えず、ドアを開けた瞬間だった。

いきなり面前に無数のマイクが突き出された。

「お母さんですか！　今のお気持ちを一言」

「何故、お子さんが狙われたとお思いですか」

「異常者の犯罪に関して保護司の立場から」

まるで猛禽類の襲撃を受けるようだった。その眼は一様に殺気立っており、返事をしなければ危害を加えると物語っている。ハゲタカだ、と古手川は思った。こいつらは死臭を嗅ぎつけ、屍肉《しにく》に群がるハゲタカだ。

真人の死がこのハゲタカどもによって商品となり、市民の注意を喚起するという名目の下に紙面やテレビ画面に供される——。そう考えただけで腸《はらわた》が煮え繰り返る。今すぐ拳銃を抜いてマイクやカメラを持った何人かに突きつけてやりたい衝動に駆られる。今まで取材陣を侮蔑することはあっても、殺意を覚えたのはこれが初めてだった。その欲求に堪えられたのは抱えた腕の中にさゆりがいたからだ。この女性《ひと》だけは護らなければならない。マスコミの取材攻勢から、人々の好奇や中傷の目から。その使命感が辛うじて古手川の職業意識を支えていた。そしてそれが渡瀬の配慮であったことに今更ながら思い至った。

マイクとカメラの砲列を蹴散らし、さゆりを自宅に送り届けたものの、さゆりの動揺は一向に治まる気配がなかった。ピアノの前に座らせれば何とかなるという目算は甘い期待でしかなかった。いつまでも、その横についていてやりたかったが、それは自分の仕事ではない。後ろ髪を引かれる思いで隣家の主婦に後を託し、古手川は本部に向かった。

情報、とにかく今は情報が必要だ。現場周辺の聞き込み、鑑識結果、解剖所見、何でも良い。真人を手に掛けた人間に近づくためならどんな情報でも喉から手が出るほど欲しかった。ステアリングを握りながら古手川は渇望する。そいつを逮捕できるのなら、一日に何万歩歩いても良い。違法捜査に手を染めても良い。悪魔とやらに魂を売っても構わないとさえ思う。どうせ、それほど高貴な魂ではない。

世間の耳目を集める連続猟奇殺人。解決すれば警視総監賞も夢ではないだろう。しかし、今の古手川には褒章などもうどうでも良かった。犯人に手錠を掛け、刑に服させる——それ以外に望むものは何もなかった。今までの人生でこれほど自分以外の人間を憎悪したことはなかった。これほど人間を呪わしく思ったこともなかった。怒りなのか悲しみなのか、煮え滾る熱い塊が胸の奥底から込み上げて喉の辺りを圧迫する。

警察官は誰でも自分の中に自分だけの正義を持っている。それはたとえば被害者の無念を晴らすことであり、または法の秩序を護ることであり、或いは国民の生命と財産を護ることだ。しかし、実際の事件と向き合い、警察組織の中で棲息《せいそく》するうちに、自分の正義と組織や世間の求める正義に乖離《かいり》が生じてくる。自分の正義が常に正しいとは限らないことを知ってしまう。そして正義を抱き続けることにいつしか倦《う》み疲れ、やがて死体の内部で消化液が内臓を溶かすように自己融解を始める。

それに気づいた頃から古手川は自分の正義を放棄した。有能な警察官とは信念を貫く警察官ではなく、一件でも多くの犯人を効率的に検挙する警察官だろうし、曖昧な正義よりは割り切った功名心の方が自分や周囲に撒き散らす害毒が少ない。第一、あれこれ悩まずに済むから面倒臭くないではないか——。

だが、古手川は思い出した。自分が警察官を志望したそもそもの動機は何だったのか。不良狩りの異名で呼ばれていた頃、自分を駆り立てていたものの正体、それは決して英雄的な動機ではなかった。友人を見殺しにしたという罪悪感からの忌避行動、もしくは自己破壊の衝動に他ならず、それは煎《せん》じ詰めれば自己弁護と復讐心でしかない。だが、そんな卑小なものであっても自分にとっては正義だった。それがなければ自分自身の生存が許せない最低必要条件だった。

過去が今、再び古手川に問うている。

自己弁護と復讐心の何が悪いのか。

その二つを自らの行動原理として何が悪いのか。

結論の出ない問いを胸に抱いたまま、古手川はタイヤを軋ませて情報の集まる捜査本部に急ぐ。

飯能署に到着すると報道各社のクルマ、そして見慣れない黒塗りのクルマが目についた。ナンバーを確認すると警察車両だった。

「ああ。あれは警察庁のクルマだ」

渡瀬は事もなげにそう答えた。

「サッチョウ？　サッチョウが何でこんな時に」

「こんな時だから来たのさ。連続猟奇殺人は今や飯能市のみならず全国を恐怖に陥れている。ところが捜査は遅々として進まず容疑者の特定にも至っていない。そこへ第三の事件発生だ。警察庁のお歴々も重い腰上げるさ。目下本部長と膝詰め談判中だ」

「談判中って……事件どうなるんですか」

「決まってるじゃねえか。主導権握られんのよ」

「そんな！」

「そんなって、お前。えらく鼻息荒ェじゃねえか。いつものドライさはどうしたい」

不満げな気持ちが表情に現れたのか、古手川の顔を一瞥《いちべつ》すると渡瀬はふんと鼻を鳴らした。

「心配すんな。今すぐって話じゃねえ。同じ警察でも向こうはガチガチのエリート官僚だ。自分から火中の栗を拾うような真似はしねえよ。あいつらが手を出すのは栗が食べ頃になるくらい冷えてからだ。今はまだその時期じゃない」

「……どういう意味ですか」

「最初の被害者が女性、次が老人、そして今度は小学生。弱き者ばかり相次いで被害に遭った。当然、怒りの市民感情は警察に向けられる。長引けば引責問題だ。そんな時期に誰が矢面に立つもんか。今しばらく警察庁は様子見。県警本部が世間とマスコミに叩かれて叩かれて矢尽き刀折れた頃に漸く舞台に現れようって寸法だ。ま、俺たちゃ体の良い露払いってところか。だからまだしばらくはこちらに持ち時間がある」

渡瀬は不敵に笑ってみせる。

「解剖所見は検視官の見立てと大して変わらなかった。後頭部を殴打して昏倒させているが、縊《くび》ったのが直接の死因だ。使用された凶器は前二つの事件と同一と見て良い。死亡推定時刻は昨夜の九時から十時にかけて。これは胃の内容物でかなり時間帯を狭められた。死体の切断に用いられた物は鋭利ではあるがメスのような手術用の物ではないらしい。また切り口も素人の手によるもので、とてもそれを生業としている人間の仕業とは思えない、とのことだ。また現場に流れていた血液は量が少なく、切断面に生活反応がないことから、被害者はどこか別の場所で殺害され、切断されてから公園に運ばれたと推測される。それから、例のメモの筆跡も前二件のものと一致した」

解体され、部品として運搬される――その光景を想像するだけで古手川は胸が締めつけられそうになる。

「母親、赤のミニヴァンだったな？　母親と当真勝雄がクルマに乗って自宅周辺を走り回っていたのを目撃した者はいた。だが一方、不審な人物を見掛けたという情報はない。現場となった公園は元々人気も少なく寂しい場所で、近所からも夜間の通行は敬遠されていたくらいで、目撃情報も皆無に等しい」

「ないない尽くしですか」

「いや、科捜研からは有力な情報が届いた。砂場に犯人らしき人物の靴跡が残っていた。砂場だから跡の深さで凡その体重、靴の大きさから身長が割り出せた。身長は百五十から百六十、体重は七十から八十。短軀でやや太り気味といった体型だな。ついでに言うと、有働真人と荒尾礼子、そして指宿仙吉との関連は見つけられない。念のために有働真人の血縁関係や出身幼稚園と所属小学校を当たってみたが、二人との接点は何もなかった」

　それはそうだろう、と古手川は思う。三人は住まいも職業も世代も違う。年齢の違う者同士を結びつけるのは大抵が帰属する組織なり団体だ。だが、これほどまで年齢差があるとそれも意味合いを無くしてしまう。残るのは三人ともやはり飯能市民という事実だが、それは最小の共通点とも言うべきもので犯人の絞り込みにはまるで役に立たない。

　元来、連続した事件は件数が重なる毎に証拠が集積され、関係者も絞り込めるので容疑者が特定し易いという特徴を持つ。だが、今回の事件は勝手が違った。事件が重なれば重なるほど容疑者の数が増え、収拾がつかなくなるような困惑がある。

「飯能市の人間に恨みでもあるんですかね。まるで飯能市限定の無差別殺人だ」

「それについては多少積極的な考えがある」

「え。班長、何か共通点見つけたんですか」

「共通点と言うよりは三人を結ぶ環だな。だが、それだとあんまり……」

おや、と思う。歯に衣着せない物言いが身上の渡瀬にしては珍しく歯切れが悪い。

「積極的な考えじゃないんですか」

「だから嫌なんだ。今度ばかりは外れて欲しい。もし当たりならえらい騒ぎになる」

渡瀬は物憂げに頭を掻く。渡瀬には珍しい仕草だったので古手川は気になった。

「教えて下さい。何が三人を繋《つな》ぐ環なんですか?」古手川は回り込んで渡瀬の正面に立つ。「班長、隠し事なしですよ。俺、手懸りなら何でも良いから欲しいんです。知っておきたいんです……あ」

気がつくと襟元に手を掛けていた。慌てて離すと、渡瀬はその手を一瞥してから古手川の頭を抱え込んで耳打ちした。

聞いて唖然《あぜん》とした。

それはあまりに単純な環だった。クイズにでもすれば子供も気づきそうな環、だからこそ重大事件として事象を捉えている大人には却って盲点となる環。渡瀬が見せた躊躇も理解できた。確かにそれが当たりなら事件が別の局面を見せるのは必至だった。

「それが犯人の意図することかどうかは勿論重要だが、恐ろしいのはその符合がたとえ偶然の一致であるにしろ、そうである事実が市民に与える影響だ。だから驚くのも良いが大概にしとけ。ブン屋たちの前でそんな顔見せるんじゃねえぞ」

「ブン屋？」

「今から本部長と一課長、それに担当責任者の俺が雁首《がんくび》揃えて記者会見だ。これが責任者の仕事なんでな。良かったら代わってやろうか」

「定例……じゃないですよね。何でまた急に」

「遂に第三の事件が起き、市民の不安は臨界点に達している。せめて現時点での捜査の進捗を公表して欲しい。それが記者クラブからの要請だ。進捗と言ったって胸張れるようなもんは何もないが市民の不安が増大してるのはその通りだからな。本部長も無下に断ることができん。全く絶好のタイミングさ。額に汗を浮かべる本部長を遠巻きに見て、サッチョウが薄笑いを浮かべるって構図だ。県警の旗色が悪くなればなるほど、後から登場する役者は相対的に印象が良くなるからな」

渡瀬は吐き捨てるようにそう言った。確かに今の段階で本部の記者会見を行うなど、一方的な負け試合の最中に監督インタビューをするようなものだ。下手をすれば捜査本部の無能を糾弾する場になりかねない。殊に市民感情が敏感になっている現状では尚更だ。市民が不安に陥っている時、社会の木鐸《ぼくたく》を以って任じるマスコミのすることは、その不安を更に煽《あお》ることだ。不安と怒り、そして責任追及こそが大衆の望みと信じて疑わない傲岸不遜《ごうがんふそん》さはもはやマスコミ各社の習い性になった感さえある。

ただ、今回の報道が今までと相違しているのは、報道陣自体が極度に怯えていると いう点だ。記事の内容は大衆の不安を煽ると言うよりも、記者自身の怯えを反映しているといった色合いが濃い。これで、もしも渡瀬の考えが的中したら——。

古手川にはその後の展開が想像もつかなかった。

会見席の中央に陣取るのは里中《さとなか》県警本部長、右手に栗栖《くりす》捜査一課長、そして左手には渡瀬が座り、その周囲を報道陣が取り囲む形で会見が始まった。古手川はその一団から離れ、ドアに凭《もた》れて傍観を決め込むことにした。

最初に今回の事件の概要説明、次に被害者有働真人の身元、犯行の手口から同一犯の犯行と断定できたこと、そして現場の砂場からは初めて犯人のものと思しき足跡が採取されたことが公表された。

報道陣は俄かに色めき立った。

「履物は何だったんですか?」

「靴底パターンでスニーカーと判明しました。現在製造元の特定に着手しています」

「足跡から犯人像はどんな人物と推測できますか？」

「科捜研からの報告では凡その身長と体重を割出しています。ただ、この場で詳細を公表するのは差し控えたい」

その一言でざわめきが起こった。

「それは何故ですか。犯人の特徴が判明しているのなら公表して市民の協力を仰ぐべきと思えるのですが」

「それはビデオなり写真なりの画像で人相まで特定できれば有効でしょうが、推測される体型だけ公表すると却って市民の疑心暗鬼を生むことになりかねない」

「つまり、こういうことですね」と、些か揶揄するような声が上がった。

声の主はすぐに分かった。尾上善二だ。

「犯人は一般的な体型ではないと」

里中本部長はきっと尾上を睨み据えた。

「詳細の公表は差し控えると言ったばかりです。仮に公表した場合に同様の体型を持った無関係の市民が受ける影響は無視できません」

「本部長」と、今度は野太い声が上がった。声の主はと見れば、県警記者クラブの長とも言うべきベテラン記者の顔がそこにあった。

「我々も徒に《いたずら》地域住民の不安を煽るような報道をするつもりはありません。だが、現実に彼らは恐れ慄《おのの》いている。標的が女性、老人、子供と社会的弱者に偏っている点、その三人に何ら関連性が見られない事実、そして死体を玩具のように弄ぶ猟奇性。そして三件の事件が殆ど時を措《お》かずに発生したことが既に疑心暗鬼を招いている。市民としては、とにかく一片の情報にも飢えている状況です。詳細な情報でなくとも、捜査本部では既に何人かの参考人を任意で事情聴取している、ぐらいの記事を読まない限り皆枕を高くして寝られない」

「捜査線上に何人かの参考人が浮かんでいることは事実です」

「絞り込みの段階ですか？」

「それも詳細は控えたいと思います」

詳細も何もあるものか——と、古手川は吐き捨てる。参考人の対象となっているのは未だに百人以上、それも単に前科があるとか近隣から挙動不審の情報が寄せられたという程度でとても参考人などと呼べる代物ではない。

「犯人像のプロファイリングはどうなんですか」

「死体の処理に一定の場所と多くの時間を費やす必要があり一人暮らしであること、また自分の部屋を所有していることが挙げられます。更に三件の事件現場がいずれも人通りが少ないことを熟知している様子から非常に土地鑑がある者、死体を運搬している行程から力のある男性である可能性が強……」

「そんなことぐらいは我々にだって判る」

先刻のベテラン記者がやや声を荒らげた。

「昨日今日、サツ回り始めた新人じゃないんだ。犯人が三つの現場からさほど遠くない場所に居を構える人間だということは百も承知している。わざわざ目撃者の少ない場所を選択しているからきっと古くからの住人だろう。新しく移入してきた人間じゃない。それに重い死体をマンションの庇まで持ち上げ、老人とは言え男性の身体を廃車工場まで運ぶんだ。女の仕事じゃないことは二百も合点している。我々が知りたいのは、犯人が何を考えて何を狙っているのかってことだ」

阿呆《あほ》か。

そんなこと、こっちが知りたいくらいだ。

「巷では殺人享楽者による犯行という見方が喧伝されている。特に今回の死体損壊にはその特徴が現れているのでは？　身元を隠蔽するメリットもないのに死体をバラバラにしているのは、何より異常性の発露なのではないか」

「それも断言できる段階ではありません」

「では、せめて市民の不安を和らげる意味で推測が立っているのかどうかだけでもお答え頂きたい。先刻、三人の被害者には何の関連性もないと申し上げたが、それは捜査本部も同様ですか？　もしや三人を繋ぐ環には見当がついているものの、次なる犠牲者を餌《えさ》にするために沈黙を守っているのではないですか」

疑心暗鬼に陥っているのはあんただ、と古手川は論評する。たった一人の殺人犯にいいように翻弄《ほんろう》され、その尻尾どころか影さえ踏むことのできない警察に対する不信感。片や捜査陣の能力を買い被ったこの勘繰りも結局はその警察不信に根ざしたものだ。気の毒なのは席上の里中本部長でイエスと答えれば人命軽視の捜査手法と言われ、ノーと答えれば捜査本部の無能ぶりを自ら認めることになる。

少しは目端の利いた者、たとえば右に座る栗栖課長なら、ここは虚偽であっても捜査本部には目星がついている、くらいの発言はするだろう。虚偽発言であっても後から検証する者はいないし、市民を安心させるためのリップサービスと割り切ってしまえば罪悪感もない。

更に頭の切れる者、たとえば左に座る渡瀬なら、現実的な推測から机上の空論まで思いつく限りの可能性を開陳した上で聞く者を煙に巻いてしまうだろう。

しかし不運にもと言おうか、里中本部長は昔ながらの気骨を持つ警察官で嘘や誤魔化しが何より苦手な男だった。

案の定、里中本部長は眉間に縦皺を刻んで黙り込む。他人にも自分にも実直な人間が進退窮まった時に選択するものは沈黙しかない。

里中本部長と報道陣の睨み合いが始まると、慌てた様子で栗栖課長が口を挟んだ。

「仮にも善良な市民を餌にするなどという発想は県警本部にはないっ。今の質問はあまりに失敬だぞ。第一、捜査途中にある未確定な情報まで公表する必要はない」

半眼でその場を見渡していた渡瀬が片方の眉を上げる。いつも間近でその表情を見ている古手川にはその意味するところが手に取るように分かる。今の仕草は、余計なこと言いやがってこの馬鹿、だ。

「では、捜査途中で未確定ながらそれらしきものは摑んでいる、と。そういう意味なんですな」

記者の半ば揚げ足取りに近い念押しに応えようとしたその瞬間、栗栖課長は口を開きかけたまま彫像のように固まった。自分の権限と責任の所在に思い至ったらしい。

里中本部長は顰《しか》め面をそのまま渡瀬に向ける。何とか助けろの合図だ。渡瀬は目礼を返すと軽い溜息を吐いてから咳払いした。報道陣の視線が一斉に渡瀬へと移る。

さて、どんな言説を持ち出してくるか――。古手川も興味を抱いて渡瀬に注目した時だった。

「あ――」

誰かが場違いな声を上げた。

尾上だった。

周囲の記者たちが不謹慎を責める目で尾上を睨むが、当の尾上はひどく呆然とした様子で周りの空気など気にも留めない。何かとんでもないことに気づいたとでもいうように人差し指を立てたまま動かない。

途端に古手川ははっとした。この顔は、さっき渡瀬に耳打ちされた時の自分の顔と多分一緒だ。

尾上も気づいたのだ。三人を繋ぐ環が何なのかを。

急いで渡瀬を見やると、渡瀬の方も察したらしく椅子を倒す勢いで席を立っていた。

「……ワタクシ、判りましたよ。三人の関連性」

やめろ。

それ以上、喋るな――。

「荒尾礼子の『ア』、指宿仙吉の『イ』、有働真人の『ウ』。アイウエオ。犯人は五十音順で犠牲者を択《えら》んでいる」

今度は居並ぶ記者たちが皆、意表を突かれた顔になった。

単純な、子供の言葉遊び。

死体の猟奇性に眼が眩んで見えなかった。

だが、死体を弄びこれ見よがしに展示する感覚、そして残された犯行声明のメモ自体が幼児性の発露だと誰かが言わなかったか。

室内は水を打ったように静まり返っていたが、徐々にざわめきが起こり始めた。号令もないのに記者たちは一斉に腕時計を確かめた。

夕刊には十分、間に合う時間だった。

次の瞬間、椅子を蹴る音と怒号が飛び交う中、記者たちは蜘蛛《くも》の子を散らすように部屋から消えて行った。後には席上の三人と記者席の尾上が一人残された。

渡瀬は祈るように合掌したまま尾上を睨みつける。

「……おい、そこの赤新聞野郎。手前ェは行かねえのか」

「行きますよ。リード考えながら」

「だったら早く行け。三つ数えるうちに俺たちの前から姿消さなかったら、その口に殺鼠剤《さっそざい》ぶち込んでやる」

「随分とお怒りのご様子で」

「当たり前だっ。わざわざ寝た子を起こすような真似しやがって。埼玉日報は当分出入り禁止だ。帰って手前ェんとこのデスクにそう伝えろ」

「それはちょっと困りますね。ワタクシ以外の人間用意しておきますから、後で社の責任者を怒って下さい」

「少しは罪の自覚があるようだな」

「ええ。口に出してから後悔しましたよ。あの時、口を噤《つぐ》んだまま社に直行すれば良かった。そうすれば五十音順殺人の見出しはウチの専売特許になったものを」

「手前ェって野郎はどこまで」

「ワタクシも恐かったのですよ」

尾上は吐き出すようにそう言った。

渡瀬は怪訝《けげん》そうに眉を顰める。

「お前が？」

「思いついた時は狂喜したのですが、直後に全身に怖気が走りました。身の毛がよだつというのは、ああいう状態を言うのですね。長い間、この仕事をしていますが、こんなことは初めてです。嫌なものですな。客観的にモノが見られないというのは」

「だから、何でお前がそんなに怯える」

「分かりませんか？　ワタクシの名前は『オ』で始まる尾上善二。次の次はワタクシも奴の標的の中に入ってくるんですよ。ワタクシも一応は飯能市民ですからね」

尾上の予想通り、その日の夕刊は各社とも五十音順殺人の見出しを持ってきた。三人目の被害者が子供であったことも手伝って、死体損壊に情熱を傾ける猟奇殺人はそれに見合った名称を獲得して市民の心に楔《くさび》を打ち込んだ。それはたとえて言うなら、今まで凪で小波を立てていた池に漬物石を投げたような波紋を生んだ。

名前は単なる記号だ。どんなに立派な名前も、どんなに平凡な名前も所詮は文字の連なりでしかない。綾小路であろうと田中であろうとその意味では等価値だ。殊にカエル男にとっては。

カエル男は徹底した平等主義者だ。カエル男には性別も年齢も職業も関係ない。年収も血液型も趣味嗜好も意味を失う。意味を持つのは名前という記号だけだ。それだけがカエル男の興味を引く。その前では全ての人間が個性を剝奪され、ただの記号と成り果てる。そして順番に並べられて捕食者の牙を待つだけの存在となる。

飯能市の市民はその平等主義に戦慄した。殺人事件が起きる度、人は好奇心を抱いてニュースに見入るが、それは自分とは遠く離れた場所で繰り広げられるドラマだからだ。殺す人間には殺すだけの理由があり、殺される人間には殺されるだけの理由がある。しかし、自分には無関係だ。だからこそ安心して傍観していられる。いつでも事件の被害者と自分の間には確固たる隔壁がある。

だが人間が記号化された時、その壁は撤去される。気がつけば、自分は全ての他人と同じく飯能市という名の檻《おり》に入れられて順番を待っているではないか。もう無関係ではない。自分も獲物の一人に過ぎない。いつ三人と同じように首を縊られ、死体を弄ばれてもおかしくないのだ。飯能市の人々がそう自覚した時、事件に対する曖昧《あいまい》な薄気味悪さと嫌悪感は明確な恐怖へと転化した。

厄介なのはその恐怖の度合いが時間の経過と共に変化することだった。名前が

『ア』、『イ』、『ウ』で始まる人間は既にリストから外されている。現在、最も戦々恐々としているのは『エ』で始まる名前の人間であり、次いで『オ』、『カ』と続く。要は確率の問題だ。大群集の中の一人が択ばれるのではなく、各々一部屋に集められた中で一人が択ばれる。それは、無視できない確率として皮膚が実感できる大きさの恐怖だ。

恐怖に駆られた者の動きは機敏だ。最初に反応のあったのがＮＴＴ東日本だった。この日、ＮＴＴの一〇四番が受け付けた登録抹消申し込みは二百二十五件。オペレーターが、業務多忙により受け付けから手続きまで若干の時間を要する旨を説明すると、電話口で怒り出した契約者も多数いたと言う。カエル男が電話帳を基に獲物を択んでいると思い込んだ者は多かった。第一の被害者である荒尾礼子が携帯電話しか所有していなかった事実はその時点まで伏せられていたからだ。

そして、この日を境に『エ』で始まる名前の市民が徐々に移動を開始した。その多くは高校生以下の子供で、学期の終了と重なったこともあり、隣接する市、または他県の親類縁者に子供を預ける親が続出したのだ。名前を変えることはできないが住まいを変えることはできる。住所を飯能市から移してしまえばカエル男の手から逃れる——。姿の見えない犯人から我が子を護ろうとする親なら当然考える窮余の一策だったが、その有様を平成の学童疎開と揶揄する口さがない者もいた。

では、住所を変えられない市民たちがどのような自衛策を採ったかと言えば、陽が落ちてからの外出を極力控えるようになった。お蔭で夜六時以後の商店街はクリスマスソングが流れるものの客足は途絶えるといった名実ともにお寒い状態となり、早々とシャッターを下ろす店が後を絶たなかった。しかし人通りが絶えたのは商店街よりは寧ろ住宅街とその周辺で、夕刻を過ぎて人影の全く消え失せた街の風景はとても師走のものとは思えなかった。住民の移動が平成の学童疎開なら、こちらは空襲警報発令後の外出禁止令だった。

恐怖の裏返しなのだろうか、良識ある者の眉を顰めさせる悪戯も増えた。街の至る場所に紐を手にしたカエルの落書きが氾濫したのだ。その落書きには一片のユーモアもなく、唯々陰惨で歪んだ意思だけが表出していた。落書きだけならまだしも実物のカエルを街路樹の枝から吊るしたり、腹を裂いたまま壁に貼り付けるといった不気味なオブジェも出現した。

無論こうした人々の不安と恐怖は飯能市のみならず全国に飛び火した。携帯電話がその伝播に一役買ったのは言うまでもない。ニュースのトップは常に五十音順殺人が扱われ、著名な社会学者、犯罪学者、警視庁OBなど錚々《そうそう》たるメンバーが連日のように犯人像の推理合戦に駆り出された。どのニュース番組も高視聴率を叩き出し、局の関係者は笑いが止まらなかったが、一方で理不尽な扱いを受ける者もいた。カエルをキャラクターにしたアニメとCMは視聴者の抗議電話を切っ掛けに軒並み露出自粛の憂き目に遭ったのだ。

またこうした現実世界の不安はすぐさまネット社会に反映した。匿名が原則のネット社会は現実よりも更におぞましい想像と噂《うわさ》を増殖させる。具体的な住所と名前を挙げた上で次の被害者を予測する者、これまた具体的な住所と名前つきで犯人を名指しする者が現れ、更にその当人から反論と激昂《げっこう》が返されるに至って、或るサイトは大混乱となった。悪意ある者は飯能市出身者リストなる著名人の一覧表を作成し、ご丁寧にも五十音順に並べた上であろうことかカエル男に献上していた。

匿名であるが故に、その不安と恐怖の表現は現実よりも露骨であり、また直截《ちょくさい》になり易い。カエル男と五十音順殺人に関してのアクセス数は膨大な量となり、一時は回線がパンクした。寄せられる意見の殆どは感情的なもので戒厳令を布《し》けだの、全ての容疑者を捕えて隔離しろだのと支離滅裂な内容だった。問題はこの支離滅裂さが次第に真実味を帯びてくる点で、ヒステリーじみた各個人の叫びはまるで中世の魔女狩りにも似た空気を醸成し始めた。論理的根拠がなくとも一つの不安材料を誰かが思いつけばたちまちのうちに皆が群がり、これまた無責任な理屈で補強するという構図だ。

ネット社会は個人から考える力を奪う。皆が何を考えているのかはネットを覗けば分かるという思い込みが、考察する意志を封殺してしまうからだ。そして結果として醸成されたネット内の空気はブームを形成してしまい、それがあたかも社会の総意のように捉えられる。また、それが現実世界にフィードバックされ社会不安を加速させる——。

もっとも、こうした世情に対して疑義を唱える向きも当然あり、夜の報道番組では茶の間にすっかり名の売れた弁護士が、飯能市の人々は報道に過剰反応しているのではないかと論評した。すると、普段は穏健なコメントで知られるコラムニストが珍しく気色ばんでこう反論した。

『おたく、名前が若林《わかばやし》でしかも都内在住でしょ？　全くの安全圏にいる人だからそんな脳天気なこと言ってられるんですよ。いいですか、新聞テレビでは公表してないけど三人がどんな目に遭ったのかはネットからの流出写真で皆が知っている。あの写真を見て、自分や妻や子供が同じ目に遭うことを思い浮かべて恐ろしくならない人間なんているものか。しかも、その犯人は自分の近所に潜んでいるかも知れないのですよ。それはまるで姿の見えないライオンと同じ檻に入れられているような恐怖だ。獰猛な唸《うな》り声は聞こえる。血生臭いのも判る。でも何処にいるのかは全然判らない。檻の端にいるのか、それとも自分の真横にいるのか。暗闇の中から、いつ牙や爪が襲ってきてもおかしくない。そんな状況なんだ。それが過剰反応だと言う人間は逆に想像力不足と言わざるを得ませんね』

江崎《えざき》という飯能市在住のコラムニストが腹立たしげにそう結ぶと、もう誰も発言しようとはしなかった。

カエル男が飯能市民の上に君臨するのにさほどの手間はかからなかった。三つの死体と三枚のメモだけでカエル男は恐怖の王として祭り上げられた。

恐怖を和らげる一番の方法は何かに怒りの矛先を向けることだ。飯能市民を始めとした大衆、そしてネット社会の批判は当然のことながら捜査本部に向けられた。恐怖と不安の度合いが大きいほど非難の声は比例して大きくなり、それは最早恐慌状態としか呼べない代物になっていた。今年発覚した警察の不祥事を論《あげつら》い、だからこそ検挙率が下がるのだと言う者。とにかく無能な捜査陣は総員取り替えてしまうか、いっそ警視庁に捜査権を与えてしまえと言う者。こういう時のために安くない税金を払っているのだ、今こそ県警に所属する全警官は二十四時間体制で住民の安全を護れと言う者——。県警本部と飯能署の電話は鳴りっ放しとなり、ホームページのご意見欄は二時間で真っ黒になった。警官が外を歩けば交番勤務であろうが、交通課所属であろうが市民から刺すような視線を浴びせられた。住民の安全を守れない警官なんか銃を持ったただの公務員じゃないか——。面と向かってそう罵倒《ばとう》された婦人警官もいた。

こうして警察に対する信頼と権威は数日で地に堕《お》ちた。そしてその経緯が数日後に発生する事件の土壌になったのだが、この時点ではまだ誰もそれを予見できなかった。

2　十二月十二日

会見の翌日、自宅最寄りの斎場で真人の葬儀が執り行われた。

古手川は喪服を着用し、参列者に紛れて一人受付付近に佇んでいた。相棒の渡瀬は今頃本部に残り、捜査員の采配《さいはい》とマスコミの対応に忙殺されているのだ。

鼻から洩れる息は真っ白で、素肌の晒された両手を思わず擦り合わせる。

ふと、空を見上げる。

昨日降り始めた雪は小康状態を繰り返しながらまだ止まずにいた。粒も大きくならず細雪のままだったので路上に積もることはなかったが、確実に気温を低下させていた。ニュースによると今朝は今年初めての零下を記録したらしい。斎場に掲げられた黒白の幕に柔らかく舞い降りる雪が鮮やかに映える。死者が子供の時は大抵そうなるが、参列者からは早過ぎる死に啜り泣きが洩れる。

死者を悼む気持ちなら古手川は彼ら以上だ。

心も身体も、寒い。だが、自分が弱音を吐く訳にはいかない。会場の中では理不尽な思いに耐えながらさゆりが喪主を務めているからだ。それに今ここに自分が立っているのは真人の魂を天上に送るためではなく、会場を訪れるかも知れない不審者を見定めるためだ。

放火犯が放火現場に姿を現すように、殺人犯は被害者の葬儀の模様を観察せずにはいられない。世間の耳目を集める事件で且つ犯行声明を残すような顕示欲の強い犯人なら尚更そうだ。捜査本部では長野で葬儀を行った荒尾礼子の時は勿論、指宿仙吉の葬儀の際に参列者の全てを写真に収めていた。その中に死者と無関係な者は混じっていないか、その中に違う色彩を放つ異分子はいないかを確認するのがその目的だった。その五百枚以上に及ぶ写真がこの葬儀で収集される写真と照合され、共通する参列者が見つかれば大収穫となる。今も会場に紛れ込んだ数人の捜査員が自分と同様に隠し持ったデジカメで参列者の一人一人を捉えている筈だ。

先の五百枚に写った顔は縮小されて手元にある。古手川は受付に来る客のみならず、会場の外を行き来する人間にも眼を配る。この瞬間にも、真人を手に掛け解剖に興じた犯人が、その死を悼む人々を見てせせら笑っている——そう考えると、自然に目つきは険しくなった。

告別式は午後三時に終わった。

費やした時間の割に収穫は少なかった。葬儀の最中どさくさに紛れて香典詐欺が出没するというおまけも加わり、最悪の気分で署に戻った古手川は本部のちょっとした様変わりに目を奪われた。

正面の壁一面に飯能市の拡大地図が所狭しと貼り出されている。その中で滝見町と鎌谷町、そして佐合町に赤丸が打たれているが、これは死体発見現場だろう。次いで緒方町と同じく鎌谷町と佐合町に小さな赤丸、これは被害者の自宅だろう。その拡大地図を前にうんざりしたような表情の渡瀬と一課の数人が集まっている。

「おう、戻ったか。ご苦労」

「班長、これは犯人の行動範囲の割出しですか」

「ああ、地域プロファイリングってやつだ。犯人の狙いが手当たり次第じゃなく、名前を根拠として被害者を択んでいるのならこの方法も有りかと思ってな。連続殺傷事件の場合、その犯行方法は三つに大別されるのは知ってるな？」

以前、市内で起きた事件で渡瀬から説明を受けた分類法だ。

「ええ。一、出会い頭に襲う。二、後を尾行《つけ》てから襲う。三、自分の身近に近づいた時に襲う……でしたか」

「カエル男は何らかのリストを基に被害者を選別している。だからこの場合は二の被害者を尾行して襲うというパターンに当て嵌めることができる。そうなると次に考えなきゃいけないのは犯人の行動パターンだ。これも大まかに三つのパターンが考えられる。一、自宅を拠点として狩りに出掛ける。二、自宅以外の住居を拠点として狩りに出掛ける。三、何かをしながらまたは何かの状況を作り出して獲物が網に掛かるのを待つ。三つの事件が特定の人間を狙っている事実から偶然の機会を待つような三の可能性は少ない。と、なると残るは一か二。そうなれば、だ」渡瀬は地図を顎で指し示した。「三つの犯行現場、犯人が尾行を開始したであろう被害者の自宅、更にこの後に判明する犯人の足跡を地図上に落とし込んでいけば、犯人の行動拠点は徐々に狭められていく。その範囲が十キロ内にまで限定されればローラー作戦も期待できる」

「そう言えば科捜研からの報告がまだでしたよね。三箇所の現場からメモ以外に共通する遺留品は見つかりましたか。たとえば血痕とか毛髪とか」

「駄目だ」渡瀬は頭を振りながら答える。

「現場で採取された毛髪は総数三百六十九人分。その全てをDNA鑑定にかけているが現在に至っても三箇所に共通する物は出ていない。のみならず警察庁のデータベースにもヒットするものがない。何せ検査対象が多すぎるんだ。血痕も被害者の物以外は残っていない。砂場にあった靴跡から靴の種類も特定できたが、ありゃ中国製のマスプロ品で県内だけで何千足と入っている。調べさせてはいるが、そっち方面は期待薄だ。後は目撃情報を集めるよりないが、こいつはまるで夜行性の動物みたいに人通りのない場所と時間を選んで犯行に及んでいる。恐ろしく土地鑑があるのか悪運が強いのか、それらしき怪しい人物を見かけた者も皆無。気味が悪いくらいだ。で、そっちの首尾はどうだったたい」

斎場に不審な参列者は見当たらなかったことを報告すると、渡瀬は不機嫌になった。

「めぼしい進展はなし。弱り目に祟《たた》り目ってところか」

「祟り目って……何かあったんですか」

「ああ、お前はずっと葬儀場に張り付きで知らなかったろうが、今朝九時ごろ町田市《まちだ》で殺人事件が発生した。被害者は榎木田謙作《えのきだけんさく》、不動産自営業五十五歳。現場は自宅の居間、死体の傍らにはカエル男のメモが残されていた」

「え、榎木田！」

古手川は思わず渡瀬に詰め寄るが、

「慌てるな。メモと言っても全文ワープロ打ち、殺害方法もナイフで心臓を一突き。明らかに模倣犯さ。いや、この場合は便乗犯と言うべきかな？　現に早くも所轄が被害者の弟を任意で呼び出して取調べ中だが、ついさっき供述を始めたらしい。以前から被害者の財産を虎視眈々《こしたんたん》と狙っていたところに、この五十音順殺人だ。偶然被害者の名前が『エ』で始まっていたので犯行に踏み切り、カエル男の仕業に見せかけたものの、犯人の直筆と手口は公表していなかったからな。肝心な点は真似しようがなかった訳だ。ただ警視庁では上を下へのすったもんだがあったらしい」

「どうしてです」

「犯人が標的を飯能市外に拡大しなかったのは吉。もし犯人が獲物の対象を市外にまで延長すれば恐怖と不安をも拡大することになるからだ。一方、偽装工作があからさまとは言え模倣犯が出現したのは凶。このまま捜査が進まず容疑者の特定に至らなければ第二第三の模倣犯を生み出しかねないからだ」

それは換言すれば、警視庁から捜査本部に相当の圧力が掛かったことを意味していた。既に警察庁の影も見え隠れしている。捜査権を剝奪されるのも時間の問題だ。

「まあ、それだけならまだ良かったんだが」

「まだ、何かあるんですか」

不味《まず》いものを食べるような形で口が開きかけた時、目の前の電話が鳴った。渡瀬は横目でちらと一瞥すると、

「取れ」と言った。「取れば分かる」

訳も分からないまま受話器を上げる。

『もしもし……』

洩れてきたのは押し殺したような男の声だ。

「はい。こちら捜査本部」

『頼むからさ、出してくれよ』

「え?」

『え、じゃないよ。しらばっくれてないで情報開示してくれ。市民の生命と財産を守

るのが警察の責務だろ』

「何の情報を」

『決まってるじゃないか。カエル男だよ。そっちには、とうに容疑者のリストあるんだろ？　そいつらの住所と名前教えてくれ』

「はあ？　一体何を根拠にそんな。第一、あんたは何者だ」

『頭文字が、エ、で始まる一市民だよ』

鬱々とした声で古手川は漸く事情を察した。この声は狼《おおかみ》に怯える子羊の声だ。

「……そういう事情か。あなたの不安は分かるが警察は捜査段階の秘密を軽々しく」

『その説明はさっき受付の警官から嫌というほど聞いた。被疑者の人権に配慮して、とかの大義名分だろ？　あんたたち警察はいつもそうだ。被害者より加害者の人権の方が大事ときている。まあ、死んだ人間が抗議する筈もないだろうからな。だが、これから奴に狙われる人間はまだ生きてるんだ。生きて毎日毎日を怯えて暮らしている。八万人の善良な市民と一人の殺人鬼、一体どっちの人権が大事だ』

「仮に容疑者と思しき人間がいたとしても犯人と決まった訳じゃない。それを」

『だから！　容疑者ってのは前科のある人間か頭のおかしい奴等なんだろ。欲しいのはそいつら全員の情報だ。それが判ればこちらもそいつらを監視していれば良いだけの話だ。別にこっちも危害を加えようなんて思っていない。それとも警察がそいつらをどこかの施設に隔離してくれるかい』

何て勝手な理屈だ、と思う。人間は我が身のこととなると、ナチス紛いの言説を平気で口にする。

数ヶ月前のことだったか、佐賀県警の警察官数人が知的障害者の行動を不審として追跡し、集団暴行の末、死に至らしめるという事件を起こした。世間はその不見識と横暴に散々非難の声を上げたが、状況が変わり己に危険が及ぶようになると途端に真逆のことを言い出す。これが善良なる市民だと言うのだから聞いて呆れる。

「そんな乱暴な要求、警察が呑むと思うか」

『ふん。刑事さん、あんた声が若いな。まだ独身かい？』

「関係ないだろ、そんなこと」

『今回殺られたのは七歳の坊やだったな。俺もそうだよ。俺にも同い歳の娘がいる』

口調が俄かに落ちた。

『関係はあるさ。自分一人の身を護るのならともかく、家族を持った男はその人数分だけ神経を擦り減らしている。自分の女房やガキがあんな風に殺される様を想像してみろ。夜は勿論外出させられない。昼間だって心配で仕事に身が入らない。ニュースを見る度にまともな感覚じゃいられなくなる。どうだ、ちっとはこちらの気持ちが理解できたか』

しばし古手川は沈黙する。冷たくなった手、消えてしまった笑顔の切なさは誰よりも古手川自身が実感している。胸の裡に開いた虚ろ、言いようのない欠落感もまだ生々しい現実として今ここにある。

『頼むよ、刑事さん』男の声が哀願の響きを帯びる。『俺も自分以上に大切なものがあって、それを護らなきゃいけない。それが親父としての役目だからだ。俺の住所を今から言う。半径十キロで良いから、その範囲内に前科者や異常者がいるのなら教えてくれ』

「いや、それは……」

言い澱《よど》んでいると、横から腕が伸びて受話器を奪った。

「おい。こちらから素敵な提案だ」渡瀬は地を這うような低い声で話す。「そんなに隔離して欲しけりゃ、公務執行妨害であんたをブタ箱に放り込んでやる。住所を明かすとか言ったな。いいだろう、手間が省ける。録音してやるから、そのまま住所を言え。ただし署内の留置所はお一人様専用で家族タイプはないから、そのつもりでな」

しばらく無言が続いた後、向こう側で電話が切れた。

「朝からこの手の電話が引っ切りなしに架かってきやがる。一階の受付では電話の処理で通常業務に支障が出た。そのうち限界になってこっちにお鉢が回ってきた。いつもの非難や苦情、嫌がらせじゃないから余計始末に困る」

渡瀬のうんざりとした表情の理由はこれだったか。

「ああ、そう言えば真っ当な電話も一本だけあったな」

「誰からの電話です？」

「御前崎教授からの丁重な謝絶電話さ。御苦労は察するに余りあるが、やはり医師のモラルとして患者のリストは提供できない。念のため都下の精神科医にも伺いを立ててみたが自分と同様の回答だった。誠に申し訳ない、とさ。律儀なことさね」

成る程、律儀という言葉はあの老教授の風貌に相応《ふさわ》しいものに思える。きっと渡瀬くらいの年代には美徳とされる性分なのだろう。

「でも、罪のない人間がもう三人も犠牲になっているんですよ。それでも医者のモラルとかが優先されるんだったら、いっそ例の赤新聞野郎にリークしてやりましょうかね。精神医学界の重鎮物申すとかで」

「そんなネタあの野郎だったらとっくに摑んでるさ。事実、教授にインタビューを申し込んだ社があったらしいからな。ただ、あいつらはきっかけを待っているだけだ」

「きっかけ？」

「現段階ではさっきみたいに市民の憤懣《ふんまん》は警察だけに向けられている。しかし、もし第四第五の事件が起きてみろ。市民の矛先は早晩精神科医たちにも向けられる。そうなれば天下御免で取材決行さ。大体が医者とか弁護士なんてのは外部からの批判にはひどく鈍感なところがあって、いざそういう立場になった時、医師のモラルという大義名分をどこまで護持できるかは甚だ疑問だな。穿《うが》った見方をすれば御前崎教授の返事も現段階での回答であってな。あの先生は多分、俺と同じことを考えている。つまり今のうちに弟子や知己の精神科医に話だけ通しておけばクッション代わりになり、いざとなった時にコンセンサスを得られ易い。少なくともそれくらいは織込済みさ。何といっても昭和一ケタの世代だからな。伊達に長生きしてねえよ」

古手川は先刻考えたことを直ちに撤回した。何が美徳なものか。要は腹に一物ある者同士の探り合いではないか。

「だが警察庁の懸念もこれで納得できるだろう。飯能市民の疑心暗鬼、パニック寸前の恐慌状態が市外、延《ひ》いては全国に拡がってみろ。全警察は犯罪のみならず不穏な市民行動まで警戒しなきゃならん。そうなれば通常業務どころの話じゃなくなってくる。民間と違って派遣やバイトを雇う訳にもいかんから警官はオーバーワークになって、結果強行犯もコソ泥も捕まえられなくなる。無論、カエル男の逮捕は更に遠のく」

それが単なる心配や愚痴でないことは居並ぶ捜査員の顔色を見れば分かる。皆、何本か同様の電話に応対したのだろう。一人の例外もなく、額に疲労の色を滲ませて無駄口一つ叩こうとしない。たった一日でこの有様だ。この状態が無期限に継続すれば警察の機能は間違いなく麻痺《まひ》するだろう。たった三件の殺人がこれほどまでに威力を発揮するとは一体誰が想像し得たろうか。

だが、もしこれを予見していたとすればカエル男は単なる異常者ではなく奸智《かんち》に長《た》けた相当な知能犯ということになる。ただ残虐なだけの化け物ではない。自分たちが相手にしているのは正真正銘の悪魔なのかも知れない。

古手川の背中にぞくりと悪寒が走った。気がつけば首筋が鳥肌を立てていた。

3

その日からナツオは少しずつ変わり始めたが、それは外部からでは到底察知できない変化だった。ナツオ自身ですらすぐには気がつかないほどだった。

学校からの帰途、ナツオは道端に蠢《うごめ》く蝶《ちょう》を見つけた。どこかを傷つけたのか、翅《はね》をひくつかせながら円を描くように地べたを這い回っている。昨日までのナツオならちらと横目で見るだけで、そのまま立ち去っただろう。だが、その日のナツオは違った。

じっと蝶の動きを凝視し、そろそろと指を伸ばす。飛べない蝶は蛆虫《うじむし》よりも動きが緩慢だ。二本の指は容易に蝶の胴体を捕らえる。少しだけ力を加えてみる。指の腹に内臓の鼓動が伝わる。更に力を加えると、びっという音と共に薄い皮膜を破って内容物が飛び出した。指にべっとりと冷たい粘液質の感触が残る。

次第に鼓動は微弱となり、やがて静かに停止した。指を離すと、蝶は枯葉のように旋回しながら風に運ばれていった。一つの生命が自分の掌の中で消滅した事実にナツオの心臓は急激に高鳴る。

生命とは何と脆《もろ》いものなのだろう。

そして自分にはその生殺与奪の権限が与えられている。現に今、蝶の生命を奪った自分を責める者は誰もいないではないか。ナツオは無意識のうちに粘液の付着した指を舐めて笑った。不快な味とは思わなかった。少なくとも父親の精液よりはずっとマシだ。胸の裡に以前にはなかった暗く重たい何かが鎮座する。この上なく冷え冷えとしたもの。しかし同時にこの上なく気高く力強いもの――。興奮はまだ醒《さ》めやらない。ナツオは粘液の味を反芻《はんすう》しながらまた歩き出した。

次の日、ナツオは友達から捕虫網を借りて蝶やバッタの捕獲に勤しんだ。折しも夏真っ盛りで、そんなナツオの姿は風景に溶け込んで誰も注意を払おうとはしなかった。

そして誰の目も届かない場所で、ナツオは捕獲した昆虫を次々に殺していった。まず翅と肢《あし》を千切り、身動きが取れないようにしてから殺す。踏み潰すこともあったが、大抵は掌の中で握り潰した。自分の掌の中で生命が消滅していく感覚は何度繰り返しても甘美な悦楽を齎《もたら》してくれた。

だが、やがてナツオはその命の小ささに飽き足らなくなっていった。所詮、掌の中に収まる大きさはそれだけの命でしかない。そこでナツオはもう少し図体の大きい生き物に目をつけた。カエル、蛇、トカゲ。自宅アパートの裏、通学路の両脇には田畑や野原が広がり獲物に不自由することはなかった。その新たな獲物は更に大きな愉しみをナツオに与えてくれた。家では父親に蹂躙《じゅうりん》されるしかない自分が、ここでは生きとし生けるものの神として君臨できるのだ。ナツオは歓喜に打ち震えながらカエルの殺戮《さつりく》を愉しんだ。確かな手応えと大きさから力一杯握り潰すのも充実感に満ちていたが、動作も大きく苦痛にも敏感な獲物だったので自然に殺戮のバリエーションは増えていった。体の端から一センチずつ刻む。目玉と舌をくり抜いたまま放置する。体中にハリネズミのように針を突き刺す。木の枝に吊るして鳥が啄《ついば》むのをじっと観察する。自転車後輪のスポークに逆さに縛り付け、遠心力で内臓が口から飛び出すまで回し続ける。二枚の平たい板で挟み、その上から自分の頭ほどもある石を投げ下ろす。灯油を全身に塗って火を点ける。口の中に爆竹を仕込む——。意外なことに、赤い血を見ても内臓を手摑みしても嫌悪感は全くなかった。寧ろ、生の根源に直接手を触れる感触が心地良くさえあった。

この頃からナツオの精神は本人が薄々自覚できるほどの変化を見せていた。即ち極端な二面性だ。父親や担任教師といった強者に対してはひたすら従順であり続け、明らかに力の劣る対象には徹底して残虐性を発揮した。極端な二面性は人格の乖離を生む。やがて精神内部で優しい臆病なナツオは残虐で豪胆なナツオに依存し支配されるようになった。臆病なナツオは他人から従属を強いられることが多く、特に父親と接していると心は虚ろになった。そんな時、父親に奉仕するナツオを上からもう一人のナツオが冷徹な眼で見ていた。あれは本当の自分ではない——。もう一人のナツオは傲慢にそう嘯《うそぶ》く。主客逆転、次第にナツオの中では豪胆なナツオが主人格となり表層に出ているナツオに命令を下すようになっていた。

季節が秋から冬へと移り変わるとカエルや蛇は冬眠のため土中に姿を消した。だがもう一人のナツオはとても春まで待つことができなかった。身近な生き物、屠《ほふ》っても誰も構うことのない卑小な命を捜し求める狩猟者の眼は公園にうろつくその動物を捕えた。年老いた野良犬。元は白かったであろう体毛は所々が抜け落ち、遠くから見ると新聞紙を纏っているようだった。薄汚い命だとナツオは思った。だが老いたとは言え、成犬はそれなりの大きさであり、まともに闘って勝てる相手にも思えなかった。まず体の自由を奪う必要がある。しかし睡眠薬の入手など小学生には無理な相談だ。とにかく最初に致命傷に近い一撃を与えなければならない。

ナツオはその犬がいつも決まった時間に公園を徘徊しているのを確認すると、その日の給食の残りを彼に与えた。老犬は欠片ほどの警戒心も見せずにナツオの手から餌を貪《むさぼ》った。次の日、同じように犬の目の前に餌を放り投げると、やはり同じように犬はすっかり安心して食事を始めた。

次の瞬間、ナツオは隠し持っていた金鎚《かなづち》を老犬の眉間やや上に炸裂《さくれつ》させた。一瞬の隙を突いた急襲に何の抵抗もできず、ぎゃんと一声啼いて犬はその場に昏倒した。偶然にもその箇所がイヌ科の急所だったのだ。犬が四肢を顫わせるしかないのを見てとると、すかさずナツオは馬乗りになり、その首にビニール紐を巻き付けた。渾身の力を込めて一気に引き絞る――。

数分後、老犬は驚くほど長い舌をだらりと吐き出したまま動かなくなった。四肢の顫えもなくなり、全身から急速に体温が失せていくのが分かった。改めて死体を見下ろすと、老犬の身長は一メートル半もあり、ナツオと大差なかった。こんなにも大きな生き物から生命を奪うことができた。ナツオは自分の為した偉業に全身が震えるほど感動した。かつてないほどの充足感が胸を満たし、勝者としての喜悦が全身を駆け巡る。それは幼いナツオが体験する初めてのエクスタシーだった。

その瞬間から世界は一変した。

自分は無敵なのだ――。その思いは揺るぎない自信となり、もう一人のナツオの存在を更に色濃くした。

昏い情熱に支えられたナツオの冒険は尚も続く。公園だけではない。自宅周辺、通学路、遊び場となっている空地。ナツオの視界に入る犬猫は全て狩りの対象だった。犬や猫は利口だと公言する大人はとんだ低能だとしか思えなかった。犬猫は見知らぬ人間には近づこうとはしない一方、餌をくれる人間に対しては呆れるほど簡単に警戒心をなくす。その点では昆虫や爬虫類《はちゅう》の方が数段賢い。餌を与えられた犬猫はほぼ例外なく無防備のまま眉間に一撃を食らった。最初のうちは僅かに狙いを外していたが、収穫が八匹を超える頃にはまるで職人のような正確さで急所を突くことができるようになった。動くことを止めた動物はその時点でナツオの玩具に成り果てる。八つ裂きにしようが線路に置き去りにしようが思いのままだ。死骸を引き千切り、内臓をアスファルトにぶち撒け、首級を公園の遊具に飾る。ナツオはその血塗れの玩具で存分に愉しんだ。断末魔の叫びと四肢の千切れる音は心地良い響きで、腹を裂いた際の内臓臭と肉の焦げる臭いはとても芳しかった。

父親からの虐待が苛烈であればあるほど、ナツオの残虐さも比例して激しさを増した。当然のことながら日増しにナツオの通った跡は犬猫の尋常ならざる死骸が累々と重なるようになり、そのあまりの多さにさすがに近所から不審の声が出始めた。変質者がいるのではないか。そのうち動物以外に興味を示すのではないか——。中には飼い猫を殺されたと警察に訴える住民もいたが殆どは野良犬野良猫であったため、所轄署も器物損壊よりは動物愛護法違反と捉えるしかなく、重要案件を山ほど抱えた身では捜査がお座なりになるのも致し方ないところだった。噂を耳にしてナツオは人知れずほくそ笑む。近隣の者が自分の所業に恐怖している。これが〈うちの近所の優しいナツオちゃん〉の仕業と知ったら、あいつらは一体どんな顔をするのだろうか。布団に潜り込んであれこれ想像するのが愉しくて堪らない。だが、やはり警戒は必要だった。ナツオの狩りは以前にも増して人目のない場所、人目の途切れる時間に集中した。残虐なナツオはその反面、過剰なまでに慎重で我慢強い部分があり、白昼の闇に蠢く己の姿を決して他人の目に晒すことはなかった。

こうして誰も気づかず誰も止める者もいないまま、ナツオの裡に棲息する怪物は手のつけられないほどに成長していった。

4　十二月十五日

危険物は臨界点に達すると、ほんの僅かな衝撃で爆発する。それは化学薬品も社会情勢も同様であり、五十音順第三の殺人が報じられた直後の飯能市が丁度そんな状況だった。冷静に考えれば、犯人自身が飯能市民の中から五十音順に犠牲者を択んでいると宣言した訳でもないのに、新聞報道と三つの事件の関連性で人々はそれが真実であると信じきっていたし、また宣言のない事実が犯人の不気味さを助長するものとして逆に作用していた。恐怖は流言飛語を生み、流言飛語が更なる恐怖を生む。自縄自縛とも言うべき悪循環の中で、飯能市民は確実に恐慌状態に追い込まれていたのだ。

火薬庫の中に咥え煙草で入ってきた愚か者は埼玉県警本部警備部に勤務していた五十二歳の元警部で、この男はこともあろうに自身のブログの中で、警察庁が犯罪歴のある異常者をデータベース化していると断言してしまった。前科者データベースの存在は周知の事実だったが、それとは別に異常犯罪虞犯者リストがあることは警察関係者しか知らず公表も控えられていた。どんな罪を犯しても刑法第三十九条の適用で刑罰を逃れ、起訴すらされなければ犯人には前科もつかない。そうして釈放された元被告人の個人情報をデータベース化することには人権上の問題があったからだ。無論、異常犯罪の発生の度、そのリストの存在が噂に上ることはあったものの、退職したと言え警察官の口から明らかにされたのはそれが初めてであり、加えてタイミングも最悪だった。異常犯罪虞犯者リストの存在はネット内を光の速さで駆け巡り、翌日には埼玉日報がこれを社会面で取り上げた。

新聞記事は噂の又聞きという程度の内容に留まっていたが読者の反応は激烈だった。

古手川が部屋に入る前から本部は騒然としていた。ドアを開けるなり、ビジネスホンのコール音と男たちの怒号が津波のように押し寄せてきた。

「だっからあっ、そんなリストなんてどこにもないんですって。あんた警察の言うことが信用できないのか」

「あのね、気持ちは分かりますよ、気持ちは。しかし証拠も何もない人間を留置するなんてのは法律上も人道上も許されることじゃ」

「新聞に何て書いてあろうが警察には警察の公式発表というものがあって」

「江戸川《えどがわ》さん、でしたか。申し訳ありませんが警察が未だ事件性が明白ではない時点で一個人の警護に当たるというのはちょっと」

「そういう話を警察に持ってくるのは筋違いです。今から市役所の代表番号を」

まだ八時前だというのにコール音は一向に鳴り止む気配がない。捜査員一人に一台ずつ総数十八台のビジネスホンはいずれも話中で剰《あまつさ》え待機中のランプが明滅している。

「くそっ、仕事にならん。二台だけ残して後は不在にしとけ！」

渡瀬の号令に捜査員の大半がほっと表情を緩める。

「昨日よりひどくなった。抗議電話がほぼ倍増だ。ふん、マスコミの霊験誠にあらたかといったところだな」

忌々しそうに渡瀬は吐き捨てる。

「捜査は遅々として進まないのに、事件は変な方向にばかり拡がる。幾らＯＢとは言え、あんな情報をリークしたんだ。警察庁はえらい剣幕らしい。あちらさんにも一般市民やら各関係団体から問い合わせと抗議の電話が殺到している。さっきも県警本部で警備部長が本部長に呼ばれたらしい。問題の元警部ってのは警備部長の直属の部下だったから、さて――訓戒程度で済みゃあ良いが。警備部も弱り目に祟り目さ」

「警備部も、ですか？」

「ああ。朝早くから警備部警備課と機動隊に出動命令が下った。飯能署も同様で、非番の人間を除いてほぼ全員が駆り出されるって話だ」

「ほぼ全員？　一体何が起きたんですか」

「何も起きちゃいねえよ。いや、起こさないために出張って貰うんだが……ほれ、さっき誰かが、事件性が明白でない時点で一個人の警護に当たるのは云々とか言ってただろ。正にそれさ。恩田《おんだ》飯能市長以下、頭が『エ』とか『オ』で始まる市会議員、その他市内在住の県会議員、国会議員の家族から自宅警備の要請があったんだとよ。恥ずかしくて、とても胸張れる話じゃねえな。〈ネズミ〉あたりが聞いたら手揉みしながら喜びそうなネタだ。幾ら警備部の任務が要人警護と言っても、この場合は公私混同の誹《そし》りを免れないだろうしな」

自嘲《じちょう》気味の言葉に古手川は唇を噛んでただ頷くしかない。普段は国民の生命と財産を護るなどと偉そうなお題目を唱えても、いざとなれば議員どもの番犬に成り下がるしかない。

「この国はな、七十年安保以来は幸か不幸か大掛かりな暴動を経験していない。テロだって十数年前にオウム事件があったきりで、欧米や中東の国ほどには治安出動を必要としなかった。その経験のなさが結局は警備体制の迷走を招いている。警視庁然り、地方のいち県警なら尚更だ。もしも手馴れていたらこんな風に場当たりな対処をせずに済んだかも知れんのにな。皮肉にも今度のカエル男の事件がそれを露呈させちまった。それに影響は警備部に留まらない。事は総務部の情報管理課にも飛び火した」

「情報管理課？」

「ハッカーだ。虞犯者のデータを盗もうと県警本部のホストコンピュータに侵入した不届き者がいやがる。ブロックが頑丈なお蔭で漏洩《ろうえい》は免れたものの、担当者は顔面蒼白だったらしい。しかしまあ実害蒙《こうむ》ったという点では警備部の方だろうな。月内の警備計画は台無し、総員出動で人員は欠乏すれど応援はなし。警備部長の顔色は蒼白どころか土気色だ」

不遜に唇が歪むが、眼は笑っていない。

「また恩田市長という男がすこぶる好人物でな。自宅警備を要請したのと同じ口で、本日正午過ぎに事件の未解決を憂慮する声明を発表するそうだ。市民の協力と捜査本部の一層の奮闘を願って止まない、とな。ふふん、有難くって涙が出る」

ちらと皮肉そうな視線が古手川に移る。

「どうだ、全国を恐怖のどん底に落とす五十音順の連続猟奇殺人事件。マスコミは大山鳴動、事件は終息するどころか燎原《りょうげん》の火のように拡大する一方だ。いよいよお前好みの事件になってきたじゃないか」

冗談にしても、もう笑える話ではなくなっていた。古手川は首を横に振る。

「拡大する事件なんて……大嫌いだ。金輪際、ご免ですね」

「ほお、何故だ」

「刑事は犯人を捕まえさえすれば良い。本当はその筈なのに、こんな風に拡大すると犯人以外のことに足を取られて二進も三進もいかなくなる。社会から興味を持たれても煩わしいだけだ。そんなことより俺は……俺はあの子の仇《かたき》を討ちたいんです」

「ふん。私情を挟むなよ」

釘を刺す言葉だったが、不思議に刺される痛みは感じられなかった。

古手川は後で知ったが、この日、飯能市民の恐慌ぶりは捜査本部の比ではなかった。まず恐慌を来たしたのは名前が『エ』と『オ』で始まる児童を持つ親で、彼らは我が子の登校を拒否した。登下校中に狙われることを怖れたのだ。早速、各校下のPTAが臨時招集され児童の登下校に親が随伴することが決められたが、共働きの家庭も多く、いつまで継続できるかは疑問だった。疑問は不安と直結し、不満となって学校側に跳ね返った。担任教師も登下校に随伴し最後の一人が自宅に戻るまで責任を負え、と言い出したのだ。一連の事件から醸成された逼迫《ひっぱく》感も周知のことだったので学校側もこの申し出を拒絶することはできなかった。その結果、教員の労働時間は労働基準法の規定時間をすぐに超過した。三日もすると教員の遅刻早退が相次ぎ、中には疲労が溜まって病欠する者も出てきたため、飯能市教育委員会は警備会社へ業務委託を要請すると共に、捜査本部に対して異例の申し入れをした。その内容自体は先日、飯能市長が発表した声明と大差なかったものの、使われた文章はより激烈で些か腹立ち紛れの感があった。

無論、カエル男の影に怯えたのは子供の親たちばかりではなかった。やはり頭文字が『エ』と『オ』の人間が発起人となり、飯能市内だけで六つの市民団体が生まれた。曰《いわ》く、〈飯能市市民の安全を考える会〉〈飯能警察署をサポートする会〉〈凶悪犯罪防止連盟〉〈自分の命は自分で守る会〉〈カエル男逮捕を願う市民連合〉〈飯能市勝手連〉――。特筆すべきことに、それぞれの団体は通常の市民団体のようにその代表者に弁護士などの法曹関係者を置くことはなく、その成り立ちも自然発生的だった。地域なり職場なりで共通の不安を持った者同士が知人に呼び掛けて結成された団体という性格を持ち、各々の団体に主義主張の相違もなく、あるのは地域と構成メンバーの平均年齢の相違だけだった。背後に特定の政治団体が控えていることもなく、その意味では誠に理想的な市民団体ということになるが、代表に法曹関係者を置かず背後に政治団体を持たないという性質は、暴走した際のブレーキを持たないことをも意味していた。

とにかく各市民団体が最初に行ったのは捜査本部に異常犯罪虞犯者リストを開示するよう要求することだった。勿論、捜査本部は捜査事項の秘匿と人権擁護を盾にこれを拒絶したが、実際には苦しい言い訳だった。何故なら虞犯者リストを作成したこと自体が人権擁護の観点からは抵触する行為だったからだ。

リスト開示を求める団体と警察署員との間には当初から不穏な空気が存在していた。生死の淵《ふち》に立たされたと思い込んだ一市民が建前を前面に押し出す公務員に共感を抱く筈もなく、開示するしないの小競り合いがあった末に警官が顔を殴られ、市民一人がその場で逮捕された。この市民はほどなくして釈放されたが、この一件によって市民の警察に対する感情はますます悪化した。

これとは別に、精神障害者に対する中傷や迫害も目立ち始めた。精神科医や患者の収容施設に嫌がらせの電話や手紙が集中したのだ。

『犯人を匿《かくま》っているのではないか』

『患者の氏名と住所を明かせ』

『患者を二十四時間体制で監視せよ』

『いっそ施設を他府県に移設せよ』

手紙には古典的ながら剃刀の刃やカエルの死骸を同封する者もおり、そういう輩が正義を標榜《ひょうぼう》するのだから受け取る方も憤然とせざるを得ない。一体、どちらが異常者だと言うのか。強者と弱者、被害者と加害者の境界線は日を追う毎にひどく曖昧となり、その識別は相対的なものに変質しつつあった。

団体の多くが警察力に依存することを拒み、〈アメリカを見習い自らを守れ〉というスローガンの下に自警団と化していった。各々の自治会に呼び掛け、午後七時以降の外出自粛、不審者を発見したら直ちに通報する義務を課した。ホームセンターでは防犯グッズが飛ぶように売れ、ドアロックは二重から三重、三重から四重となり鍵の修理屋は多忙を余儀なくされた。

自警団と暴徒の違いは規律だ。つまり、自警団とは規律を持った暴徒に他ならないのだが、憲法が集会の自由を許している以上、警察にこれを取り締まる権限はない。それを良いことに自警団の武装化は少しずつではあるが先鋭化し始めた。何も銃砲だけが武器ではない。ナイフにバットにスタンガン、果ては鎌《かま》や鍬《くわ》などの農機具までが掻き集められ武装の一部となった。武装化した集団は例外なく短絡的になり、論理よりは感情で動き易くなる。話し合うよりは実力行使した方が早いという訳だ。相応の訓練もされず徹底した命令系統も持たない武装集団が短絡的になったらどうなるか

――敢えてその危険性を指摘する知識人もいたが、捜査本部の不甲斐なさと事件の悲惨さを引き合いに出されては沈黙するしかなかった。県警本部も刑法第二百八条の三、凶器準備集合罪の適用を検討したが、元々は暴力団や過激な政治団体同士の抗争を早い段階で取り締まるための条文であり、社会通念上直ちに他人に危険を感じさせないモノは凶器として見做さないとの最高裁判決もあることから、摘発は見送られた。無論、今この段階で自然発生した自衛集団を法の名の下に検挙すれば、火に油を注ぐ結果になりかねないとの判断もあったのだが。

しかし何にも増して明らかになったのは警察に対する市民の不信感だった。自警団の発足自体が警察不信の表明であるにも拘らず、それを非難する声はなく、寧ろ当然とする風潮が強かった。加えて老若男女全ての層が口を揃えて警察の無能ぶりを罵倒し、その悪口は半ば挨拶代わりになった。県警の威信は地に堕ちて久しく、夜陰に乗じて交番の壁に落書きや大小便する者も後を絶たず、既に警察官という職業が蔑視の対象になった感さえある。里中県警本部長の更迭も今や時間の問題と囁かれた。

不安と恐怖、不信と懐疑が飯能市全体を厚く覆っていた。誰も自分以外を信用しない中にあって市民は自ら精神的な逃げ道を失っていた。いや、失ったのは逃げ道だけではない。不安は判断力を摩滅させ、恐怖は理性を駆逐する。不信は寛容さを、懐疑は平穏を侵食する。疑心暗鬼は常態となり、人々の恐慌状態も臨界点に達しようとしていた。経済不安は緩慢に到来するが、生命に直結する不安は急速に人心を蝕《むしば》む。だが、まるで革命前夜のような様相を呈していながら、誰もそれを抑える術を持たなかった。良心的な社会学者がか細い声で警告を発したが耳を傾ける者はいなかった。

古手川は沢井歯科を訪れていた。以前にも別事件の捜査で歯科医院を訪ねたことがあるが、じっと待合室に座していると歯医者特有のホルマリンクレゾールの臭いが服に染み込むような気がして仕方がない。パチンコ屋にいると煙草の臭いが染みつくのと一緒だ、と言えば歯科関係者は気を悪くするだろうが。

このところ、一日に二時間はここに来て当真勝雄を監視する日々が続いている。いや、正確に言えば監視したのは初日だけで二日目以降は警護という色合いが強い。前科者への風当たりが強くなってから、勝雄が何らかのトラブルに巻き込まれないよう見守って欲しいとさゆりに依頼されたからだ。実際、周囲の勝雄に対する接し方は微妙に変化している。それは部外者である古手川にも分かった。長年、同僚として扱っていたから露骨ではないにしろ、勝雄を見る眼や触れる手に僅かながら怯えが感じられるのだ。さゆりの話では勝雄が医療施設から出所した事実を知る者は沢井院長一人だそうだが、他の同僚も薄々と彼の履歴に気づいているかも知れない。医院の職員にしてみれば、今まで普通に接してきた仲間が突然異質な人間になってしまったような印象なのだろうし、彼が万が一連続猟奇殺人の犯人であったらと想像すれば違和感も生じるだろう。

だが、古手川には確信がある。断じて勝雄はカエル男ではない。

観察していて勝雄の作業内容は大まかに把握できた。医療雑務と言っても医療器具や廃棄物の搬入出といった力仕事、後は清掃などの単純作業で文字通りの雑用だ。お世辞にも頭脳労働とは言えず、何かの注意事項があるとも思えない。だが、それも無理からぬことで勝雄には注意書きを読んだり、文書の指示に従うのに困難な理由があった。彼は漢字の読み書きができないのだ。ひらがなは読めるし書きもする。だが漢字は一切駄目で、古手川の見立てでは小学校低学年以下の識字力だ。そうなれば当然、可能な仕事の範囲は限られてくる。他の職員がいちいち口頭で説明すれば可能かも知れないが、多忙を極める職場ではそれも無理な相談だ。

そんな識字力で果たして五十音順の獲物を選択できるかどうか。荒尾はともかく有働は簡単に読めないだろうし指宿に至っては難解極まる。何しろ自分にも読めなかったくらいなのだ。カエル男の手元には必ず何らかの形で犠牲者の名前を連ねたリストが存在する。その中からわざわざ読解困難な名前を択ぶとは到底考えられない。

それに、何より古手川の気持ちが勝雄犯人説を拒絶していた。勝雄はさゆりの言わば身内に近い存在で真人とも兄弟のような間柄だったと聞く。その勝雄が真人を手に掛けるなど、絶対にあってはならない。それは古手川の世界観に反することだ。

それでも疑うのなら、仕事中の勝雄を見てみれば良い。そうすれば誰もが納得する筈だ。もうすっかり慣れた職場なのに、そこで働く勝雄の顔に安逸さは微塵もなく、分かり易いくらいに緊張感を刻んでいる。単純作業ながら彼なりに懸命なのは見てて清々しいほどだ。勿論、懸命さは業務遂行の必要条件ではない。しかし、懸命さには傍観者を惹き寄せる吸引力がある。

たとえ政府がどのような雇用対策を掲げても、この国の就業率は未だ下降線を辿っている。派遣やバイトの切り捨てが相変わらず横行し正社員も日増しに減少、完全失業率は全国平均で遂に六パーセントを超えた。そんな状況下で医療施設を出たばかりの障害者が職を得、就業し続けることがどれほど困難なものなのかはさゆりから散々聞かされた。平成十八年四月から改正障害者雇用促進法が施行され、漸くハローワークでも障害者の職業紹介を推進し始めたが、こと犯罪絡みで医療施設を出所した者については話が別で、結局は保護司の尽力と人脈に頼らざるを得ない。当真勝雄のようなケースは僥倖に近いのだ。

待合室で二時間座っていても看護師たちは古手川に見向きもしない。職員には沢井の口から無視するようにと申し送りがされているからだ。まるで空気のように扱われるお蔭で、院内の様子は存分に観察できる。成る程沢井歯科医院は評判の病院らしく、どんな時間に来院しても待合室は患者で一杯だ。さゆりの話では沢井は腕も確かな上に愛想も良く、短期間のうちに近隣の同業者から殆どの患者を奪ってしまい、結果的に三つの町で唯一の歯科医院となってしまった。病院の繁盛が良いことか悪いことかはともかく、口コミで患者の集まる歯医者は信用して良い。

数ある痛みの中でも歯痛は我慢するのが難しい痛みだ。順番を待つ者は何より歯痛に気を取られて他のことを考える余裕はない。ところが、聞き耳を立てていると患者同士、或いは看護師同士の会話にはカエル男の名前が頻繁に、しかし禁忌の言葉のように洩れ聞こえてくる。暖房の効いた清潔な院内で交わされる陰惨な猟奇殺人の噂――ここ鎌谷町は第二の殺人現場なのだからそれも無理のないことではあるが、日常にまるで異質の恐怖が侵入していく様《さま》に古手川はひどく居心地の悪さを覚える。

目の前を、両手に廃棄物の入った袋を提げて勝雄が通過する。もうこれで何往復目だろう。沢井を含めて四人の医師を抱えるこの医院では、ものの数時間でゴミ箱が一杯になるようだ。

足元を見ると靴紐がすっかり解けている。注意しようとした瞬間、勝雄の右足が捩《よじ》れた。危ない、と言う間もなく勝雄はリノリウムの床に転倒した。指から離れた袋が破れ、盛大な音を立てて中身がぶち撒かれる。血の滲んだ脱脂綿、使い捨ての注射器、先の割れたアンプル、空の薬壜《びん》、歯型の石膏――。辺りにむわっと異臭が広がる。

散乱した医療廃棄物は不潔である上に細かなガラス片も多かった。その場にいた患者は遠のき、看護師たちも手伝いたいのだろうが皆両手が塞がっていて近寄りもしない。当の勝雄はひどく動揺した様子のまま、まだ立ち上がれないでいる。予期せぬ突発事にどう対処して良いのか判らないのだろう、今にも泣きそうな顔をしている。それは周囲の視線に射抜かれ、四肢を痙攣《けいれん》させている動物のように見えた。

気がつくと、古手川は床に膝をついてゴミを掻き集めていた。勝雄が驚いた顔でこちらを見ているが、驚いたのは自分も同じだ。

何故、俺がこんなことを——。

だが、口をついて出たのは思いとは違う言葉だった。

「大丈夫だったか？」

勝雄の首がぎこちなく上下する。直視するのが妙に気恥ずかしくて視線を足元に逸らした。

そして、はっとした。

片足の捩れた理由は解けた紐を踏んだためだと思っていたが、原因は他にもあった。ひどく汚れたスニーカーだった。もう何年使っているのか白ちゃけて元の色は全く分からない。表面は所々が毛羽立ち、紐も何箇所か擦り切れそうに磨耗している。ゴム底も角が欠けてひび割れている。泥の付着が少ないのは、何度も洗っているせいだろうが経年劣化と相俟ってぺらぺらになっている。一番目立つのは右の親指に当たる部分に空いた大穴で、見事に靴下が覗いている。普通ならとっくの昔にゴミ箱行きの代物で、これでは足を取られるのも当然だった。

医療施設を出たばかりの障害者が就業し続けるのがどれほど困難か──さゆりの訴えが再度胸の奥に響く。

こんな靴、捨てちまえよ──そう口にしようとした時、また誰かが自分の声で喋り出した。

「近くに靴屋、ないか?」

自分はこういうことをする人間ではなかった筈なのだが──古手川は首を捻《ひね》りながら勝雄の姿を追う。もっと客観的な判断をし、被疑者や事件関係者には距離を置いて行動するタイプだと自認していたのに、すっかり勝手が違ってしまった。

看護師から尋ね訊いた靴屋でスニーカーを新調すると、勝雄は驚いた後、「うわあぁ」と声に出して喜んだ。その声があんまり大袈裟《おおげさ》に聞こえたので却って古手川が恐縮するほどだった。

(頼むからそんなに大喜びするなよ──全然高価《たか》いモノじゃないんだ)

古手川の当惑をよそに勝雄は子供のようにはしゃぐ。その姿を見ていると、この青年が以前幼児を殺害した人間と同一人物だとはとても思えなくなる。人は変われるのだろうか、それとも人はその時々で善良にも邪悪にもなれるのだろうか。

きっと変われるのだろう——古手川はそう思おうとした。そう思いたかった。そうでなければさゆりの奏でるピアノに意味が無くなる。勝雄の懸命さがまやかしになる。

会計カウンターで勘定を済ませている最中も、勝雄は靴の表面を撫でたりゴム底の感触を確かめるのに余念がなかった。こぼれるような笑顔というのはこういう顔を指すのだろうか、まるで世界中のクリスマスを独り占めした子供のように顔中で笑う。

カウンターの若い女性店員がそれを見てクスリと笑い、慌てて

「あ……も、申し訳ありません。大変、失礼しました」

「いや、こちらこそ。すいませんね、店の中で騒いじゃって」

「いえ！　違うんです。あの……ちょっと嬉しくなっちゃって。お買い上げ頂いて、あんな風に喜んでくれたお客様は初めてです。有難うございました」

そう言って、彼女も嬉しそうに笑ってみせた。こんな時、笑顔で返せたら良いのだろうが、ここ数日のうちに古手川は自然に笑うことができなくなっていた。

「あ、履いてこられたスニーカーは処分致しましょうか」

うっかり頷いてしまう直前に職業意識が戻った。

「いえ。それも頂きます。別の袋に入れて下さい」

念のため公園に残された靴跡と照合してみるつもりだった。無駄な結果に終わるだろうが、それならそれで良い。少なくとも勝雄にかかる嫌疑を晴らす材料にはなる。

店を出る時に、勝雄が前に回り込んで古手川を直視し、そしてあの笑顔を貼りつけたまま言った。

「あ、ありがとう」

今度は自分が視線に射竦められる番だった。何の飾り気もない単純な言葉は抵抗なく胸に刺さる。頰に赤味が差すのが自分で判った。古手川は照れ隠しで煩《うるさ》そうに手を振るしかできなかった。

勝雄の寝泊りする寮は沢井歯科病棟の隣に建っていた。さすがに医院ほどには贅沢《ぜいたく》できないのか築十数年のこぢんまりとしたアパートだ。まだ職員は残業中で明かりの点いている窓は一つもない。勝雄の部屋は二階の左端なのだが、「部屋、何も、ない」と恥ずかしそうに言うので押しかけるような真似はせず、そのまま別れた。

今日のことは保護司に報告した方が良いだろうな――多少、手前勝手な理由を拵えて、古手川は隣の佐合町まで足を延ばす。真人を亡くし葬儀を終えたばかりのさゆりに逢うのは気が引けたが、一方で逢わなければ心配が余計に募るのも分かっていた。

驚いたことに、五日ぶりに訪れた佐合町はその顔を一変させていた。まだ、やっと七時を過ぎたばかりだと言うのに道往く者はまばらで、その誰もが警戒心に視線を尖らせている。家族の団欒も師走特有の慌しさも既になく、そこには狼の襲来をやり過ごそうと息を潜める羊たちの沈黙だけがあった。この変貌に真人の事件が関与していることは間違いなかった。僅か七歳の子供にまで触手を伸ばすカエル男に、この町もまた戦慄し畏怖しているのだ。

つむじ風が道端に落ちた銀杏の葉をくるくると舞い散らす。

人が集まって街を形成している以上、街も人と運命を共にする。この世の春を謳歌する時もあれば、ただ死を待つ時も必ず訪れる。卑近な喩えをすれば街の財政破綻は人間の餓死であり、住民の高齢化はそのまま街の老衰を意味する。人が死ぬのならば街も死ぬ。人が恐怖に追い詰められて狂うのなら街が狂ったとしても不思議ではない。

有働宅の玄関には忌中の札が貼られていた。門灯が点いているので在宅はしているのだろう。長居はしない、一瞬顔を見るだけだ——そう念じてチャイムを鳴らした。

数秒待って応答がなければ、そのまま帰るつもりだった。だが、ほどなくしてドアは開けられた。

「どなた……」

そのさゆりの顔を見て胸が詰まった。

葬儀で見た時よりも更に頰がこけ、眼から光が失せている。憔悴《しょうすい》し切った顔からは生気すらも感じられない。

「ああ、古手川さん。ご苦労様」

さゆりはドアに凭《もた》れ、抑揚の乏しい言葉を洩らす。何かの支えがなければ、そのまま崩れ落ちてしまいそうだ。

「有働さん！　貴方、ちゃんと食事は」

「ご免なさいね、こんな顔で……何も喉を通らなくって」

近づいて見ると、その肌も艶やかさを失い肌目が粗くなっている。よく耳にする化粧の乗りが悪い、というのはきっとこういう状態なのだろう。心労は若さをも剝ぎ取るのか、一気に十歳も老いたように見える。

「入って」と、さゆりはドアを広げた。「皆さん、気を利かせて一人にしてくれたけど、一人でいると余計に気が滅入《めい》るわ。あなたが来てくれて丁度良かった」

開け放たれたドアを前にすると自然に身体が中に入った。

家の中は勿論明かりが灯っていたが、床下から忍び寄る冷気のような陰気さを拭うまでには至らない。主を失ったテレビゲーム、畳んだまま放置されている子供服、座る者のいない食卓の椅子、写真立てに収まった真人の顔――。どこかに穴の空いたような喪失感に居たたまれなくなり、古手川はその品々から目を逸らす。しかしそれでも、あの日自分に向けられた含羞《がんしゅう》を帯びた微笑と気弱げな声は否応なく甦る。記憶された声、面影、形見。死者を追憶させる物は時として生者を蝕む毒になる。

見渡すと、リビングの隅に真人の写真と果物の供えられた祭壇らしきものがあるが遺骨や位牌らしき物は見当たらない。その様子に気づいたのか、

「うちは無宗教だったから、仏壇も神棚もないの。納骨も葬儀の日に済ませちゃった。葬式って凄《すご》いのね。目の前で色んなことがあっと言う間に片づいていくのよ」

古手川は無言で頷く。聞いた話では、親が子供の喪主になる場合は意識的に葬儀を慌しく進行させ、喪主に哀しませる暇を与えないように葬儀社が取り計らうらしい。

「ここは駄目ね。真人の匂いがする」

溜息混じりにさゆりが言う。

「家中、あの子の匂いが染みついている。今更どんなに沢山の消臭剤を振り撒いても消せないでしょうね」

ふらりと立ち上がる。

「場所、変えましょ」

身体を引き摺るようにして向かう先は想像がついた。後をついて行くと、案の定さゆりはレッスン室のドアを開けた。いつもは期待に胸を膨らませて入る部屋が、今日は空虚で無機質な印象しか齎さない。密閉された広い空間に置かれた物と言えばピアノだけで、確かにこの場所に真人の匂いは希薄だ。

さゆりは崩れるように椅子に座る。しばらくは鍵盤をぼうっと見つめるだけで両腕

も下げたままだ。古手川は為す術もなく見守ることしかできない。

二人の間にただ切ない沈黙が流れる。ダウンライトとスポットライトの熱はここまで届かない。暖かな筈の白熱灯も白々しいだけだ。

「駄目な母親ね……」

漸くさゆりが口を開いた。

「一人息子が死んだっていうのに何もできやしない。犯人を探すことも警察に協力することも、それどころかあの子が喜びそうなことさえ思いつかない。一日中、泣いてばかり。自分の無力さに呆れるわ。ピアノ教師だとか保護司だとか、そんな肩書きの上に胡座《あぐら》をかいていた自分に吐き気がする。知ってる？　この四日間でわたしがしたことと言えば喪服を着て座っていただけなのよ。葬儀の手配も、市役所への死亡届も、埋葬の手続きも皆周りの人がしてくれた。本当に何も……何もしてやれなかった」

「それは、皆そうです。故人の恨みを晴らすにしろ、犯人を探して逮捕するのは我々の仕事です。遺族の方が捜査に協力できることは限られている。……ところで真人君のお父さんは来られたんですか」

「旦那？　ああ、来たわよ。新聞やテレビで知ったのかしら。あんなのでも、やっぱり父親なのね。葬儀の後の方にやってきて、わたしにも色々話し掛けていたけど……変ね。何を話したのか全然覚えていないの。そのうち気がついたらいなくなってた。

まあ、あっちには新しい家族もいるからどうせ長居はできなかったでしょうね。今から思えばあそこで二人で手を取り合って、多少でも夫婦仲を戻していたら真人も喜んだかも知れない。でも、それもできなかった」

さゆりは、また静かに頭を垂れる。その姿を見ていると、古手川は堪らない気持ちになる。手が届く場所にいるのに遠い存在に思える。実の母親をそうするように慰めてあげたいのに、気持ちを十分に表わす言葉が見つからない。

それでも言わなければ。

「有働さん、それは違うと思う」

想いは、伝わるのだろうか。

「貴方に何もできない筈がない。俺たちにできるのは犯人を捕まえることだけど、言ってしまえばそれだけだ。でも母親は、有働さんは俺たちにはできないことができるじゃないですか」

さゆりの視線がゆっくりと鍵盤に戻る。死者を悼むこと。死者の霊を慰めること。そして、そのための音曲を奏でる才を彼女は天から与えられた。

深い溜息を吐《つ》くと、さゆりは鍵盤に指を置いた。

「あの子ね、ショパンのこの曲が好きだったの」

そして指から紡ぎ出されたのは古手川の耳にも馴染みのある曲だった。ショパン練習曲第三番ホ長調〈別れの曲〉。作曲者自身をしてこれほど美しい旋律を書いたことがないと言わしめた、音楽の教科書にも載っている有名な曲だ。さゆり本来の力強い打鍵は抑えられ、一音一音が粒となって宙空に舞う。作曲者自らが自賛する通り美しい旋律だ。あの静かに微笑う真人が好きだったと聞かされると成る程とも思う。だが、その曲名が今となっては真人の運命を予見しているようで古手川には辛い。

さゆりの指は曲と同様、華麗に鍵盤の上を滑って伴奏部を明確にしながら旋律を克明に描き出す。柔らかで躊躇いがちの、しかし際立った主旋律。抑えられた打鍵ながらそれは聴く者の魂を捕えて放さない。哀切で優しいメロディに真人の内気そうな笑顔と怯えた顔が交互に浮かび来る。儚く途切れそうになりながら、淡い音粒が少年の魂を癒すように連なる。

俄かに曲調が高鳴った。狂おしく掻き乱れる旋律、愛する者同士が別れなければならない悲しみと慟哭《どうこく》がさゆり本来の強い打鍵で立ち上がり――。

そして唐突に音が止んだ。

夢から覚めたように古手川が目を開くと、さゆりが鍵盤の上に突っ伏していた。

「有働さん……」

「お願い、古手川さん。犯人捕まえて」

さゆりが突っ伏したままで声を洩らした。

「わたし、初めて分かった。大事な人を亡くすってこういうことなのね。まるで……まるで胸の真ん中にぽっかり穴が開いたみたい。どんなにピアノを弾いても、どんどん穴から音が漏れて心に残らない。だからね、真人を亡くしたことを運命の悪戯だなんて認められないの。だけど真人の死が自分に手の届く誰かの仕業で、理解できる何かに責任があるって信じられれば少しだけこの穴が埋められるような気がする。だからお願い。必ず犯人を捕まえて」

そう言い終わってからもさゆりの面は上がらない。慰撫《いぶ》するようにその華奢な肩に触れたいと思ったが、臆病な手はもどかしいほどに動こうとしない。

しかし、やがてその肩が震え始めると古手川は意を決して抱き締めた。

だが、さゆりの震えはしばらく止むことがなかった。

＊

彼の興奮はまだ冷め遣らない。何の前触れもなく新しい宝物が手に入ったからだ。

まだゴムの匂いが発散している新品の靴。あの男は最近、よく自分の周囲をうろうろしているが、どうやら先生の知り合いらしい。最初はいけ好かない男だと思ったが、自分にこんなプレゼントをしてくれるのだから、味方なのかも知れない。

彼は靴をきちんと揃えて玄関に置くと、別の宝物のある場所に向き直った。納戸の下段、その隅に彼の愛して止まない数々の宝物が納められている。

女物の衣服、内側に血のこびりついたゴミ袋、そして愛用の武器。三つとも、自分がカエル男であることを示す徴《しるし》だ。眺めているだけで気分が昂揚してくる。

今日も職場はカエル男の話で持ちきりだった。男も女も、子供も年寄りも、誰も彼を無視することはできない。次は『エ』だ。一体、どこの誰が択ばれるのか。

不安に慄く者たちを思う度に昏い悦《よろこ》びが走る。皆の知り得ない犠牲者を既に知っているという優越感が胸を膨らませる。択ぶ権利は王の証だ。何かを最初に知るのも王の証だ。

宮殿広場に集まった哀れな有象無象を見下ろしながら、王である彼は声高らかに勅令を下す。次なる玩具はお前である、と――。その情景を夢想するだけで幸福感に包まれる。

窓ガラスが風に叩かれて、がたがたと音を立て続ける。それが彼には自分を崇《あが》め奉る拍手と歓声に聞こえる。一人ぼっちの暗く狭い王国の中で、彼はいつまでもいつまでもその歓声に酔い痴れていた。

四　焼く

1　十二月十九日

衛藤和義《えとうかずよし》はその日も不機嫌だった。

まずあの若い看護師の態度が失礼千万だった。膳を持ち帰る時、食べ残しについて栄養価がどうの費用がどうのと説教を垂れた。看護師風情が偉そうに。当然の抗議として膳を引っ繰り返すと、あの娘はこれ以上ないほどに顔を歪めて自分を睨み、挙句に散々小言を吐き散らかした。全く、醜い声のナイチンゲールもいたものだ。

病院食の不味さも腹立たしい。ここ市立医療センターは仰々しい名前に相応しく脳外科、咽喉《いんこう》科、耳鼻科、胃腸科、心臓外科、泌尿器科と殆どの医療施設が揃い、ないのは歯科くらいだが、これも半年に一度外部から開業医を出張させて強制的に検査させている。異常が発見されればセンターから送迎バスで通院もできる。お蔭で衛藤自身、虫歯を早期治療できた。検査漬けクスリ漬けの毎日だが、そちらの設備に不満はない。但し食事はコンビニ弁当以下だ。ここの厨房に塩というものは置いていないのか、吸い物は白湯かと思える。魚の焼き加減は生に近く、飯に至っては古米六分に麦四分ときた。舌の肥えた自分にとってはドッグフード並みの食い物、そんなモノを何故、強制的に食わされなければならないのか。それも、この衛藤和義ともあろう者が。

だが何よりも我慢ならないのは己の身体に対してだ。糖尿病——全く忌々《いまいま》しい病名だ。まだ四十も半ばだと言うのに、何故こんな年寄りじみた名前の病気に苦しめられなければならないのか。

あの日の出来事は今も記憶に新しい。被告人の責任能力の有無について弁論を行っている最中、いきなり腰に激痛が走り、そのまま法廷内で倒れ伏した。後は病院に一直線、目覚めた時にはベッドの上だった。過度な偏食と飲酒による発病と医師は告げた。説明を聞けば成る程思い当たるフシは山ほどあり、視力低下や頻繁な眩暈など日々の生活の中でその前兆があったにも拘わらず、何となく病院を敬遠してきたツケが一気に回ってきたのだ。だが不摂生や飽食は決して自己管理能力の欠如が理由ではない、と衛藤自身は考えている。全ては仕事の多忙さに端を発している。

衛藤は事務所開設以来ずっと刑事事件を主に扱ってきた。各々が独立している弁護士という職業の中にあってもヒエラルキーは歴然と存在しており、債務整理などの民事事件を多く扱って手数料稼ぎに勤しむ弁護士は仲間内でも蔑視の対象となる。やはり世間の耳目を集める刑事事件、国を相手取った賠償請求事件で名を上げた弁護士は注目されるし大口の依頼も多くなる。借りたカネも返せないような貧乏人の相手などしていられるか。実際、衛藤が多忙になり始めたのはマスコミで大きく取り上げられた松戸市の少年犯罪が切っ掛けだった。大多数の人間が検察側有利の判断を下す中、衛藤は結果として見事無罪判決を勝ち取ったのだ。衛藤は新進気鋭の人権派弁護士として一躍マスコミの寵児となり、目論見通り弁護依頼が殺到した。

元々、機を見るに敏、勝ち負けの判断が速い衛藤は案件選びも周到だった。敗訴濃厚な事件には鼻も引っ掛けなかったので戦績は連戦連勝、それがまた多くの依頼を生んだ。実績を重ねる一方で仲間内の評判も上がり、やがて弁護士会の幹事を任されるようにもなったが、ベテラン老獪《ろうかい》ひしめく中で衛藤のような若手が任命されるのは異例中の異例と言って良かった。但し通常の弁護士活動と弁護士会の運営を両立させるには睡眠時間を削るしかなく、食事もクライアント主催の高タンパク高カロリーのメニューがずらりと並ぶ宴席が専らとなった。

かくして仕事は順風満帆、されど健康は悪化の一途という悪循環が続いて今日に至った次第だ。ゆくゆくは政界進出も視野に入れていた衛藤にしてみれば、とんだ番狂わせと言わざるを得ない。単なる過労ならともかく、糖尿病という病は相当に凶悪な相手で、今まで法廷で戦ってきた検事や裁判官などまるで比較にならない。視力低下、動脈硬化、果ては歩行困難を齎し、哀れ衛藤は車椅子なしではどこにも移動できない身の上となった。衛藤の失意は大きかった。高く舞い上がった者ほど墜落した時の衝撃は大きい。クライアントや事務所の職員は口に出さないものの、既に衛藤は引退したも同然と決めつけている。

だが弁護士という商売は資格を剝奪されない限り、そして死なない限り他の誰からも廃業させられるものではない。だから衛藤は日に日に肉が削げ落ちていく両脚に毒づきながらも、いつか再び法廷に立つ己の姿を夢見る。視力のみか記憶力も減退し、下半身どころか手首から先の感覚も麻痺し始めた現実は見て見ぬ振りをしていた。

六時の夕食を終えると、衛藤はそそくさとオーバーを羽織って病棟を出た。途中で何人かの看護師と会ったが、彼女らは非難の目を向けるだけで止めようとはしなかった。中には「恐くないのかしら。夜の町にはあいつがうろついているっていうのに」と、聞こえよがしに言う者もいたが、元より衛藤の関知するところではない。

外気はさすがに冷たかったが身を切るほどではない。車椅子生活と言っても下半身不随になった訳ではなく、このくらいの寒さは院内の暖房で靄《もや》のかかった脳に刺激を与えて丁度良い。一日に三十分は外の空気に触れないと憤懣が蓄積するばかりだ。それに消毒薬の匂いを嗅ぎ続けていると、この病がこのまま治らないような不安に襲われる。その不安に比べればカエル男など何ほどのものか。

巷では名前の五十音順に人が無残な方法で殺されている。その順番では次の犠牲者は『エ』で始まる者らしい。看護師たちは、だから自分の身が危険なのだと言う。最初にそれを告げた看護師は真剣な表情を崩さなかったが、衛藤は一笑に付した。次に誰が殺されようとも、それは断じて自分ではないからだ。幸か不幸か今の自分は病院の虜で、自宅にも事務所にも居住していない。病院側も入院患者の身元は外部に洩らさないだろうから、家族と事務所職員そして病院関係者以外は誰も衛藤和義の居場所を知らない筈だ。居場所の不明な人間をどこの酔狂がつけ狙うと言うのか。

車椅子と言っても衛藤の使うそれは電動式で操作に腕の力を必要としない。散歩のコースは病院から河川敷に続く舗道で、上手い具合に自転車専用道路が設けられているので通行の障害となるものは何もない。それに近頃では皆、姿なき殺人者の影に怯えて夕刻以降は出歩かないせいで自転車も滅多に通らないのだ。

河川敷の堤防に到着すると折り返して病院に引き返す、これが衛藤の決めたコースだった。しばらく進むと風向きが追い風に変わった。衛藤は懐から煙草を取り出して火を点ける。個室は言うに及ばず病院内はどこもかしこも禁煙で、病院長に単独の散歩外出を強く要求したのも一つはこうして誰の目を憚ることもなく喫煙を愉しみたかったからだ。

最初に深く吸い込むと、背後から迫る足音に気がついた。

ひたひたひた。

珍しいな、と思った瞬間——。

いきなり後頭部を衝撃が襲った。

頭部がもげるほどの打撃。

眼球が飛び出しそうになる。骨の破砕する音と共に息が止まり、口腔と鼻腔に鉄錆の味が広がる。

堪らず衛藤の頭は前に倒れ、反動で後ろに跳ね返る。伸びきった喉に何かが巻かれる。

そして、絞め上げられる。

猛烈な力。そのまま首を千切りそうな力。瞬時の出来事に痛覚は吹き飛び、息苦しさだけがあった。

意識が急速に薄らいでいく。

更に絞め上げるつもりなのか、もう一巻きされようとした。

その時、唇の右端に何者かの指が触れた。

反射的に口を開き、死に物狂いで嚙んだ。

締め上げる力が一時止まるが、すぐに続きが始まった。嚙み締めていた顎から空気が抜けるように力が失われていく。

数秒後――衛藤の呼吸は止まり、心臓の鼓動も消えた。

だが、舗道に落ちた煙草の火はまだ点いたままだった。

正田町《しょうだちょう》の河川敷で火災が発生。近隣住民の通報を受け消防隊員が現場に到着すると、火柱を上げて燃えていたのは人間だった。急いで消火したが、県警の捜査員が駆けつけた時には死体の三分の二以上が既に炭化していた。

河川敷には灯油の燃焼臭とナイロンと肉の焦げる苦い臭いが渾然一体となって漂っている。暗闇の中、警察車両の照明が煤煙を浮かび上がらせる。風が吹いているが、とてもその臭気を掻き消せるものではない。古手川は鼻から下をハンカチで覆い隠して死体に近づいた。一息でもまともに吸えば嘔吐感を催すのが目に見えていたからだ。事実、消火直後に新人の消防隊員が盛大に吐き散らかしたらしい。

死体は車椅子に座ったまま焼かれていた。灯油は頭からかけられたらしく、頭部の炭化が一番進行している。そのため全身に比して黒焦げの頭蓋が不釣合いなほど小さく見える。椅子の一部はまだ赫《あか》く燻《くすぶ》っており、そこから刺激臭が立ち上っている。

「ひでえ有様だがよ、明日は我が身だな」

渡瀬もハンカチで口を押さえながら話す。

「明日の新聞じゃあ、捜査本部が火達磨だ。ほれ」

差し出されたナイロン袋には見慣れた筆跡のメモが入っている。

きょうつかまえたかえるは、もうしにかけていた。うごかないおもちゃはつまらない。だからもやしてみた。ひのついたかえるはもえながら、とんだりはねたりしたのですごくたのしかった。かえるのもえるにおいはいいにおいだった。

「ここまで燃えたのは発見が遅れたせいだ。見ての通り河川敷は両側の堤防に遮られて、堤防下の民家からは見ることができん。通報者はマンション五階に住む住民だったが、その通報者も最初は誰かが川岸でゴミを燃やしているくらいに思ったらしい」

それはそうだろう、と古手川は思う。いくら死角にあるとは言え、民家からさほど離れていない場所で人を焼くなど常識では考えもつかない。だが、この犯人は今までその常識に反することを幾度も行い続けてきたのだ。

メモは本人の財布と一緒に死体の近くに置かれていた。ご丁寧に石の重し付きでだ。財布の中にあった免許証と車椅子に刻印されていた病院名から、すぐに身元は割れた。市立医療センターに連絡すると、先方も本人の行方を探していた最中だったので照会は即座に終了した。押っ取り刀で駆けつけた担当医師は燃え残った部位の特徴から、直ちに被害者が衛藤和義本人であることを証言した。

「一般にはともかく、俺らや検察には評判の悪い弁護士でな。人権派なんて肩書きはあるが、正体は功名心と金銭欲の権化みたいな奴さ。去年の夏頃に緊急入院したとは聞いていたが、まさか車椅子の世話になっていたとは」

「しかし、普通こんな時期こんな時間にこの名前の人間が単独で散歩しようなんて思いますかね。そんなに豪胆な人物だったんですか」

「自分の居場所は身内と病院関係者しか知らないから狙われようがない。奴さんはそう嘯いていたそうだ。昨今、個人情報保護法が遍《あまね》く知れ渡ったせいで、問い合わせは勿論、本人が希望しない限り病室に名札さえ貼られないからな。さて、問題はそこだ。なら、どうやってカエル男は衛藤弁護士の居場所を知ることができたのか。一番、常識的な解答は?」

「……病院関係者、若しくは弁護士事務所の誰かがカエル男である」

「そこで早速、関係者全員のリストを作成させている。でき上がったら、またぞろ全員のアリバイと背後関係調べだ」

うんざりとした口調の中にも僅かながら希望の響きが聞き取れるのは、容疑者を絞ることができるからだ。これは前の三件からすれば大きな前進と言って良かった。だが、一方で古手川はそれが淡い期待でしかないことも薄々認識していた。

あの狡猾で用心深い犯人が、簡単に自分のアドレスを残すような真似をするとはどうしても思えなかった。人の住まう場所で殺人を犯しながら、その場所は常に生活空間の死角を選んでいる。三つもの事件を起こしながら己に直結するような遺留品は極めて少ない。犯人は必ずどこかでミスをする——言い古された言葉は実際その通りであることが多いが、今度の事件に限ってはそれが全く通用しないように思えてしまう。

「班長、ちょっと」

検視官が声を掛けてきた。

「何だい」

「こっち来て下さい。見て欲しいモノがあるんです」

連れてこられたのは焼死体の真正面だ。頭蓋全体は黒焦げで眼球も焼失していたが、歯だけはまだ白い部分を残している。検視官は職業的な冷静さを保ったままその両顎を摑むと、ゆっくり上下にこじ開けた。

「分かりますか？　上下の歯の隙間に肉片らしきモノが挟まっています。口腔内にあったから燃え残ったのですよ」

ライトの光輪の中に目を凝らす。歯の裏側に浮かび上がったのは確かに食べ滓《かす》のような残留物だ。大きさは耳掻き一杯程度といったところか。

「至急、病院食の献立を照会しておいて下さい。こんな大きな食べ滓を歯の裏にくっつけたまま放置しておく人間は少ないでしょうけど念のために」

「何だと思う?」

「何かの肉片であるのはまず間違いないと思います。そして、焼け死ぬ直前に自分の皮膚や肉を噛んでいたとも想像し難い。運が良ければ……これは犯人のモノです。被害者が奴の肉体の一部を噛み切ったのですよ」

「肉体の一部……」

「犯人は被害者の背後から前に紐を掛けて後ろで一回交差させ、前に回してもう一度交差させて絞めています。被害者の唇に触れる部分は恐らく指でしょうね」

「班長、さっき捜査本部は火達磨になるって言いましたよね」

「ああ。不謹慎を承知で言えば、その前から吊るし上げられてるし、各方面から圧力掛けられてるし、警備部を取られて解体もされてる。何のこたぁない。結局、俺たちゃ死体と同じ目に遭っているのさ。見てろ。明日の各紙朝刊はこれだけの捜査期間と人員を費やしながら第四の事件を防げなかった本部に対して集中砲火を浴びせてくる。もう幹部の一人や二人首を挿《す》げ替えて済む話じゃなくなってきた。母屋は大火事、何人の人間が類焼に巻き込まれることやら。だが本当に恐いのはそんなことじゃない」

渡瀬の声が一段と低くなる。

「人々が恐慌状態に陥り、警察がその外圧に圧されて徒《いたずら》に解決を急げば待っているのは誤認逮捕と冤罪《えんざい》だ。それは今までのあまり威張れねえ警察の歴史が証明している。しかしそれだけはな、絶対にやっちゃあいけない間違いなんだ。冤罪ってのは無実の人間の一生を葬り、真犯人を野に放置し、警察への信頼を失墜させる、三重の大罪だ。そんな大罪拵えるくらいなら事件が迷宮入りになってもいい。無辜《むこ》の人間一人を陥れるくらいなら殺人者一人見逃したって良いんだ」

古手川はぎょっとして、思わず辺りを見回した。最後の言葉は、少なくとも捜査の指揮に当たる人間が口にして良い言葉ではない。だが幸い、近くにいたのは自分だけだった。

「なあ、お前は何か感じないか」

「何を、ですか」

「何て言うか、まるで空の上から監視されてるような薄気味悪りい感じってのかな」

同感だったので黙って頷いてみせた。

「今度の犯人は単に異常と言うだけじゃなく恐ろしく奸智に長けた奴だ。穿った見方かも知れんが犯罪行為そのものに限らず、その行為がマスコミや世間に及ぼす影響まで計算して行動している気がして仕方ねえ……いや、違うな。何だか、俺たちが奴の思い通りに踊らされているような気がするんだ。俺たちだけでなく、この飯能市の人間全員が奴に操られているような……」

そこまで言って、渡瀬は不意に頭を振った。

「いや。今のは聞き流しとけ。俺の妄想もいいところだ」

古手川はもう一度黙って頷いた。だが、妄想だという意見に同意した首肯ではなかった。実は古手川も同じように感じていたのだ。

2

ナツオが十二歳になったその春、近所に女の子が引っ越してきた。鈴置美香《すずおきみか》という髪の長い女の子でナツオとは三つ違いだった。通学路が一緒なので登下校の付き添いを続けていると、すっかりナツオに懐いてしまった。

美香の父親は転勤族で転校はそれに付随したものだった。住まいは一戸建ての借家。父親の収入はまずまずらしく、それは美香の身に着けている物で予想がついた。美香は顔も鼻も口も小さく、ただくりくりとした眼だけが大きかった。着ている物も可愛らしい服ばかりなのでナツオにはまるで人形のように見えた。手を繋ぐと、その柔らかさに驚く。ぷにぷにとした感触でまるで骨の存在を感じさせない。ごつごつした自分の指とは大違いだ。鼻を近づけると良い匂いがした。淡い石鹼とミルクの匂い。髪の毛はいつもシャンプーの香を振り撒いていた。

「田んぼや山の見える所に住むのは初めて」と美香は言った。物心つく頃から都内に住むことが多かったらしい。

「それにイジメっ子みたいな男の子が大勢いるのね」とも言った。そのためなのか、ナツオをかなり頼りにしている様子だった。

「ま、任せてよ。守って、あげるから」

ナツオはそう言った。だがナツオの中に巣食う別の生き物は別のことを考えていた。

この可愛い女の子は絶命する時、どんな風に顔を歪めるのだろう——。

その思いは美香の柔らかな手を握る度に、髪の匂いを嗅ぐ度にいや増していった。

だが、彼女は決して犬猫ではなく自分と同族なのだという倫理観が辛うじてその昏い欲求を抑圧していた。

しかし、それも長くは続かなかった。或る夜、いつものようにナツオの背後を犯していた辰哉が行為の最中にこんなことを言い出したのだ。

「お前と、いつも、連れ立っている、美香ちゃんて、いるだろ」

「……う……ん……」

「まるで、人形みたいな、子だな」

同感だったが諾《うべな》うつもりはなかったので黙っていると、辰哉は更にこう続けた。

「ああいう子が俺の娘だったら、良かったのにな。きっとお前の、数倍は楽しめるぜ」

この一言でナツオの自制心は破壊された。虐待されようと陵辱されようと、少なくとも父親の歓心を満たしているという最低限の自尊心すら否定されたからだ。

こんなに痛くて辛い目に遭っているのに。

それでもこの男は、自分なんかよりまだ声も掛けていない美香の方が良いと言う。

「ああ、あの子は、手が、吸い付く、くらい、滑らかな、肌だろうな。中だって、お前より、ずっと、ずっと、柔らか、そうだ」

そう言いながら辰哉は果てた。

自制心が吹き飛ぶと、美香が同族であるという倫理観も同時に吹き飛んだ。後に残ったのは自分への父親の興味を奪った者への憎悪と、あの人形のような身体を玩具のように扱ってみたいという純然たる欲望だけだった。

ナツオの中の怪物がのそりと頭を擡げた。

翌朝からナツオの美香を見る目は変わった。仲の良い妹分を見る目ではない。肉食獣が獲物を品定めする目だ。美香が犬猫ではないという事実は倫理観ではなく生物的差異として認識されていた。だから今までのように眉間の少し上を急所とする考えは捨てた。額の真正面から凶器が飛んでくれば、幾ら子供でも反射的に避けようとするに違いない。

ならば後ろからならどうだろう。前を歩いている美香の後頭部を殴って気を失わせる。テレビドラマでも何度か見たことがあるから、これなら大丈夫そうだ。そして気を失ってしまえば後はそれこそ人形同然だ。だが問題もある。美香がいつも自分と一緒に登下校していることはみんなが知っている。もしも美香がその途中に消息を絶てば間違いなく自分が疑われる。何か良い機会はないだろうか――。

その機会は思いのほか早く到来した。

夏休みに入ると、さすがに美香と一緒にいることは少なくなった。ナツオとしては接触を図りつつも他人に見られてはいけないという悩ましい日々が続いていた。

そんな或る日、夕立が訪れた。

家の近所に犬猫の姿はめっきり少なくなっていた。あれだけの数を屠《ほふ》れば野良犬すらも警戒してナツオの生活空間を避けるようだった。それでも、ナツオは旅人が砂漠で水を求めるように獲物を漁っていた。

一天俄かに掻き曇り、空全体が真っ暗になるまでに五分とかからなかった。まだ四時前だと言うのに辺りは夜中と見紛うほどに暗い。

一粒、そしてまた一粒。

降り出した大粒の水滴は瞬く間に篠突《しのつ》く勢いとなり、やがて銀色のカーテンを下ろした。周囲は雨が叩く音以外、全く何も聞こえない。地上の熱気も埃《ほこり》も全て荒々しく洗浄する豪雨は、雑草生い茂る空き地の匂いすら押し流してしまう。

傘を持たなかったナツオは堪らず空き地の隅にあった廃屋に逃げ込んだ。以前は民家だったが、住人が移ってからは農機具置き場になっていた。勿論、電気は止まっているので中に入っても暗いままだ。

頭から雫を落としていると背後から声を掛けられた。

「ナツオちゃん？」

振り向けば何とそこに美香が立っていた。ナツオと同じようにずぶ濡れだった。

「お使いの途中で急に降ってきて……」

言い終わらぬうちにごろごろと雷音が轟き、すぐに空が光った。

きゃっと短く叫んで、美香が抱きついてくる。濡れそぼった肌はすっかり熱を失って死体のように冷たいが、それでもナツオの肌と重なった部分は熾火《おきび》のようにじわじわと温もりが甦る。

「ナツオちゃん、あったかーい」と、美香は無邪気にそう言って、両手をナツオの腰に回す。ナツオは慌ててその手を包み込む。その手の当たる僅か下、後ろのポケットに金槌《かなづち》が挿し込んであるからだ。犬猫を屠るために用意してきた道具がこんな予想もしなかった形で役立つことになるとは。

廃屋の中には自分と美香が二人きり。空き地に他の人影はなく、この雨では当分誰もやってこないだろう。そしてポケットには掌に馴染んだ道具がある。千載一遇とは正にこのことだ。ナツオは運命に感謝した。

再び雷鳴と共に電光が真昼の闇を裂く。音と光が同時になったのは雷の本体が真上に近づいた証拠だ。

「ナツオちゃん、美香のこと守ってくれるって言ったものね」

美香は益々強い力で抱きついてくる。その頭の天辺がナツオの鼻先に当たる。濡れた髪はいつもよりシャンプーの香りが薄れ、それ自身と汗の匂いを鼻腔に運ぶ。そしてナツオに一つの真実を思い起こさせる。

美香は人形ではない。れっきとした血の通った人間だ——今はまだ。

だから、早く生命を奪わなくてはいけない。心臓の鼓動を停止させ、肌を重ねても擦っても体温が戻らないようにしなくては。

完全な人形にするために。

雨の轟音に囲まれながらも、美香の心音は耳に届いている。美香にも自分の鼓動は聞こえているのだろうか。彼女には想像もつかない理由で高鳴るこの胸の音が。

「……ねえ、美香ちゃん。目、瞑《つむ》って、後ろ向いてよ」

「え。どうして」

「美香ちゃんに、あげたいものがあるんだ」

「えー。何かなあ」

美香は腕を解くと、そのままくるりと背を向けた。

緊張の極みにありながらナツオはこれ以上ないほど冷静だった。素早く金槌を取り出して大きく振りかぶると、その一点に向けて正確に打ち下ろした。

まるで布に包んで茶碗を割るような、軽くくぐもった音だった。金槌の先端は頭蓋の中にめり込んでいる。一言も洩らすことなく、美香の身体は地べたに座り込むように崩れ落ちた。

金槌を引き抜くと同時に周囲がまた光った。ごぼりという音と一緒に溢れ出た血の塊が閃光の中に浮かび上がる。失禁したらしく地面から立ち上る尿の臭いが鼻を突いたが、ナツオは幻滅などしなかった。こんなことは犬猫で経験済みだったし、この臭いこそ生き物が玩具に変わった徴《しるし》だったからだ。

念のためにポケットの底からビニール紐を取り出して首に二重巻きし、力一杯絞め上げる。実効のほどはともかく半ば儀礼化した行為だったが、絞め上げれば絞め上げるほど尿も後から後から出てくるので、人形の内部を掃除する作業も兼ねていた。

もう着せる必要のない服を無造作に脱がせる。中から現れたのは白く滑らかな裸体だ。この綺麗な人形でどんな風に愉しもうか。ナツオは愛しそうに肌に頬を摺り寄せる。まだ体温の残滓はあるが、既に生命の焔《ほむら》は消えている。ガラス玉のように一切濁りのない眼球も光を失っている。ナツオの胸は期待と好奇心ではちきれそうになる。

そして、はたと気づいた。こんな展開になるとは思わなかったので金槌以外は何も道具を用意してこなかった。だが、周囲を見回して安心する。手持ちの道具などなくとも廃屋の隅にはずらりと農機具が並んでいるではないか。ナツオは思案げに農機具の前に立ち、やがて一丁の鍬《くわ》を手に取った。刃の幅は美香の首よりも僅かに大きく、先端はずっしりと重い。カッターやナイフよりも遙かに頼り甲斐がある。

雷光が薄闇の中の死体を眩《まばゆ》く浮き上がらせる。

作業の前にナツオも服を脱ぐ。返り血で汚さないための用意だ。人間を切断するのは初めてだが、犬猫よりも出血が多いのは容易に想像がつく。

頭部を両足の間に挟む形で立つ。鍬を首筋に当てると、その重みだけで刃先が肉に食い込む。鍬を使用するのは初めてだが、コツは分かっている。今まで使っていた道具の応用だ。恐がらないこと、そしてとにかく真っ直ぐに振り下ろすこと。

鍬を背中まで振りかぶる。ここまで弾みをつければ、必要以上に力を込めなくとも鍬の自重で目的は果たせる筈だ。

息を止めて竹刀のように振り下ろす。

狙いは正確だった。

掌に肉が裂け、骨の砕ける感触が伝わる。一瞬遅れて膝下まで血飛沫が撥《は》ねる。予想はしていたもののナツオはその出血の夥しさに驚いた。一撃では完全に切断できず、刃先は首の三分の二まで裂き進んで止まっているが、その刃を伝ってぴゅるぴゅると血が噴出し続ける。血溜りが見る間に広がっていく。腰を屈め、しばらく噴出を観察していると、やがて間欠泉のようになった。頭部は接続の大部分を失ってぶらぶらと揺らいでいる。

今度は頭を片足で固定する。目鼻立ちの整った顔を踏みつけにした瞬間、ぞくりとした快感が背筋を走った。

そのまま、もう一度鍬を振り下ろそうとした時だった。

「止めろおっ」

戸口から怒声が飛んだ。振り向くのと同時に鍬をもぎ取られた。

目の前に雨合羽を着た警官が立っていた。警官はまるで化け物を見るような目でナツオの全身を眺めた後、地面に転がっているモノの正体を知って腰を抜かした。

それからのことはあまり覚えていない。

無理矢理服を着せられ、廃屋には入りきれないほどの警官が詰め掛けた。大勢集まっているのに誰一人口を開こうとせず、黙って美香の死体を見下ろしていた。

腰に紐を括られたが、手錠はされなかった。パトカーに乗せられ、机以外は何も置いていない殺風景な部屋の中で色々訊かれたが、何をどう答えたのかも覚えていない。辰哉に陵辱されている時に感じる、もう一人の自分が魂の抜けた自分を観察しているような気分がずっと続いていた。

死刑になるのかな、と漠然と思っていたがなかなかそうはならなかった。それどころかナツオに接する警官たちは男も女も例外なく優しく、まるで腫れ物に触るように扱ってくれた。

不思議に辰哉が面会に来たという記憶はない。忘れただけかも知れなかったがナツオにとっては好都合だった。会えば必ずあいつは自分を罵り、蔑むに違いなかったからだ。逮捕されて一番良かったのは、辰哉と顔を合わせずに済むことだった。

テレビで見たような裁判が行われることもなかった。ただ大人が三人座る前に立たされ、何事かを告げられただけだった。真中に座る厳しい顔の男が退出間際に重々しい口調で何かを言ったが、その言葉もまるで覚えていない。

そして牢屋に入れられることもなかった。ナツオが収容されたのは医療少年院という施設で、その設備も職員も病院のそれを思わせるものだった。与えられた部屋はまだ壁の真新しい六畳間でナツオの部屋に比べればまるでホテルの一室だ。父親から隔離された場所、簡素だがちゃんとした三度の食事、そしてこの個室。人一人殺したというのに生活レベルが格段に上がっているのは本当に不思議だった。

入所してしばらくの間は様々なテストと診察が続いた。心理テスト、脳波テスト、MRI（磁気共鳴映像法）。そして間もなくナツオは一人の医者から問診を受けた。

その医者は御前崎と名乗った。

「嵯峨島ナツオくんだね」

「お医者さん……手術、するの？」

「手術？　いいや、しないよ。私は外科医ではないからね。しかし何故かね」

「だって、美香ちゃん殺したから……脳味噌を入れ替えちゃうんでしょ」

「ははは。脳味噌入れ替えか。奇抜なアイデアだな。これだから君くらいの子と話すのは面白い。いや、心配しなくても良いよ。君の性格や人格を変えるつもりはない。もう一度最初から、赤ん坊の頃からやり直すのだよ」

「赤ん坊……」

「そうだ。君がそんな風に育ってしまったのは、今までの生活環境が原因だ。だから全く違う環境で、君は赤ん坊に戻って再スタートするのだよ。生憎とここには君のお母さんもお父さんもいないが、ここで働く者が全員君の家族になる。君さえ良ければ、勿論私もその一人になる」

「一生、ここで暮らすの？」

「いいや。君が命の大切さを学び、誰かのために涙を流し、誰かを心から愛せる人間になれば外の世界に出ることができる」

「……駄目だよ」

「何がかね」

「美香ちゃんを殺したことは皆が知っているもの。外に出たら皆からイジメられる」

「ああ。それも心配は要らないよ」

御前崎はそう言うと、優しく笑ってみせた。

「名前を変えてしまうんだよ」

「えっ」

「家庭裁判所という所があってね。申請して、その理由が妥当だと判断されれば改名できるんだよ。実際にここを出る時に名前を変える人は少なからずいる。そして以前とは違う、以前の自分を知る者のいない場所で生活する。悪いことじゃない。新しい人間として再スタートを切るには新しい名前が相応しい場合だってあるからね」

新しい人間――新しい名前。

ナツオはその話に堪らなく惹かれた。

3　十二月二十日

この日、捜査本部では八時半から捜査会議が開かれた。

捜査会議は飯能署四階の会議室で行われる。古手川は半ば焦燥に駆られながら署に向かう。焦燥感の原因は朝刊の一面にあった。第四の殺人、しかも今度は居場所を伏せられていた人間が狙われ、そして焼かれた。つまり、犯人は住民票住所地だけではなく、秘匿されるべき個人情報まで知悉《ちしつ》していたことになる。一体、犯人はどんなネットワークを駆使して飯能市に網を張っているのか。

新聞のこうした疑念はそのまま飯能市民の不安材料となった。既に我々は暗闇のネットワークに捕らわれた虜だ。こうなればもはや自分たちに隠れ場所はない。市外に脱出したとしても、どこかの施設に逃げ込んだとしてもカエル男は何らかの手段を用いて必ず行方を突き止めるだろう——。駅の売店から署に来るまでの道すがら、新聞に見入る全ての者がそんな不安を面《おもて》に出していた。そして早晩、その不安が捜査本部に向けられるのは間違いなかった。

今日もまた空は重く暗い。加えて、会議室の照明は古びた蛍光灯が並ぶだけで、居並ぶ捜査員の顔色も押し並べて暗い。陰々滅々とはこういうことかと思う。

正面の雛壇には県警本部から栗栖一課長と渡瀬、飯能署からは署長と刑事課長が雁首を揃えることになっているが、栗栖課長だけがまだ到着していない。既に着席している十人の県警本部組と二十一人の飯能署員はお預けを食った格好で待ち続けた。

会議と言っても捜査の方向に一大転換がある訳ではなく、寧ろ死体が一つ増えて更に混迷するであろうことは目に見えている。発表されるのも四人目の被害者のプロフィールと解剖所見と収穫乏しい聞き込み結果が関の山だ。それだけのことなのに何をこれほど勿体ぶって待たせる必要があるのか。

開始予定時間を十五分過ぎたあたりでさすがに座がざわめき出した。他の幹部たちも眉間に皺を刻んで暗に栗栖の遅刻を詰《なじ》り始めた。

その時、雛壇のビジネスホンが鳴り響いた。署長が受話器を取り、報告を聞く。

途端にその顔色が変わる。

「そんな馬鹿な……」

押し殺したつもりだったろうが、その声は逆に室内をしんと静まり返らせた。訝しげに片方の眉を上げた渡瀬が顔を寄せると、署長は渡瀬に耳打ちする。

今度は渡瀬が顔色を変える番だった。無言のうちに席を蹴ると窓縁に近づき――そして眼を見開いた。

異変に気づいて古手川と数人が窓に走る。

窓の外には異様な光景が広がっていた。

庁舎の外は黒山の人だかりだった。十重二十重どころではない。正門から玄関までぎっしり人で埋まり、のみならず塀の向こう側にも人の列が続いて次々と敷地内に入ってくる。報道関係者ではない。カメラやマイクを持った人間は見当たらず、代わりに手にしているのは角材や工具などもっと物騒なモノだ。

「課長の乗ったクルマはな、あの群集に堰《せ》き止められて署の百メートル手前で立ち往生だそうだ」

三階の高さからは群集一人一人の表情も克明に判る。笑っている顔は一つもない。無言でいる者、何事か喚いている者、罵っている者、怒りを露わにする者。共通しているのは追い詰められた者特有の泣き出す寸前の表情だ。一目で情緒不安定と知れる群集で敷地は既に地面も見えない。不穏な空気がざわざわと肌に伝播してくる。

似たような場面をニュースで見たことがある。あれは確か災害で住居と食べ物を失った避難民が不足気味の救援物資を待ち望む場面、或いは政府の横暴に怒って警官隊に躍りかかろうとするデモ隊の場面だったか。

古手川の本能が警報を発する。しかしその時、渡瀬が窓を離れて署長に歩み寄った。

「署長。署の封鎖をお願いします」

「な、何を言い出す」

「彼らは多分、虞犯者のリストを求めてやってきた、姓名が『オ』付近で始まる者たちでしょう。次の犠牲者は自分になるんじゃないか、恐怖と疑心暗鬼で我を忘れていたところに今度の事件だ。こちらの対応如何では暴徒にもなりかねない。正面玄関は勿論、他の出入り口も封鎖する必要があります。あれだけの人数に侵入されたら危険だ。何をどうされるか分かったものじゃない」

「飯能の市民が暴徒化して警察署を襲う？　渡瀬君、何を寝惚けたことを」

「確かにこの国では滅多に起こることじゃない。しかし署長、お忘れですかね。大阪西成区で交番が焼き討ちに遭った事件を」

署長の顔にさっと緊張が走る。

「あの時だって、まさか交番が標的になるなんて関係者は誰一人予想もしていなかった。しかし、追い詰められた人間が暴徒と化すには一瞬で事足りる」

「杞憂だよ。いや妄想と言っても良い。第一、仮に暴動が起きたとしても、ここは警察だぞ。暴徒鎮圧のための精鋭がこちらにはずらりと」

「署の警備課と県警機動隊の大半は議員さんたちの警護で不在だ」

署長はあっと口を開いた。

「暴徒鎮圧のプロは不在。残された我々の武器と言えば警棒と拳銃のみ。それだって数は知れてるし、あの人数には多勢に無勢。第一、市民に拳銃を向けられますか？

もしまかり間違って誰かが発砲した日にゃ火に油を注ぐようなもんだ。怪我人は言うに及ばず、死者が出るかも知れん。また、仮に双方ともに怪我人が出なくとも、虞犯者リストが外部に流出したらリスト対象者に必ず危害が及ぶ。そうしたらどうなりますか。地獄の釜《かま》が開いて責任者と名のつく方々を片っ端から呑み込んでいきますぜ」

署長の顔が煩悶に歪む。渡瀬の提示した最悪のパターンを想像して怖気を振るう一方、署を閉鎖して後から非難される度合いを秤《はかり》に掛けているのだ。だが、リスクマネジメントは管理職の必須能力であり、この点さすがに署長の判断は速かった。

「無用な怪我人の発生を防ぐに越したことはない、な」

「建物の出入り口は全部で？」

「古い建物で幸いした。正面玄関と裏口、そして地下駐車場の三箇所だけだ」

「電話を拝借」

渡瀬は署長の眼前で受話器を取り上げる。

「四階、本部だ。……ああ？　騒がしくて聞こえん！　もう一度！　何ィ、抑えきれんだと？　よし、応援行かせるから、それまで持ちこたえろ。それと、今すぐ裏口と駐車場入口のシャッター下ろせ。大至急だ。二階と三階に伝令！　データを盗られないよう、各自パソコンはシャットダウン。エレベーターは停止、非常階段口も防火扉を閉めて侵入を許すな」

受話器を下ろした渡瀬がその場で固唾《かたず》を呑んでいた一同をきっと見渡す。それは紛れもなく指揮官の貌だった。

「一階受付に人が殺到している。警官五人が対応しているがとても保たん。若い順から七人、下に急行して助けろ。警備課から盾を借りて暴動に備えろ。決して階上に向かわせるな。残りの者はここで待機。行けいっ」

弾かれたように七人の捜査員たちが部屋から飛び出した。古手川もその一人だ。

渡瀬の指示は明快だった。飯能署の各フロアはほぼ正方形を成しており、その中心をエレベーターシャフトと非常階段が貫いている。そしてその周りを囲むようにしてオフィスが配置されている。従って中心の開口部を封鎖してしまえば残るのは北側の階段だけとなり、守りが容易になる。とにかく階上、特に今回の事件の情報が集中している本部への侵入は何があっても防がなければならない。

だが皮膚と本能が危機を察知している一方、思考はまだ事態を把握しかねていた。市民が警察署を襲撃するなどという奇禍《きか》が本当に起こり得るのか——署長の洩らした一言は、そのまま警察官全員に共通する疑問でもある。捜査権を持ち、必要とあればどんな場所にでも踏み込むことができ、不審な人物を拘束でき、更には発砲することさえ許可されている。言わば絶対的な権力を持った組織の牙城に市井の人々が反旗を翻すなど、とても現実の出来事とは思えなかった。確かにそうした例は過去にもあった。しかし、それは海の向こうの、それも犯罪都市と呼ばれる地域で起きた事件だ。規律正しい国民性を誇り、災害時にも略奪事件が発生しないようなこの国でそんな暴動の起きる訳がない――。

そこまで考えて古手川はぞっとした。第一の事件から飯能市の人々は平穏な日常と冷静な判断を少しずつ奪われてきた。降って湧いたような災害ではなく足元から密かに忍び寄るような恐怖によって。犯人の狙いと嗜好が明らかになり、気がつけば犯人の巡らせた蜘蛛の糸で身動きが取れなくなっている。そんな状態で規律も何もあったものではない。窮鼠猫を噛むと言うが、不意を衝かれて襲われれば鼠も反撃しない。しかし長時間弄ばれ、死の恐怖に怯え続けると狂乱して猫を噛むようになる。それは人間も同じだ。生存本能とその機会がある限りヒトもまた抗《あらが》うのだ。

跳ぶようにして階段を下りていくと、三階を過ぎた辺りからはや殺気立ったやり取りが聞こえてきた。

「責任者を出せぇっ」

「サイコどものリストを寄越せぇっ」

「皆さん、どうぞ落ち着いて！　落ち着いて」

「落ち着けたあ、どういう了見だ手前ェ。こっちは自分の生き死にが懸かってるんだぞ。落ち着いてなんかいられるかあっ」

「俺たちがお前らの代わりにそいつらを見張ってやるっつってんだ」

「そういうことは警察が」

「うるせえ、この野郎。手前ェたちが当てにならないから俺たちが代わってやるって言うんだ。手前ェたちに任せてたらいつまで経っても埒《らち》が明かねえ。現にもう四人も殺されたじゃないか」

「犯人が捕まってもどうせ頭がおかしいとかの理由で無罪になるに決まってる。犯人を捕まえられず、捕まえても有罪にできない警察に俺たちを止める資格があるかあっ」

正常な者とそうでない者の決定的な違いは眼だ。発言や立振る舞いが正常であっても異常を来たした人間は視点が歪んでいる。正面を見ているようで別のどこかを見ている。自分の見たいモノしか見ようとしない。そして群集がその眼をしていた。

ただの群集ではない。発狂した集団なのだ。

いったん、判断を下すと身体は即座に反応した。他の捜査員も同じ感触を得たのだろう、群集を抑えている警官たちの後ろについて人間バリケードを築く。だが、日頃から訓練を受け犯罪者を相手にしているとは言え、一階フロアを護る警察官はざっと十人程度、対する群集はそれこそ数え切れず、その圧倒的な差は如何ともし難い。

盾を担いだ捜査員たちが応援に駆けつけた。ポリカーボネート製の盾は以前のジュラルミン製より防弾性も然ることながら軽量で且つ透明であることが大きな利点だ。接近戦において相手が見えないことほど不利なものはない。

その時、最前列で声が上がった。

「四階だ。四階の捜査本部に上がれ!」

思わず声のした方向を見た。何故そんなことを。内部からの情報洩れか、それともまたぞろネット情報か。いずれにしてもこれで群集の目的地が明確になってしまった。

「ここを通せっ」

「どけよ、この野郎っ」

怒号は益々激しくなり、盾を素手で押し返す者が出てきた。警官側は一枚の盾を二人がかりで支えてこれに対抗する。すると今度は数人で更に押し返してくる。二階から次々に応援がやってくるが、玄関から流れ込んでくる人波の方が数で勝っており、バリケードはじわじわと後退していく。

既に一階ロビーは人で埋まり立錐《りっすい》の余地もない。そしてその塊は確実に階段の方に接近しつつある。

がしっ。

がしっ。

耳障りな音が混じり出した。何人かが角材や鉄パイプを振り回し始め、盾を叩いているのだ。その行為が傷害罪に該当することなど頭にないのか、それとも承知の上での蛮行なのか。それで盾が破砕することはないものの、衝撃はまともに伝わる。盾を持つ捜査員の顔が苦痛に歪む。すると群集心理か、男たちは手に手に武器を取り出して先頭に倣い始めた。鉄パイプの他に金槌、スパナ、バールといった工具類、中には金属バットやゴルフクラブを振り下ろす者もいた。十分に殺傷能力を持った代物であり、そんな物を振り回しながら襲い掛かる集団はもはや一般市民の枠から外れた暴徒でしかない。

だが、一方の警察側は専守防衛しか許されない。応戦した瞬間に暴徒は善良な市民に戻り、警察は横暴な国家権力と指弾される。それを知り尽くしているから警察官たちはただ攻撃に耐え続ける。

抵抗がないのを知ると暴徒たちの攻撃は更に激しさを増した。盾を叩く音は驟雨《しゅうう》となり、盾は次第に傾きが大きくなる。盾を持つ者は膝を曲げ、手よりは頭で支えていく。警官隊の劣勢は明らかだ。攻撃を堪えている間にも敵の数はどんどん増えていく。

バリケードを築く最前列を二列目が、そして二列目を三列目が支えている格好だが、その繋ぎ目が次第に脆くなる。それは強大な圧力に耐えかねて崩れゆくブロック塀に似て、一度裂けた部分は二度と修復できないまま崩壊を進行させていく。

やがて捜査員の一人が膝を屈した。

堤に空いた一穴にわらわらと暴徒が群がる。

息をする間も与えず捜査員の頭上にゴルフクラブが振り下ろされる。

だが、その先端は捜査員に届かなかった。

隣にいた警官が咄嗟に警棒を抜き、ゴルフクラブを手にしていた五分刈りの男の右肩に一撃を加えたからだ。最近はマニュアル変更されたが、以前まで警官は拳銃よりも警棒を優先するように義務づけられていた。従って訓練された警官ほど事あらば自然に手が警棒に伸びるようになっていた。

それが災いした。

瞬間、不意に静寂が訪れた。

ゴルフクラブが音を立てて床に転がる。五分刈りの男は脱臼《だっきゅう》したのか右肩を不自然に下げたまま崩れ落ちた。

敵味方が入り乱れた乱闘中であっても、その場面はまるでスポットライトを浴びたように奇妙に浮かび上がり、衆人注視の的となった。

それが合図となった。

「やりやがった！」

「殴りやがった！」

「お巡りが殴りやがった！」

一瞬の静寂の後には怒濤《どとう》のような返礼が待ち受けていた。

躊躇はもう見られなかった。群集の中で僅かに残存していた理性も完全に吹き飛び、後には攻撃本能だけが残された。

「やっちまええっ」

「殺せええっ」

バリケードを突破しようとするのではない。暴徒たちは明らかに殺傷の意思を持ってなだれ込んできた。

飛び交う怒号の嵐と打撃の豪雨。盾に向かっていた攻撃が警官一人一人に照準を移してきた。

古手川は三列目を守っていたが、その距離からでも暴徒たちの狂乱が皮膚に直接伝わってきた。一対一で対峙する時には感じることのない獰猛な殺意。浴びるだけで肌が焼け爛《ただ》れるようなぎらつく視線。怜悧《れいり》でもなく冷静でもなく、ただ熱に浮かされた抑制の効かない野性の意志がこちらに突き刺さってくる。

対するこちら側はどうか。攻撃に対する防御。野性に対する理性。何があっても市民を傷つけてはいけないという規制で自縄自縛《じじょうじばく》となった身体。それはまるで手負いの獣に丸腰で立ち向かうようなものだ。

本当に殺されるかも知れない――。古手川は初めて死の危険を実感した。思わずフロアの隅を見やると、受付に座っていた筈の婦人警官が二人、抱き合ったまま背中を向けている。しかし自分が同じように背を向ける訳にはいかない。

遂に暴徒の攻勢に警官たちが斃《たお》れ始めた。力尽きて盾の下敷きになる者、頭や肩に血を滲ませて倒れ伏す者。だが暴徒たちはその身体を踏みつけて前に進む。慌てて近くの警官が盾を持ち替えようとするが、何人もの足がその手を蹴りつける。指の骨が折れたらしく、警官は苦悶に顔を歪めて蹲る。

斃れた警官を放置すれば無事に済まないのは分かっているが今の古手川たちには手を差し伸べることさえできない。彼らの抜けた穴を後列の兵隊で埋めるのが精一杯だ。

戦線は一気に後退し始めた。

縦方向に繰り出されていたバットや角材が横向きに飛んでくる。

応戦一方を強いられる警官隊の真上から、人垣をよじ登ってきた若い男が飛び掛かる。前と上からの圧力で呆気なくバリケードが崩れる。

「手加減するなあっ」

「四階だあっ」

「潰せえっ」

それでも尚、持ち堪えようとする古手川の頭上からいきなりそれは降ってきた。

のけぞる頭。

こめかみに重く、鈍い衝撃。

一瞬、気が遠のく。

頭を一度振り、反射的に手を当てるとぬらりとした。

投石だった。

群集の後方から拳大《こぶし》の石が次々に投げ込まれている。命中したのは古手川だけではない。他にも顔面を押さえながら眼をぎらつかせた捜査員が何人もいた。

飛び道具もあり、か。

弱気が後方を振り向かせる。その眼に映ったのは階段半ばまで降りてきた援軍の姿だった。

「後退しろおっ」と、援軍の一人が叫んだ。

「階段で食い止める！」

混乱しかけた思考でも辛うじて理屈は分かった。重力を考えれば攻撃も防御も上からの方が有利だ。見れば階段では援軍がスクラムを組んで応戦準備をしている。

後退の指示がなくとも暴徒たちの圧力で戦線は階段付近まで接近していた。後列の古手川たちは人波に押されるようにして階段を後ろ向きに上がる。その背中を待ち構えていた援軍の警察官が支える。

「大丈夫ですか！　額から血が」

振り向くと、警官が驚いた顔でこちらを見ていた。どうやら思った以上に出血しているらしい。不敵を気取って親指を立ててみせるが、些か痩せ我慢の感は拭えない。

　気がつくと、はや階段前が最前線となっていた。古手川は二列目に位置している。攻防が開始されてから、一体どれだけの時間が経過したのだろう。三分か。それとも三十分か。もはや時間の感覚も怪しくなっていた。それでも暴徒の襲撃は一向に止む気配がない。後から後から玄関から流入してくる新手で切れ間もない。対して応戦する警官隊の方は一人また一人と櫛《くし》の歯が抜けるように脱落していく。

　頭の隅にちらと恐怖が過《よ》ぎる。このまま戦闘を繰り返しても味方は減る一方で、しかも退路は絶たれ戦線は確実に階上に進んでいく。こちらは応援もない消耗戦で起死回生一発逆転の奇策でもない限り、やがては死屍累々《ししるいるい》と警察官の身体が重なる中、四階捜査本部が占拠されるのは時間の問題だ。

　隣の捜査員を振り向かせる。

「何か、拳銃以外の武器はっ」

「し、市民には手出しが」

「殺傷能力がなくっても良い！　警備課にテロ対策用の催涙ガス弾とか閃光弾とかあるだろうっ」

「こんな接近戦で使用したら、こっちまで巻き添えを食う。無茶言うな！」

　それも道理だった。テロ対策にしても暴徒鎮圧にしても、その想定は市街地の作戦を第一義としている。警備課は元より上層部の誰も警察署本体が襲撃されるなどとは考えもしなかっただろう。

何か他の手段はないか。思いを巡らせたその時、突然目の前の警官が盾と短い叫びを残して階段からずり落ちた。段下から足首を掴まれて引き摺り落とされたのだ。落ちていく時に嫌な音が聞こえた。階段のコンクリート角にどこかをぶつけたのだろう。恐らく無傷では済むまい。仮に軽傷であっても暴徒の群れに呑み込まれたが最後、袋叩きにされるのは目に見えている。どちらにしても無事ではいられないのだ。

古手川は最前の考えを撤回した。敵の上方にいれば有利というのは浅はかな思い込みだった。上方であっても足場が不安定では逆に不利になる。振り返らないまま階段を後ろ向きに上ることは想像した以上に不安が付き纏う。

残された盾は古手川の手に委ねられた。最前線に立った途端に暴徒の牙が襲い掛かる。盾を持つ手に直接衝撃が伝わる。傍目で見ているのとは訳が違う。恐怖、憤怒、憎悪、そして狂気――諸々《もろもろ》の激情が実体化した力は凶暴で容赦ない。

一段、そしてまた一段と古手川たちは階上への後退を余儀なくされた。

盾を透かして男たちの貌が正面に迫る。大きく開けた口、口の中から覗く舌、そして古手川に焦点を当てながら実は別の何かを見ている眼――。

さっきサイコどもと言ったな。

それはお前らだ。

沸騰する頭とは裏腹に古手川は冷え切った視線を男たちに返す。

だが熱い感情の片隅で別の冷めた思考が別の疑念をそっと囁く。

では、お前自身はどうなのか、と。

我が身可愛さに危険分子の情報を手に入れようとする人間と、一度罪を犯したものの善悪の判断能力がないことを理由に何の罰も受けていない者を護ろうとする自分と。

もしかしたら狂っているのはこちら側かも知れない。己の裡にではなく、制度によって無自覚のうちに狂わされているのかも知れない。

今、自分が護ろうとしているものは体を張るほど価値のあるものなのか。虞犯者の個人情報はこれほど多くの警察官を犠牲にしてまで死守する意義があるものなのか。

気の迷いが一瞬の隙《すき》を生んだ。

盾の内側に隠していた左の爪先をうっかり覗かせた時、そこに鉄パイプが振り下ろされた。

鈍い激痛。

骨が折れたか。

痛みは退かない。退くどころかしつこい種火のように足先から上に伝わってくる。

その瞬間、突如として湧き起こった怒りが恐怖を駆逐した。昔、不良狩りと異名を取った頃に体感したこと——己の肉体から流れた血を見た瞬間に相手に対しての怯えが消え、奥底から獣じみたエネルギーが放出される。後になって、あれはアドレナリンの分泌作用ではないかと見当をつけたが——あの狂おしくも懐かしい感覚が甦った。

一声咆哮《ほうこう》すると古手川は上半身を前に倒し、体重と腰のバネを利用して盾を突っ撥ねた。盾にへばりつくようにしていた男は叫びながら階段を落ちていく。

まさか警官側からの反撃があるとは思わなかったのだろう、驚きは更なる憤怒を呼び、暴徒たちの攻勢は一層苛烈《かれつ》になった。盾を打ち据えながら、少しでも隙ができると足首を捕らえて引き摺り落とす。手中に落ちた獲物は飛んで火に入る夏の虫だ。見る間に最前線を護る警官が姿を消していく。

いっそ奴らと同じように理性を完全に失ってしまえば楽なのに——そう念じてみるが警察官としての職業意識はちょっとやそっとでは消失してくれそうにない。市民の生命と財産を護るという使命感がこの場では命取りになった。使命に忠実な者の順から階段下に墜落していく。皮肉と言えばこれ以上皮肉な話もなく、古手川はやり場のない怒りを力に変えて盾を構え続けた。

踊り場を過ぎ、しばらく持ち堪えていると次に後ずさった足がたたらを踏んだ。段がそこで終わっていたのだ。支えをなくした身体が盾ごと後ろに引っ繰り返る。

腰をしたたか打ちつけて激痛に目を見開いた瞬間、真正面から金属バットの先が飛んできた。

咄嗟に盾をその方向に向けるが反応は数秒遅れ、左の頬に熱い一撃が炸裂した。

瞬間、目の前が真っ白になる。天地がぐらりと揺らぐ。

「古手川さんっ」

床に倒れる寸前、誰かの手に受け止められた。所轄の見知った捜査員だった。

ゆっくりと視界が甦るが網膜には星がちらついている。口中に鉄錆の味が広がる。

捜査員は盾をもぎ取ると、片手で古手川の身体を背後に押し戻す。

「何を……」

「もう下がってろっ。あんた血だらけなんだぞ。これ以上、本部の人間に助けられたら所轄の名折れだ！」

こんな時にまで管轄争いかよ——朦朧《もうろう》としかけた頭でぼやいてみるが、言外に前衛を任せろと言われたのは理解できた。試しに顔面を撫でてみると確かにぬらぬらする。かなり出血しているのは本当らしい。つまりは最前線に立つには不適格と判断を下された訳だ。

殴打されて聴力の減衰した左耳に大勢の声が波のように押し寄せてくる。暴徒ではない。二階フロアにいた警官たちが援軍に加わったのだ。

少しは休めるか――。しかし戦線離脱ではなく、あくまでも後衛に回るだけだ。古手川は三階に向かおうと立ち上がりかけたが、その途端に蝶番《ちょうつがい》が外れたように腰が砕けた。

これほど脆弱な肉体だったとは。情けなさを顰めっ面でごまかしながら両手を突いて漸く身体を起こす。歩き始めて感じたことが二つあった。一つ、前を向いて進めることの有難さ。二つ、左足が思うように動かないこと。

片足を引き摺りながら三階への踊り場に辿り着いた時、暴徒の群れが二階になだれ込んできた。警官たちはそのまま階段の上り口に張りついて盾の壁を作る。暴徒たちも同じく階段に迫るが、後から乗り込んできた数人はフロアの方に拡散した。

二階フロアには交通課と生活安全課のオフィスがあるが、開かれた警察を標榜する署では壁やパーテーションで区切らない配置をしているため、外部からの闖入者《ちんにゅうしゃ》を防ぐ術は何もない。暴徒たちは易々とオフィスに乱入する。

「リストはどこだあっ」

「寄越せえっ」

「探せえっ」

カウンターの前で捜査員たちが一列にスクラムを組んで行く手を阻む。盾すら持たない彼らは文字通り体を張ってオフィスを護らねばならない。それを知ってか、立ちはだかる捜査員たちは誰もが顔を破裂させんばかりに強張らせている。

「ここに、そんなリストはない！」

「今すぐ引き返しなさい！」

「これ以上の狼藉《ろうぜき》は」

制止の声は最後まで続かなかった。獲物に飛び掛かる肉食獣のように暴徒の波がスクラムを蹂躙していく。

それは攻防と言うにはあまりに一方的な闘いだった。丸腰の捜査員数人と狂気に駆られた武装集団。階段で繰り広げられたそれよりも闘いの趨勢《すうせい》は明白だ。殴られる者、蹴られる者、揉みくちゃにされる者——カウンター前のスクラムはあっと言う間に瓦《が》解《かい》した。男たちの塊の中から叫びと悲鳴が零《こぼ》れ出る。その塊を踏み台にして新手が次々とカウンターを乗り越える。

守る者は悲鳴を上げ、攻める者は奇声を上げる。パソコンの類いは先刻の渡瀬の指示でどこかに隠されたらしく机上には一台も見当たらないが、デスクの上に立った男たちはそれに構う様子もなく、ただ見境なく机上の備品を蹴散らしている。筆記具と事務用品が音を立てて宙に散乱する。若い男がバットを振り上げる。軽やかな破砕音と共にビジネスホンが四散する。カウンターを下りた者たちは手にした武器で窓ガラスを割り始めた。フロアには物の砕ける音と叫び声が満ち溢れ、阿鼻叫喚《あびきょうかん》の様相を呈している。暴徒たちの目的は既にリストの探索になく破壊にあった。どんな理屈をつけようがいくら大義名分を叫ぼうが、狂気の行き着く先は結局破壊でしかない。

一人の捜査員を殴打し続ける者。

テレビを破壊する者。

キャビネットを倒す者。

椅子を投げる者。

蛍光灯を叩き割る者。

飛び散るガラス片で切ったのか暴徒の中にも流血が認められた。すると、その血に逆上した者が半狂乱になって凶器を振り回す。その原理は先刻の古手川と同様だ。益々、物は壊れ、ガラス片は飛び散り、更なる流血を呼ぶ。破壊行動の悪循環が止まらない。

やがて赤髪の男がフロアの隅に固まって身を縮めている三人の婦人警官に目を向けた。破壊衝動の対象に男も女もない。いや、女であれば余計に嗜虐《しぎゃく》の対象だった。赤髪男の思惑を察知した捜査員が止めろと絶叫しながら遂に拳を振るった。渾身の一撃を鳩尾《みぞおち》に受けた赤髪男は一声呻いて悶絶する。だが、それで終わりにはならなかった。息継ぐ暇も与えず、すぐに他の男が捜査員を羽交い絞めにして別の男が殴り掛かる。身動きの取れない捜査員はサンドバッグのようにされるがままだ。

その様子を古手川は遠く離れた階段から眺めるだけだった。助けに行ってやりたいが身体が言うことを聞かない。何より、人の波が邪魔をしてとてもあそこまでは辿り着けまい。恐怖は精神と肉体を極度に疲弊させる。そして疲弊は休息にも似た安寧を齎す。今の古手川が丁度そんな状態だった。

勇気ある捜査員が男の腕からずるずる滑り落ちると、男たちは再び婦警たちに触手を伸ばし始めた。その眼には凶暴さの他、明らかに好色の色も混じっている。恐らく男たちを動かしているのは下半身にある脳味噌《みそ》だろう。

その中でパンチパーマの男が両手を広げた格好で一番小柄な婦警に飛び掛かった。

逃げろ、と叫ぼうとした瞬間、婦警は思わぬ行動に出た。両手を広げたため無防備となった顔面に正拳突きを一発。狙いが正確であった上、飛び掛かった勢いがカウンターとなって男は鼻梁《びりょう》を奇妙な形に曲げたまま床に倒れた。古手川は驚いたが、当の本人はもっと驚いたらしく、目と口を開きっぱなしにして自分の拳を凝視している。その拳はわなわなと細かく震えている。

やるじゃないか、所轄の婦警さん。

快哉《かいさい》を叫ぼうとした古手川は、婦警の後ろに佇むモノを見つけてもう一度驚いた。

そこに少女が立ち竦んでいた。

顔の造作と背格好からローティーンであるのは間違いない。真っ青になって両肩を抱いている少女を他の婦警が庇うように支えている。そこが生活安全課のオフィスであることを考えれば、少女は補導されたか、或いは保護されたかでその場に居合わせたのだろう。

護られたと見えた婦警も実は少女を護っていたのだ。

目の覚めるような思いだった。

自らの恐怖に狂う者、そして制度によって狂う者。どちらが本物の狂人か、それとも双方とも狂っているのか——そんなことは問題ではない。だが、破壊目的の暴徒とそうでない者を分かつものは歴然とここに存在する。それは自分以外の何者かを護るということだ。護るべき対象にどんな価値があるのかも重要ではない。護るという行為そのものに意味があるのだ。賢《さか》しらに正義を振りかざすつもりはない。ただ、自分以外に護る者がいるのなら、それは決して無意味な闘いではない。そして護り通すためなら、どんな脅威や不幸や暴力にも立ち向かっていける。それがたとえ自分一人であったとしても。

良いものを見せて貰った。三人の婦警に礼を言わなければ。

護るべき者——そう考えた時、有働さゆりと当真勝雄の顔が浮かんだ。虞犯者のリストには勝雄の名も挙がっており、それが外部に洩れれば勝雄自身やさゆりに危害が及ぶ可能性がある。ならば自分にはリストの流出を防ぐ理由がある。

まどろみかけていた闘争心に再び火が灯る。折しも己の眼前には再び戦線が迫り、きな臭い狂気が風に運ばれてくる。古手川は頬を撫でてみた。ぬらぬらとしていた血は粘り気味となり出血が治まったことを告げている。

目の前の警官が盾を支えきれず後方に傾いできた。古手川は無事な右足で階段の角を蹴ると、盾の上を跳んだ。

伸ばした足が暴徒の顎に命中、暴徒は後ろに吹っ飛び、そのまま壁に激突した。

それを見て警官側が凍りついた。

市民には手を出さないという暗黙の了解を破った自分に非難の目が注がれる。

だが、もう構っていられるか。

「フロアの奥を見ろっ。本気にならないと殺られるぞ!」

古手川の言葉に従って警官たちがオフィスに視線を向けた。そこでは同僚たちが袋叩きに遭い、先刻の婦警たちが少女を庇って頬に痣を作っていた。

警官たちの眼の色がさっと変わった。同僚の惨状は仲間意識の強い彼らにとってカンフル剤の役目を果たす。

「うおおおおおおっー」

警官の一人が雄叫びを上げながら、盾を振りかざして暴徒に躍り掛かった。この時、盾は防具ではなく武器として作用した。ポリカーボネートの硬度は刃向かう者の戦意を喪失させるには十分な破壊力を持っており、盾で殴打された男は一言も発しないまま床に崩れ落ちた。

だが他の暴徒たちはそれをきっかけに逆上した。

今度は暴徒たちが雄叫びを上げ、雪崩のように押し寄せてきた。


元々、数の上での劣勢は明らかなのに警官たちは減り続け、逆に暴徒たちは増え続けている。漸く三階フロアから刑事課と警備課の連中が加勢に下りてきたが、刑事課の何人かは四階に残り警備課は最初から欠員状態なので大した増員にはならない。反撃の狼煙は上がったものの、戦局を覆せる可能性は無きに等しかった。

二階ではさすがに投石はないものの、武器を持たない者も襲撃してきた。襟首を摑む、殴り掛かる——髪を引っ張るなどは序の口で、古手川の頭は既に鳥の巣になっている。ジャケットも脇の継ぎ目があらかた破れ、糸で辛うじて繋がっている有様だ。

いつの間にか、再び古手川は最前線に立っていた。拳が鼻先を掠《かす》める。爪が頰に食い込む。ちりちりと顔面の皮膚が焼けるように熱いのは傷を負ったからに違いない。

警官たちの動きは規律の軛《くびき》から解放されて目覚しくなってはいるが、圧倒的な兵力の差異を埋めるまでには至らない。戦況は一階フロアと大差なくなってきた。ここで威嚇射撃の一つでもしてみせれば何らかの変化はあるだろうが、それが自分たちにとって有利な展開になるという保証はない。思考の隅に、これだけ戦力が違えば戦局がどう推移しようと所詮は消耗戦でしかないという事実が改めて浮かぶ。

盾越しに凶器と拳の襲来が止まない。盾を持つ手は痺れて感覚がなくなっている。

上背のある男がバットを振り上げたので、反射的に盾を掲げた。

次の瞬間バットは盾の表面を滑り、そのままダメージを受けた左足の上を直撃した。

確かに肉と骨の砕ける音が耳まで届いた。少し遅れて激痛が脳髄を貫いた。古手川の意識は一瞬弾け飛び、全身が棒のように硬直した。あまりの衝撃に声を上げることすらできない。五感は麻痺し、痛みに耐える時間は永遠にすら思えた。失神できればどれほど幸せだろう。だが、最前線に立つ緊張感と当真勝雄を護るという使命感がそれを許さない。

左足を硬直させて古手川はその場で悶絶する。喉が塞がってまともに呼吸ができない。涙目で視界が霞む。

「あんたは退いてろっ」

頭上から張り詰めた声が落ちてきた。この階から駆けつけてきた警備課の男だった。

雄々しく立ち向かったのも束の間、早くも邪魔者扱いだ。古手川は階段を這うようにして上に向かうが、腕二本と片足だけで上るには身体が重過ぎた。こんなことなら日頃からもっと鍛えておくべきだったと悔やんだが、この場では愚痴にしかならない。

古手川は腕の非力さと己の体重を呪った。

戦乱の喧騒を背に苦心惨憺《くしんさんたん》、漸く踊り場に辿り着くと古手川は壁に身体を預けて下半身を伸ばした。溜め息を吐こうとしたが相変わらず深い呼吸ができない。左の靴からは黒ずんだ血が靴下を通してぽたぽた雫を落としている。靴の中身は見たいとも思わない。心臓の鼓動に合わせて左足全体が間欠泉のように跳ね上がり、頭痛がそれに同調する。アドレナリンの魔法は解けつつあった。

首から下が他人の肉体のように言うことを聞かない。無理な匍匐《ほふく》前進をしたお蔭で両腕も石のようだ。

不甲斐《ふがい》ない――。

唇を嚙み締めるが、それすら力が入らない。自然に頬が弛緩して笑ったような顔になる。いや、実際古手川は嘲笑っていた。嘲笑うしかないではないか。大見得切って暴走したまでは良かったが、ついさっき立てた筈の誓いもどこへやら、先輩諸氏に唯一誇れる体力も使い果たしてこのザマだ。これでは笑いもの以外の何物でもない。

見下ろせば防衛ラインが眼下に近づいている。距離にして三メートル強、時間にすれば十分もしないうちにこの踊り場に到達するだろう。後衛兵とすれば、それまでに立ち上がって防衛に備えなければならないが、果たして足が使い物になるかどうか。

いよいよとなれば肉弾戦しかない。人間爆弾よろしくここからあの人波に向かって飛び降りてやる。五、六人とは言わないが二、三人なら手痛いしっぺ返しを食らわしてやれそうだ。

自棄気味にそう考えた時、胸のポケットがぶるぶると振動した。

——携帯電話？

途端に古手川は哄笑《こうしょう》しそうになった。

戦場の携帯電話。

非日常の中の日常。

今、こうして人と人とが血を流し合う他の場所では、行住坐臥《ぎょうじゅうざが》を営々と続ける者がいる。至極当然のことでありながら、それは正気を失いかねない不条理でもあった。

一体、誰だ。こんな時に。

古手川は発信者を確かめもせずに携帯電話を開いた。耳に飛び込んできたのは、

「助けて！　古手川さん」

有働さゆりの声だ。しかも彼女に似合わぬ切羽詰まった声。

「有働さん。何があったか知らないけど、こっちは今」

「助けて！　勝雄君が大変なの。たった今、沢井さんから連絡があって、大勢の人が勝雄くんを引き渡せって病院に……」

しまった！

古手川は携帯電話を取り落としそうになる。

奴ら、直接本人の許《もと》に向かいやがった。

しかし、どうして彼の居場所を知り得た？　リストはどうやって入手した？

だが少し考えただけで古手川は結論に達した。リストなど必要ない。当真勝雄は常日頃から人前に顔を晒していた。沢井歯科の中で日中堂々と。いつぞやのような人目を引く失敗もあれが最初ではないだろう。患者の中には勝雄の来歴を知る者がいたかも知れない。また以前には知らずとも、今回ネットに氾濫した情報によって知り得た可能性も大きい。いずれにせよ、奴等が勝雄に目をつけるのは避けられなかったのだ。

そこまで考えて古手川はもう一つの危険性に気がついた。

「有働さん！　まさか有働さんの家に妙な奴は来ていないでしょうね」

「来てるわよ」

「有働さん！」

「でも二、三人程度。玄関で大声出してるだけで押し売りと変わらないから心配要らない。だから勝雄くんの方を優先して！　あっちは大人数だし武器も持っているみたいだから」

「分かりました。すぐに向かいます。だから有働さん、そちらも決して彼等を玄関に入れないで下さい。家の中でも必ず護身用の武器になる物を携帯して。勝雄くんを確保したら直行しますから」

「お願いします……」

最後の声は今にも消え入りそうだった。心配は要らないと言ったが、女の身一つで狂気に駆られた男どもに囲まれているのだ。心細くない筈がない。

携帯電話を閉じてから古手川は自らを詰った。何が日常なものか。向こう側でも非日常が凶暴な牙を剝いて二人に襲い掛かっていたのだ。

行かなくては。今すぐ勝雄の許に向かわなければ。弛緩していた精神と肉体に鞭を打ち、古手川は渾身の力を振り絞ってやっと腰を持ち上げた。

そして、とんでもないことを思い出して愕然とした。

出口がない。

暴徒たちの侵入を最小限に抑えるため、エレベーターと非常階段は封鎖してあるから使用できない。仮に三階からどちらかの出入口を開放して下りたとしても、一階にはまだ暴徒たちが溢れ返っている。唯一、階下に通じる階段は攻防戦の真っ只中で一階まで人が鈴なりになっている。その人波を不自由な片足で逆行するのはまず不可能だ。おまけに各階フロアの窓は全て嵌め殺しになっており、そこから脱出することもできない。

進退窮まった。古手川は一人踊り場に立ち尽くしたまま眼下の騒乱状態を眺める。

どこかに脱出口はないか——。

何か名案はないか——。

駄目だ。焦燥に胸が焦げるだけで何も思いつかない。精神と肉体の疲労が思考に靄を掛けている。だが、いつまでもここで立ち往生している暇はない。一刻も早く勝雄を救出しなければ。そしてさゆりも同様に。

飢餓感にも似た切羽詰まった希求心がやがて一人の男を思い出させた。

どんな時でも機転の利く男。

そして、口やかましいがこちらの言葉を最後まで聞いてくれる男。

頼るとしたら、もうあの男しかいない。

気がつくと、指が携帯電話のテン・キーを押下していた。相手はすぐに出た。

「班長！」

『おう。どうした、緊急事態か』

いつもの不機嫌そうな声を聞いて、何故か古手川は安堵を覚えた。

「お願いがあります。俺を今すぐここから出して下さい」

『何だと』

「有働さゆりから連絡が入りました。当真勝雄の身柄拘束を求めて、数人の市民が沢井歯科に押し掛けているそうです」

『……だろうな』

「だろうな？　どういう意味ですか」

『当真勝雄だけじゃない。もう何人か前科のある人間や保護司の家に馬鹿どもが集まってきている。いや、個人宅だけじゃなく市役所の戸籍係や県警本部にもデータを提出しろと大挙して押し寄せている。同時多発だ。県警の方は機動隊が何とか対処しているが、要人警護で隊員を割かれているから本部の防衛が精一杯、とても他部署に派遣する余裕はないそうだ。だから今、飯能市内はちょっとした無政府状態という訳さ』

無政府状態。そんな中にさゆりと勝雄が置き去りにされていると言うのか。

「俺を、行かせて下さい。あの二人では自分の身を護ることは不可能です」

『ここを放っておいてか？　駄目だ、勝手な行動は許さん。お前、何をあの二人に肩入れしてるんだ。俺ぁ私情は挟むなと言った筈だぞ』

「そんなこた、わあってますよ！　自分の言ってることがどんなに身勝手なのかも、どんなに青臭い話なのかも。でも班長、警察の務めは市民の生命と財産を護ることでしょう。女一人、未成年一人護れずに何が市民の生命と財産ですか」

『おい、昨日今日配属されたばかりの新人が何を偉そうに』

「人の命を護るのに新人も古株もあるかあっ」

怒鳴ってから、しまったと思ったがもう止まらなかった。

「人を護る。そういう仕事だから俺たちは国から手錠と拳銃を与えられている。そうじゃないんですか？　それなのに、その力を行使しないなんて、今この時にも危険に晒されている人間を護れず指を咥えて見ているだけなんてそんな馬鹿な話がありますか。そりゃあ確かに警官なんて威張れた仕事じゃない。顔を合わせる連中は碌でなしばかり、今度みたいにお偉いさんの番犬に成り下がることもある。身内の恥を隠し通すために厚顔無恥を決め込むことだってある。それでもこの仕事を続けているのは、たった一つだけの誇り、矜持《きょうじ》があるからじゃないんですか！」

自分ではない誰か他の人間が言いたいことを言い終えた――。そうとしか思えなかった。今更になって脇の下から冷や汗が滝のように滴り出した。

一体、どうしちまったんだろうな。

こんな時にこんなことを言う男じゃなかった筈なのに。

我に返って耳を澄ませるが渡瀬は沈黙したままだ。黒雲のような不安が急速に湧き起こる。今の発言は失点一どころの話ではない。

「あの……班長？」

『御託はそれだけか』

いつもより一段と低い声が返る。頭の中で警報が鳴り響くが一方で古手川は開き直る。もう毒は喰らった。こうなれば皿まで喰らってやる。

「知恵、貸して下さい。エレベーターと非常口は閉鎖されていて階段から一階、玄関一杯に敵さんが溢れています。どうやったらこの建物から脱出できるか教えて下さい」

『……今、誰に何を頼んでいるか、分かってるか？』

「はい……でも、俺は行かなきゃならないんです。俺以外にあの二人を救える人間はいないから。あの人の息子を、真人を俺は救えなかった。だから残された二人はどうしても俺が救ってあげなきゃいけないんです。後生です、班長。俺を二人の許に向かわせて下さい」

するとしばらく無言が続いた後、電話は一方的に切れた。

当然だな、と古手川は妙に納得する。与えた心証は最悪だ。この騒ぎが収拾した際に待っているのは果たして無視か小言か停職か。それにしても後悔を綯《な》い交ぜにした、この清々しい解放感は一体どうした理由だろう。

だが、これで頼みの綱も切れてしまった。いよいよ孤立無援という訳だ。しばらく考えた挙句にやっと思いついたのは人波を掻き分けての強行突破という知恵も工夫もない方法だが、それ以外に手段がないのなら仕方ない。

古手川は再び階下を見下ろす。揉み合う暴徒たちと警官隊の一群はもう目の前に迫っている。片足不随のままでどこまで下りられるかは予想もつかないが、とにかくクルマを運転できるだけの体力は温存しておかねばなるまい。

行くか――。

怯懦《きょうだ》な心を押さえ込み、一歩前に踏み出した時だった。

突然、館内に非常ベルがけたたましく鳴り渡った。耳を劈《つんざ》く大音響に争う者たちもさすがに動きを止める。

ピーという短い電子音が聞こえた次の瞬間、群集の頭上から大量の水が一斉に降り注がれた。天井のスプリンクラーが作動したのだ。散水はフロアの隅々に亘り、それを免れた者は一人もいなかった。不意を突いた放水にあちらこちらから驚きの奇声が上がる。

『こちらは飯能警察署です。ただ今、火災報知機が作動しました』

非常ベルの後に流れたのは女性の合成音声だ。聞いている者は皆一様に呆気に取られている。そして、その合成音声に代わって、

『現在、庁舎内にいる全ての者に告ぐ。四階で火災が発生した』

他の誰とも聞き間違えようもない。渡瀬の濁声だった。

『ここに押し掛けた市民の一人が書類倉庫に火を放った。消火に努めているが火の回りが速過ぎて手に負えない。全員、今すぐ避難しろ。手持ちの武器は通行の邪魔にな

るのでその場に放棄。一階二階フロアの署員は避難する市民を誘導、残りの者は怪我人を介助し病院に搬送せよ。尚、警官に乱暴を働いた者、並びに庁舎内の器物を破壊した者は後日必ず出頭するように。任意で出頭した者には相応の便宜を図る。以上だ。焼け死にたくなかったら急げ』

館内放送が終わっても散水は依然として続いている。いつの間にか喧騒は消え、散水の人と床を叩く音だけがフロアを支配している。

そして古手川は気がついた。ついさっきまでフロア中に吹き荒れていた狂気の旋風が止んでいる。狂った眼をしていた群集も憑《つ》き物が落ちたように呆けている。真冬の冷水を頭から被って熱気はすっかり冷め、迫り来る火の手に心を奪われている。今は凶暴な肉食獣どころか逃げ道に戸惑う濡れネズミになって互いの顔を窺うばかりだ。

命令を受けた署員の動きは迅速だった。群集を整列させて粛々と舎外に出し、水溜まりの中に倒れていた双方の怪我人を次々と搬出していった。人いきれで息苦しくさえあった庁舎の中は慌しさの中、次第に閑散としていく。

事態の急変にまごついていると再び胸の携帯電話が振動した。渡瀬からだった。

「班長！　そっちは大丈夫ですか」

『何がよ』

「だって、その階で火災発生」

『っとに考えるとか疑うとかしねえ男だな、お前は。唯一の通路だった階段でお前らが踏ん張っていたのに、どうやりゃ四階に来て放火できるんだよ』

「あ……」

『センサーにライターの火を近づけただけだ。お蔭で全フロアは水浸し、書類関係も一枚残らずオシャカになっちまったが、これ以上怪我人や器物損壊が増えるよりはマシだろう。署長も了解してくれた』

「よくもまあ、そんなことを思いつきますね」

『何、サカっている犬だって水ぶっ掛けりゃ温和しくなるしな。それに場所がどこであれ、火事と聞けば誰だって我先に逃げ出したくならあな』

古手川は顔の見えない相手に知らずうち頭を下げていた。

この男が上司でよかった。

『さっさと、どこへなりと行ってこい。その代わり帰ってきたら、四階フロアの雑巾掛けはお前の仕事だからな』

「班長……」

『ん』

「有難うございます！　この借りはいつか、必ず、きっと」

『仕事で返せ』

電話はまたしても一方的に切れた。

胸の裡で感謝の言葉を繰り返しながら、古手川は地下駐車場に急ぐ。片足を引き摺りながらなので脱兎《だっと》の如《ごと》くとはいかないが、それでも避難途中の人々が目を剝く程度には速かった。靴の中で出血は治まったのかどうか、足首から下の感覚が麻痺したままで判然としないが構ってはいられない。

アコードの覆面パトカーに乗り込む。オートマチック車で助かった。マニュアル車ではクラッチを踏むのもままならないだろう。

発進した途端、盛大にタイヤが軋む。署を遠巻きに眺めていた者たちが何事かと振り向くが、これも構ってはいられない。

回転灯を出し、サイレンを鳴らす。車線も制限速度も知ったことか。前方を走っていた他のクルマが驚いたように道を譲る。

邪魔するな。

そこを退《ど》け。

古手川の乗ったアコードは大通りを疾走し続けた。交差点を曲がる際は常にタイヤが悲鳴を上げた。あまりの暴走ぶりに歩行者も対向車も恐れをなして身を竦める。だが他車と接触しようが、多少の物損だろうが今や交通法規は思考の埒外にあった。

沢井歯科の前では十数人の男たちが徒党を組んでいた。少人数であるためか、飯能署に押し掛けた群集よりは随分行儀良く見える。だが警察に対する不信感は同様らしく、回転灯付きのアコードが駐車場に入ってくると凶暴な視線を投げてきた。

「何しに来たんだ」

「俺たちを排除しようってのかよ。たった一人で」

「ナメてんじゃねえぞ、ポリ公」

ナメてるのはどっちだ。

降り立った古手川に男たちが群がる。だが古手川の顔を見るなり息を呑んで立ち止まった。自分では見えないが、どうやらむくつけき男たちの度肝を抜くほど鬼気迫る形相らしい。それでも無視したまま玄関に向かうと、古手川に食ってかかろうとした。

「おい、何とか言えよ」

「あの、当真とかいう奴の警護か！」

「警察は公僕だろう。俺たち市民の安全を護る立場じゃないのか！」

古手川はきっと振り向いて、男たちを睨み据える。この顔が脅しに使えるのなら好都合だ。試みは効果覿面で、顔をぐいと近づけてみせると正面に立った若い男が、ひっと洩らして後ずさった。

「市民の安全？　ああ、護って差し上げるさ。俺がここに赴いたのは、その当真何某《なにがし》の身柄を確保するためだ。そうしたらあんたたちも枕を高くして眠れるんだろう?

そら、分かったら警察に協力してくれ」

身柄の確保という言葉が出た瞬間に男たちの表情が和らいだ。身柄の確保というのは我ながら上手い言い回しだと思った。保護でも逮捕でも身柄の確保には違いない。

「協力って一体何をすれば……」

「目障りだからどこかに行ってろ」

一瞬、男たちは気色ばんだが、逆らう素振りは遂に見せなかった。

診療時間内ではあったが、医院のガラス戸は内側から施錠されていた。当然の措置だろう。インターホンで名前と来意を告げると安堵の色を浮かべて看護師がやってきたが、古手川を見るなり手を口に押し当てて叫びそうになった。

人を救出しにきたというのに、中に引き入れられると逆に急患のような扱いだった。

「あの、勝雄くんは……」

「当真くんは事務室に匿っているから心配しなくて良いです。それより古手川さん、自分の心配しなさい。一体どこの暴力団と一戦交えてきたんですか! ああもう本当に! 処置はしておきますけど、うちは歯科だからあくまで応急処置しかできませんからね。後でちゃんと外科に行って傷口を縫うなりギプスを嵌めるなりしておいて下さいっ」

「はあ。でもその前に一度確認だけ」

「そんな足して、まだ歩こうって言うのっ」

喚《わめ》き立てる看護師の制止を振り切って事務室に来てみると、確かに隅の方で勝雄が身を縮めていたので古手川はひと安心した。

「九時くらいだったかしら。まず電話で当真くんが出勤しているかどうか探りの電話があったんです。何か変だなと思っていたら道の向こうから怪しげな人たちが大勢でやってきたので、すかさず玄関に鍵を掛けちゃいました。その後は彼を引き渡せだの何だのと、ドアの外から大合唱。警察に電話したけどなかなか繋がらないし、皆で奥に引っ込んでいたんです」

「有難うございました」

今日はよくよく他人に感謝する日だな――そう思いながら、古手川はこの看護師にも頭を下げた。

応急手当を待つ間、診療台に座らされた。妙な気分だったが、顔面の傷を手当てするのなら成る程この仰臥《ぎょうが》姿勢の方が具合良い。既に用を為さなくなったジャケットは哀れゴミ箱に直行した。

天井を見ながら横たわっていると、今頃になって身体の至る所が痛みを訴え始めた。顔面、腕、脇腹、腰、そして左足。打撲の鈍い痛みと切り傷の鋭い痛みが最悪のハーモニーを奏でながら脳幹を貫く。傷口は熱く、打撲痕は冷たい。こんな身体でよくも署からここまで辿り着けたものだと我ながら感心する。言われたように、応急処置だけではとても早期回復は望めそうもない。

騒ぎ出す気力もなく、静かに呻いていると歯茎と唇の間に異物の挟まっているのが分かった。口腔内の上顎も下顎も切れているが感覚が麻痺するほどの痛みではない。首だけ起こして掌に吐き出してみる。

奥歯だった。

舌の先で本来あるべき場所を探ると、ぽっかり穴が空いているので自分の歯に間違いない。

思い当たるフシはあった。庁舎二階の攻防の際、金属バットで頰をしたたかに殴られた。恐らくあの時に折れたのだろう。今まで他の部位の痛みが激し過ぎて歯痛に気づかなかったのだ。

それなら歯医者に来たのは正解だったな――血に塗れた歯をじっと見ながら古手川は口元を歪める。

だがその時、朦朧としかけた思考に何かが引っ掛かった。

待てよ。歯だと?

そう言えば、最初の事件で誰かが歯について言及していなかったか――。

そして次の事件も――。

そしてまた次の事件でも――。

雑然とした記憶の断片が猛烈な勢いで連結する。靄の立ち籠める中で形あるものが生まれ、見る間に細部を明確にしていく。

荒尾礼子はごく最近、挿し歯の治療を施していた。

指宿仙吉の財布には歯科の診察券が入っていた。

有働真人の笑った口の中には銀歯が光っていた。

では衛藤和義は？　――そうだ。医療センターでは半年に一度、外部から開業医を呼んで強制的に検査させていたではないか。恐らく衛藤も例外ではなかっただろう。

古手川は思わず診察台から跳ね起きた。

とうとう見つけた。これが老若男女統一性のない四人を繋ぐ環だ。四人の共通点は歯だった。四人全員がここ数年の間に歯の治療か検査を受けているのだ。葬儀の席で自分は桂木と梢とさゆりに犠牲者と医者の関わりについて訊いたつもりだった。しかし、あの時、自分は掛かりつけの医者はいないかと訊いた。入れ歯や銀冠を被せるような短期治療で終わってしまえば掛かりつけという認識はない。遺族が歯科医の名前を失念しても当然だった。自分の訊き方が間違っていたのだ。

待て――。

一つの結論に達すると次の疑問が浮かんだ。

四人の診療記録が氏名住所と共に整理された書類と言えばカルテを措《お》いて他にない。そしてカエル男はそのカルテを基に犠牲者を択んでいったに違いない。つまり、四人の共通点はもう一つあることになる。当然そのカルテは一箇所に整理されていなければならず、従って四人は同じ歯科医に口を開けている筈なのだ。

では、その歯科医は誰なのか？――

深く考える必要はなかった。

医者の集客の要は口コミだ。評判の良い、そして指宿仙吉と有働真人の生活圏で開業している歯科医院は一軒だけだ。

ここ、沢井歯科。

古手川はあらん限りの声で看護師を呼んだ。

彼女はすぐに飛んできた。

「どうしたんですか！　急にそんな大声を上げて」

「看護師さん。今から俺のする質問によく考えてから答えて欲しい。この病院は患者のカルテを保管しているかい？」

「いきなり何を言い出すかと思ったら……そんなの当たり前じゃないですか。医師法で診療録の作成と保管は義務づけられているんだから」

「何年保管だ？」

「カルテの法定保管年限は診療完結後五年間。うちは開業以来カルテの廃棄はしたことないから事実上の永久保管ね」

「保管場所は？」

「薬局に併設してあるカルテ室です」

「そのカルテ室に入る権限を持っている者は？」

「あら。薬局に併設してあると説明したでしょ。病院関係者なら誰でも入れるわ。厳重な管理が必要な劇物は別に金庫保管してるし」

病院関係者なら誰でも。

喉がぐびりと鳴った。

「お願いがある。今すぐ俺を、そのカルテ室に案内してくれ」

「え。だって、まだ怪我の応急処置が」

「そんなもの、後回しだ」

体中の痛みを忘れて診察台を離れた。おぞましい可能性と唾棄すべき想像が頭の中を駆け巡る。それが真相だとすれば今日一日自分がしたことは一体何だったと言うのか。心が真実を避けようとしている。こんなことは初めての経験だった。

頼むから思い違いであってくれ。

確認——とにかく、まず確認することだ。今のままではどんな見当をつけても憶測の域を出ない。

呆れながら抗議の言葉を繰り返す看護師を追い立てるようにして、カルテ室に到着する。案内されるのももどかしくキャビネットに齧《かじ》りつくと震える手で抽斗《ひきだし》を開けた。

「ちょ、ちょっと！　そんな個人情報をいくら警察だからって先生の許可もなしに」

「責任なら後でいくらでも取ってやるよ。俺の上司が」

カルテは一患者に一冊ずつファイルに綴じられている。索引が五十音順であることを示している。

荒尾礼子のカルテはすぐ手前にあった。

荒尾礼子　昭和五十六年一月七日生　飯能市緒方町四—三セイントヴィラ緒方　初診平成十九年八月二十二日。

指宿仙吉のカルテは『イ』の段の最初にあった。

指宿仙吉　昭和十二年五月十八日生　飯能市鎌谷町七—九　初診平成十八年三月十日。

続くファイルも容易く見つかった。

有働真人　平成十二年四月四日生　飯能市佐合町一—二　初診平成十六年七月八日。

衛藤和義　昭和三十八年三月十五日生　飯能市市立医療センター内　初診平成十九年四月二十一日（集団検診）。

当たりだ。

もう一度、四人のカルテを確認してみる。住所はいずれも現在のもので変更はない。氏名住所には次の段でカナ表記されているので、難解な漢字が使われていたとしても誰でも読めるようになっている。

たとえば当真勝雄にでも。

何てことだ――。

古手川は気が抜けたように腰を下ろした。ゆっくりと勝利感が胸に満ちてくる。だが、それは悔恨と絶望に彩られた勝利感だ。こんな苦い勝利感なら安堵を伴った敗北感の方がずっとましだった。

いや――まだ結論を出すには早過ぎる。

ここに四人の存在と所在を伝えるリストがあろうと、病院関係者の中でアリバイの不明確な者が勝雄一人であろうと、それらは全て状況証拠に過ぎない。

物的証拠。

あるとすれば、あそこしかない。

「看護師さん、もう一つお願いがある。勝雄くんの身柄を別の場所に移送します。身の回りの物は俺が取ってくるから、それまでの間、彼を事務室から外には一歩も出さないで下さい。外にはまだ危ない奴らが潜んでいるかも知れないから」

「そんなこと？　それならお安い御用。その代わり約束ですよ。戻ったら必ず応急処置を受けること」

「有難う」

そう言い残して古手川はカルテ室を飛び出した。

病院の隣に建つこぢんまりとしたアパート、その二階の左端。そこが当真勝雄の住まいだ。行きつけの店も長時間の滞在を許してくれる友人もなく、週に何度かさゆりの音楽治療を受ける以外は外出することの殆どない彼が唯一身を落ち着ける場所。渡瀬から受けた俄か講義が甦る。自分の住居を拠点として狩りに出掛け、獲物の所在は判っているから外出した後を尾行して襲う。今回の犯行方法は全てそのパターンだ。それなら、拠点となる自室には犯行の形跡を示す物が残存している可能性が大きい。

足音を殺して二階に上がる。手には病院から借りた部屋の合鍵が握られている。左端の部屋まで行くがドアには表札も何もない。

開錠し静かにドアを開く。造りはワンルームらしく玄関から短い通路を経るとすぐに部屋があった。正午近くだというのに室内は薄暗く、家具の輪郭は闇に沈んでいる。窓を確認すると厚手のカーテンが閉め切りになっている。暗いのはそのせいだったが、敢えてカーテンは開けず電灯を点ける。可能な限り訪問の痕跡は残したくなかった。寿命切れ間近の明滅を繰り返す蛍光灯の下に部屋の細部が浮かび上がる。

それを見て驚いた。

背の低い書き物机と石油ストーブ。六畳一間のスペースに家具と呼べる物はその二つしかなかった。テレビもパソコンも、そして本棚すら見当たらず、六畳というサイズがやたらに広く感じられる。これで部屋の隅に便器を置いて一回り小さくすれば拘置所と同じだ。壁にはカレンダー一枚と時計一台掛けられているだけでポスターの類いもない。侘《わび》しいなどというものではない。それはまるで転居後の空部屋を思わせる異常なまでの空虚さだった。

部屋の風景は居住者の心象を投影したものだと主張する心理学者がいる。ならば、その心理学者にこの部屋を開陳したいものだと思う。かの学者先生はこの部屋から、当真勝雄のどんな心象風景を引き出すのだろうか。

押し入れを開けてみる。だが中は布団と着替えがあるだけで格別不審なモノは見当たらない。試しに服の間や布団の隙間を探ってみたが結果は同じだった。それではと部屋を見回すが、押し入れ以外の収納場所はどこにもない。これだけ物が置いてないということは収納場所も不必要という意味だ。

視線を彷徨《さまよ》わせていると、そのうち書き物机に目が止まった。卓上に丸い傘のスタンドが一つあるきりの簡素な代物だ。その机に抽斗が付いている。容積は小さいが、これも収納場所には違いない。

抽斗を開けると木と木の擦過音が予想以上に大きく響いたので、途中で手を止めた。

静かだった。

昼下がりで道を行き来するクルマも人も少なく、僅かな喧騒が窓から入るだけで室内には作動する電化製品もない。聞こえるのは自分の呼吸と心音だけだ。

だが、その静寂は安息を齎すものではない。荒涼とした六畳間に流れる静けさは寧ろ不安を掻き立てる。

抽斗の中にはノート類と筆記用具が入っていた。ノートに混じって小学六年生用の教科書が二冊と計算ドリルが三冊。ノートには積み立て算が隙間なく書かれている。たどたどしい数字を見ていると切なさが胸に迫った。社会復帰を目指して黙々とドリルをこなす姿は、犠牲者の背後から忍び寄る殺人者の姿にどうしても重ならない。

ふと、その中にひどく表紙の褪せたノートを見つけた。端々が折れ曲がり、紙も黄ばんでいる。十年以上前の物と考えて間違いなさそうだ。

頁を繰ると、それは日記だった。当真勝雄の少年時代の日記。幼児の筆跡のように一字一字の大きさがばらばらで列も乱れている。ただ、その中身は日々の中で発見した新しい驚きに満ちており、読んでいると日向《ひなた》の匂いさえ漂ってきそうだった。

しかし、やがて開いた頁の文面に古手川の目は釘づけとなった。

5がつ7にち

きょう、かえるをつかまえたよ。はこのなかにいれていろいろあそんだけど、だんだんあきてきた。おもいついた。みのむしのかっこうにしてみよう。くちからはりをつけてたかいたかいところにつるしてみよう。

間違えようもない。それは荒尾礼子の殺人現場に残されていた犯行声明文と全く同一のものだった。つまり、これが原本なのだ。日記のこの部分をそのままコピーすれば犯行声明文ができ上がる。

興奮に震えながら次の頁を捲る。

5がつ8にち

きょうもかえるをつかまえたよ。

かえるをつかまえるのがうまくなった。きょうはいたにはさんでぺちゃんこにしてみよう。かえるはぜんぶぼくのおもちゃだ。


それからしばらくカエルの記述は見当たらない。再度現れたのは五月半ばを過ぎた日からだった。

5がつ17にち
きょう、がっこうでずかんをみた。

かえるのかいぼうがのっていた。

かえるのおなかのなかは、あかやしろやくろのないぞうがたくさんつまっていてとてもきれいだ。

ぼくもかいぼうしてみよう。

5がつ22にち
きょうつかまえたかえるは、もうしにかけていた。うごかないおもちゃはつまらない。だからもやしてみた。ひのついたかえるはもえながら、とんだりはねたりしたのですごくたのしかった。かえるのもえるにおいはいいにおいだった。

安堵と絶望の溜息が洩れた。完璧な物的証拠だった。これがあれば指紋もＤＮＡ鑑定も必要ない。

だが、あの女性にこの事実をどう告げれば良いのだろう――。

そう考えた時だった。

背後に人の気配を感じた。

振り向くと、そこに当真勝雄が立っていた。

勝雄は驚きも怯えもしていなかった。その貌から感情は窺い知れない。すぐに立ち上がろうとしたが左足が言うことを聞かず、古手川はバランスを崩して両手を突いた。

「それは、僕のだ」

勝雄はぼそりと呟いた。

「ああ、そうかい。こっちはそうでないことを祈っていたんだがな」

古手川は机を支点にしてやっと立ち上がった。

「お前がカエル男だったなんてな！」

その顔を指差し、声を荒らげてみる。だが、勝雄は無表情のまま浅く頷くだけだ。

「否定はしないんだな？　畜生！　一体どうしてこんなことしやがった。周りの人間は皆お前を応援し励ましていただろうに。お前を変えようとして、お前の人生を変えてやろうとして。それなのに、それなのに、どうしてまた元に戻っちまうんだよ！」

詮無いことは承知していたが言わずにはいられなかった。しかし、勝雄の表情には相変わらず変化がない。まるでマネキン相手に一人芝居をしているようだ。

もう、心を通い合わすこともできないのか。鍵盤を叩いた時の、新品のスニーカーを手にした時の輝きを見ることはもう叶わないのか。

古手川はざらついた気持ちで腰から手錠を取り出した。

「当真勝雄。お前を飯能市連続殺人事件の容疑者として逮捕する」

手錠を目にした途端、勝雄に変化が生じた。

双眸に獣の光が宿っていた。

変化に対応が遅れた。

素早く伸びた腕が手錠を持つ手を外側に捻り上げる。小さな身体に似合わない予想外の腕力。堪らず古手川は手錠を取り落とす。

身体を捻る格好になり再度バランスが崩れる。一本足では不安定な姿勢を支えきれず、膝から上が落ちていく——。

が、落ちなかった。

信じ難いことに古手川の身体六十キロは勝雄の腕一本に吊り下げられていた。

何という力だ。

しかし驚いたのも束の間、勝雄は無造作に古手川を投げ捨てた。フローリングの床に叩きつけられた瞬間、横隔膜に激痛が走った。脳裏に灯ったのは、安物のフローリングは硬いという場違いな感想だ。

気がつけば目と鼻の先に手錠が転がっている。必死に手を伸ばすと、真上から踏み砕かれた。指先が断末魔のように小刻みにわななく。

叫び声は胸を圧迫されて呻き声に変わる。

首を天井に向けると勝雄が自分を見下ろしていた。

その眼を見て心底ぞっとした。

人を見る眼ではなかった。

興味をなくした眼――子供が壊れた玩具を見る眼に似ていた。

このままでは殺される。

夢中で勝雄の足首にしがみつき、手前に引いた。さすがに勝雄も体勢を崩し、床に尻餅《しりもち》をついた。組手になれば自分に勝ち目はない。しかし寝技に持ち込めば相手を封じることができる。有段者ではないが、格闘の初歩は教官から叩き込まれている。片足が使えない今、古手川に最も有利な戦法は締め技か関節技で勝雄の戦意を喪失させることだ。

だが誤算があった。

相手の襟を取ろうと腕を伸ばした時、腹部が無防備になった。そこに勝雄の膝蹴りが入った。腹に穴の開くような衝撃に伸ばした手が怯む。胃の中身がチューブを押されたように口から溢れる。目の前に消化途中の飯と黄色い胃液が散らばる。

勝雄の動きはこれも予想外に敏捷で、反射的に腹部を覆い隠そうとすると今度は肋間を狙って拳が飛んできた。咄嗟に身を捩ったお蔭で狙いは外せたものの、拳は右腕の付け根を直撃した。古手川はただ呻くしかなかった。

喧嘩慣れという点では古手川も人後に落ちなかったが、先刻の暴動で疲弊した肉体では勝手が違う。加えて勝雄の体力は全くの計算外だった。それこそ相手の思うがまま玩具のように嬲《なぶ》られている。

荒尾礼子の死体を思い出す。庇から宙吊りにされていた死体を下ろすには男一人の力では無理だった。吊り上げる作業も一人では無理だろう。しかし勝雄の体力なら可能と思われる。

散歩途中の指宿仙吉を襲い、その身体を背負って廃車工場まで運ぶことも、ばらばらに解体した真人の死体を公園に運ぶのも、勝雄ならば可能な筈だった。

床でのたうつ間に勝雄が先に立ち上がった。これほど明確な体力差がある上で相手に立たれたら形勢逆転は絶望的だ。せめて自分と同じ目線で闘わなければならない。

もう一度、その足にタックルを試みる。だが、同じ手を食うほど相手は甘くなかった。勝雄は捕まる前に足先を古手川の顔面に蹴り出した。

爪先が正確に鼻頭を捉えた。

脳天を稲妻が突き抜けた。

鼻血が宙に飛び散るのが見えたがそれも一瞬で、すぐに目の前は真っ白になった。多分、鼻の形は変わっただろう。防衛本能が顔面と喉、そして腹部を護るために身体をくの字に曲げさせる。

それでも勝雄の責めは止むことを知らない。背中に、脇腹に、尻に抉《えぐ》るような蹴りが入る。蹴られる度に息が止まる。まるでサンドバッグにされたような気分だった。

その時、閃《ひらめ》いた。

携帯電話――。

通話ができなくとも、開いた状態のままならこちらの状況を察知してくれる筈だ。胸から携帯電話を取り出す。だが開こうとした瞬間、勝雄の手がさっと払い除けた。携帯電話は宙を飛んで部屋の隅に落下した。

失意と疼痛が波状に重なる中、思考が霞《かす》み始める。ただ一点、相手の動きを封じることを念じ続ける。それができなければ自分に待っているのは血と汚物に塗れた死だ。

手錠はまだ同じ場所に転がっている。こうなれば手首に掛けずとも足首の拘束に用いても構わない。片手を懸命に伸ばす。

届かない。

あと二十センチ。

まるで一メートルにも感じる。

蛞蝓《なめくじ》よりも遅く、芋虫よりも無様に身体を捩りながら這い進む。身動きする度に蹴られた痕が意識を蝕んでいく。

あと十センチ。

あと五センチ。

そして、遂に指先が手錠に触れた時――、
突然、左足が炸裂した。

同時にぐしゃりという嫌な音が聞こえた。

あまりの激痛に身体が弓なりになる。

左足に直撃を食らった。どうやら真上から踏まれたらしい。

先刻、金属バットで骨を砕かれたが軽い止血と包帯の処置しか施していない。一番脆くなっていた部分を直撃された。罅《ひび》の入った模型を更に押し潰したようなものだ。

恐らく骨格は原型を留めてはいまい。その証拠に片方の踝《くるぶし》は陥没し、皮膚のあちこちから割れた骨の断面が露出している。

意識が遠のきかけるが他の部位の痛みが失神を許さない。涙でぼやける視界に内側へ捻りきった足首が見えた。通常では有り得ない形の捻り具合は、ひどく奇異な光景に映る。やはり自分は壊れた玩具だ。

肉体の損壊だけには留まらない。古手川は不意に死を実感した。暴徒たちに襲われていた最中よりも現実的に、そしてより具体的に。

自分はここで殺されるのだ。勝雄の玩具として散々弄ばれながら、最後は壊れた人形のようになって。

五匹目のカエル。

混濁する意識の中で思い知った。

人間の原初の感情は喜怒哀楽などではない。

恐怖だ。

恐怖こそが全ての思考回路と本能を司る感情なのだ。それを今日、自分は嫌というほど目撃した。そしてそれが今、自分の身にも降り掛かっている。

逃げろ。

出口は遠く、抵抗手段もない。だが、絶望を認識する以前に惨めな生存本能が肉体を突き動かす。辛うじて動かせる二の腕だけでずるずると身体を引き摺る。節々の痛みも構ってはいられない。

だが、敵はどこまでも冷酷だった。

懸命に生に執着する姿は、それを見下ろす者にとって一層嗜虐欲をそそる。古手川はそれを失念していた。

もう一度、左足が炸裂した。

勝雄が飛び上がり、全体重をかけてその上に落ちてきたのだ。

古手川は絶叫した。まだ左足に感覚が残っていることが恨めしかった。目線の先に勝雄の足があり、靴下は血塗れになっている。その血の全てが自分の身体から絞り出されたものだと思うと憎悪が湧いた。左足は更に悲惨な状態になっているだろうが確認する気にはなれない。

膨れ上がった憎悪がもう一つの武器を思い出させた。

シグ・ザウエル二三〇、三十二口径。

署で暴徒に襲われた際も決してホルスターから抜かなかった殺人の道具。八連発だが弾倉には常時七発の弾丸が充塡《じゅうてん》されている。銃口を勝雄に向けることに僅かな躊躇《ためら》いもあったが、庁舎での奮闘と左足の損傷を思えば罪悪感も立ち消えた。威嚇射撃、最悪の場合は脚を狙って動きを封じれば良い。

胸に手を差し入れ銃把に触れる——。

その時、頭上が翳《かげ》った。

見上げれば、勝雄が机を振りかざしていた。

咄嗟にかわす間もなかった。

垂直落下する机が視界の全てを覆い、前頭部を直撃した。

そして、頭の中で破砕音が響くのと同時に古手川の意識は奈落の底に落ちていった。


しばらくして、古手川は意識を取り戻した。

どれだけ気を失っていたのだろうか。ひどく長かった気もするし一瞬であった気もする。次第に輪郭を克明にしていく視界の中で天井が上から下に移動する。しばらくして、仰向けになった体が左手を摑まれて引き摺られているのだと認識できた。首をもう少し上げると勝雄の腰から下が見える。どうやら、自分をどこかに運ぼうとしているらしい。

どこに？　部屋の構造から考えて、この先にはトイレと浴室しかない筈だが。

——浴室！

俺をそこで解体するつもりなのか。

真人と同じように。

湧き起こった憤怒が判断力を呼び覚ました。右手をホルスターに差し入れる。まだ拳銃はそこに収まっている。歯でスライドを咥えて引く。だが親指でマニュアル・セーフティを解除、銃把を握ったその瞬間、愕然とした。

拳銃を握った右肩が上がらない。いくら命令を下しても決して動こうとしない。

いつの間にか脱臼していた。勝雄の拳を受けた後も動いていた筈なのに。落下してきた机を最後は右肩で受けたのか、それとも気絶している最中に勝雄に外されたのか。

判断力の回復は前頭部の疼きも思い出させた。錐《きり》をゆっくりと捩じ込まれるような痛みが出血を伴って襲い来る。首を一度下げると額から滴り落ちた血が右眼の中に入った。朱色のカーテンが視界を覆う。

左手は勝雄の万力のような腕に捕らわれている。右手だけが頼りだが肩から下が思うようにならない。おまけに視界は流血で遮られている。標的はそれこそ目と鼻の先にあるが、引き金を引けなければ意味がない。

一、二度指を曲げてみる。指先には命令が届くようだ。引き金を引く動作自体に支障はない。腕が上がらないので銃把を握ったまま胸の上を滑らせる。少しずつ、少しずつ銃口を勝雄の足に向けて近づける。しかし、動かす度に痛みの電流が肩に走る。

胸から首筋に、そして左肩に――。

右手はそこまでしか伸びなかった。丁度、弓を引くような格好になる。

照準を勝雄の腿に定める。振動で銃口がぶれるがこれほどの距離なら問題はない。

そして唐突に思い出した。相手が誰であれ、生きている人間に拳銃を向けるのはそれが初めてだった。

指先に力を込め、引き金を引いたその時だった。

居間と通路の段差に肩が落ち、弾みで照準がずれた。

乾いた銃声が部屋の中に木霊する。発射の弾みで銃身が撥ね、右手が弾け飛ぶ。

弾丸は左に逸れ、壁を穿った。

勝雄は振り返りざまに握っていた古手川の左手を拉《ひし》ぐ。腕から無理に回転させられ、身体がうつぶせになる。銃を持つ手は胸の下敷きとなり、勝雄の視界から消える。

何が起きたか理解できないのか、勝雄は古手川の手を離して忙《せわ》しなく周囲を見回す。

絶好の機会――。

古手川は自由になった左手を右手に添え、もう一度銃口を頭上の敵に向けた。

勝雄はその動作を真正面から見ていた。

引き金を引くのと、勝雄の脚が届くのがほぼ同時だった。両手は銃を握ったまま蹴り上げられ、二発目は勝雄の肩越しに抜けていった。

勝雄の眼が昏く燃えていた。反撃を許した相手に一層嗜虐欲をそそられた眼だった。

一瞬笑うように唇の端を上げると、脱臼した部分に踵《かかと》を捩じ込んできた。傷口を切れ味の悪い刃物で抉られる痛みに古手川は恥も外聞もなく悲鳴を上げる。右手は力を喪い銃把を放す。

左手が残された。だが、ずっと手首で全身を引かれていたため握力は残されていない。僅か四百二十グラムの銃身が鉄アレイのように重い。ホルスターにあった時には頼もしささえ感じた重量が今は負担でしかない。

咄嗟に銃を持ち替えるが、慣れない左手はまるで他人の手だ。

構える前にまた鼻を蹴られた。

はっきりと鼻骨の折れる音が聞こえた。その音が骨の軟らかさを教える。血の花が宙に咲いた。その大きさが出血の量を教える。

古手川は後方に吹っ飛んだ。

鼻から噴き出る血が止まらない。吸気ができないほど止め処なく流れ出る。白かったシャツも半分以上は朱に染まった。床には血溜りさえできている。一方、額からの流血は凝固し始め、右眼に入った血が粘ってますます視界を遮る。

それでも引き金を絞る。抵抗の手段はもうこれしかない。だが力の抜けた掌と指先が銃身を支えきれない。引き金を引こうとするとどうしても銃口が下を向く。考える間もない。古手川は銃底を床に置くと下顎で上から固定した。

引き金を引く。

発砲音が耳を劈《つんざ》いた。

後退するスライドと発射の反動で首が後ろに仰け反る。

だが、その三発目も勝雄の身体を逸れた。

次の瞬間、勝雄の短軀が真上に躍った。

ごふっ。

勝雄の身体を受けて肺の中の空気が強引に押し出される。肋骨にも何らかの損傷を受けたようだ。悲鳴を上げたかったが、今度は圧迫されて声が出なかった。

立っていれば不利と判断したのか、敵は古手川の身体を直に押さえてきた。

仰け反った頸部に肉厚の腕が入った。

馬乗りの状態で、そのまま絞め上げられる。身体は大きく海老反りにされた。

鼻血が逆流し口腔も閉じられた。呼吸は不可能になった。しかし、窒息よりも先に首の骨か背骨が折られそうだ。

痛みと苦しみが徐々に薄らぎ始める。確実に意識が遠のいていく。今度こそ死の淵に近づいているのだ。

だが、消えかかる意識の中で誰かが自分を叱咤《しった》した。

それは真人だったのか渡瀬だったのか、それとも自分自身だったのか。

周囲の音は遮断され、己の心音だけが聞こえる。

まだ闘える——この音が続く限りは。

宙ぶらりんになった左手はまだ銃を握っている。もう狙うも当てるもない。古手川は半ば無意識のうちに引き金を引いた。

四発目の銃声。

そして勝雄の悲鳴。

頸部を捕えていた腕が緩み、馬乗りになっていた短軀が横倒しになる。戒めを解かれて古手川は漸く勝雄から距離を取った。

勝雄は左の脛《すね》を抱えて転げ回っていた。押さえた指の隙間から血が溢れる。狙い定めた三発は悉《ことごと》く外れ、無心で引き金を引いた一発が命中したのだから皮肉としか言いようがない。

向こうは左足を負傷、こちらも左足を負傷。これでやっと形勢は互角になった。いや、拳銃を持っている分、こちらが有利か。

古手川は周囲を見回し、格闘の最中に見失っていた手錠を部屋の隅で発見した。敵は脛を撃たれ戦意を喪失している。身柄を拘束するには今を措いて他にない。這いずりながら銃を握ったまま左手を手錠に伸ばす。

その手を横から鷲掴みにされた。

瞬間、頭の隅に微かな違和感が過ぎったが、吟味する間もなく立ち消えた。

勝雄が憎悪に燃え上がる眼でこちらを睨み据えていた。

手首が捻り上げられる。負傷していても万力のような力は衰えていない。無理に開かれた掌から拳銃がこぼれ落ちる。

これでまた形勢は逆転した。敵の使える腕は二本。こちらは一本だけで、しかも全身打撲傷だらけで満足に動かない。敵にしてみればやはり人形同然だ。

右の拳が頬に炸裂する。

顎が砕けるかと思えた。半開きになった口から大量の涎《よだれ》と血が滴る。防御しようとしても左手は封じられてぴくりとも動かせない。

そしてまた一発。

更にまた一発。

勝雄の攻撃は変化に富むとは言い難く、とにかく執拗に同じ箇所を攻め立ててくる。芸がないと言えばそれまでだが、ダメージを与えるのにこれほど効果的な方法もない。顎の感覚がなくなってくる。吐き出すものは涎よりも血の方が多くなった。鼻と同様、顔の形も変わっているかも知れない。

いや、顔の形など、もはやどうでも良い。

殴られる度に反撃しようとする気がもぎ取られていく。

一体、何回殴られたのか。

数えることも忘れた頃、不意に拳が止んだ。

固められた拳が開き、親指が喉仏に当てられる。

はっと気づいた時には勝雄の両手が首を絞め上げていた。気道が塞がるどころではない。まるで首を捩じ切られるような力だ。

無意識に目蓋が下がる。寝入りばなの睡魔にも似た浮遊感が意識を覆い包む。

このまま無抵抗でいれば眠るように死ねる。苦しむことも血を流すこともなく。

裡なるものが甘く囁く。

だが、眠っていた不良狩りの声がその囁きを封じる。

眼を開けろ。

勝利の寸前に隙は生じる。

薄目を開くと、喜悦に輝く勝雄の眼があった。

左手に残量僅かな意識を集中させる。

指はまだ動く。

その人差し指を勝雄の右眼に突き立てた。

ぐわあああっと叫んだ刹那、勝雄は両手を放した。

支えをなくした人形のように、古手川の上体が床に落ちる。いきなり空気が気道に入る。噎《む》せながら短い呼吸を繰り返すと、やっと苦痛が甦った。

頭上では勝雄がおうおうと喚き続けている。しかし押さえた指から血が溢れている様子はない。突いたと言っても眼球を貫くほどの力はなかったのだろう。感触も茹でた卵を指で押した程度のものだった。

だが、誰によらず急所を責められた怒りは特別に烈しい。

勝雄は既に人間であることを止めていた。獣のように叫び、獣のように眼をぎらつかせ、そして獣のように錯乱している。その、獣となった手が再び机を持ち上げた。

古手川は薄目でその様子をぼんやりと眺めていた。何故か勝雄の動作はひどく緩慢に映り、現実感に乏しい。

あれで、もう一度頭を殴るつもりなのだろう。多分、それが致命傷になることは分かったが、もう避ける体力も気力も残っていなかった。

勝雄が机を高々と持ち上げ、こちらに近づいてきた。

結局は無駄な抵抗だった。

お終いだ。

眼を閉じて、そう観念した時——

「確保だあっ」

誰かの声がした。

今度は裡なる声でも幻聴でもなかった。ドアから数人の人間がなだれ込み、二人の間に分け入ってきた。

勝雄は両側から押さえられた。動きを封じられて机を手放す。

「逮捕だ！」

「おとなしくしろおっ」

二人の男がそれぞれに腕を押さえていたが、勝雄は身を捩って振り解く。その勢いで右手の男が投げ飛ばされた。

「野郎っ」

更に二人の男が捕縛に加わった。勝雄はその二人をも足蹴にしていたが、それから次々に捕縛の手が増えるとさすがに抵抗を緩めた。

やがて手錠の嵌る音がした。

数えてみると、何と五人がかりで勝雄を取り押さえていた。

「おい、生きてるか？」

抱きすくめられた背後から懐かしい濁声が聞こえた。応えようとしたが言葉が出なかったので親指を立てて合図した。

「沢井歯科から、当真勝雄が姿を消したって連絡を受けて直行したんだ。後で看護師の姉ちゃんに礼言っとけよ。長年親しんだ同僚の安否よりもクソ生意気な刑事の怪我の具合を心配してくれたんだからな」

古手川はやれやれ、と思った。今日はまだまだ感謝し足りないらしい。

それにしても、格闘の最中に感じた違和感。あれは一体何だったのだろうか。

五　告げる

1　十二月二十四日

古手川の考えた通り勝雄の日記は彼がカエル男であることを示す重要な証拠だったが、それよりも決定的な物的証拠が発見された。部屋の納戸から荒尾礼子の物と思われる着衣、有働真人の死体を入れたと見られるポリ袋、そして凶器が見つかったのだ。それは主として石材加工に使用される一・三キログラムのハンマー、そして牛刀と厚い刃の鋸《のこぎり》だった。鑑定の結果、その先端からは犠牲者四人のＤＮＡが検出された。また首を絞めるのに使われたビニール紐も同じ場所から発見され、おまけに古手川が持ち帰った勝雄の古スニーカーのパターンが砂場に残されていたものと一致した。検察が起訴するには十分過ぎるほどの物的証拠と言えた。

逮捕されると勝雄は一応暴れるのを止めたがその言葉は全く要領を得ず、取り調べに当たった捜査員は困り果ててしまった。前歴が前歴であるだけに、捜査本部の中には早くも起訴前鑑定の必要を言い出す者もいた。

容疑者逮捕の報告を受けると、里中県警本部長は直ちに記者会見を行った。ここ数週間の煩悶が嘘だったような晴々とした表情だった。

いや、晴々としていたのは本部長だけではない。会見場に居並ぶ報道陣の誰もが同様の顔をしていた。災疫を逃れた安堵の表情と言っても良かった。

しかし朗報で会見が終わった訳ではなく、容疑者当真勝雄の前歴に説明が及ぶと、報道陣はいつもの粘液質を取り戻した。

出所したとは言え、幼女を殺害した当真勝雄の保護観察体制に不備はなかったのか。もっと早期に彼の行動を把握していれば逮捕も早かったのではないのか。

そもそも、前回の事件で彼を不起訴にしたのは早計だったのではないのか。

人権問題に抵触しかねない質疑であり、本部長は当然の如く明確な回答を避けた。何をどう言っても、医療刑務所出所者の再犯は警察どころか司法行政立法いずれにとっても頭の痛い問題であり、いち県警の本部長が私見を差し挟むのは地雷を踏むに等しい。また、それを知悉しているのか報道陣も深く突っ込むような真似はしなかった。

防止策の検討も必要、心神喪失者等医療観察法の見直しも必要、しかしマスコミ大衆に今一番必要なのは物語だった。稀代《きだい》の異常犯罪者当真勝雄は如何にしてカエル男に成り得たのか。彼等の目下の興味はその一点に移っていた。

実際、本部長の説明する当真勝雄の人物像はマスコミにとって非常に満足できる内容だった。幼女殺害の前歴がありながら犯行当時十四歳であったこととカナー症候群と診断されたことで刑を免れた過去。自分の昔の日記に触発されて内容通りの殺人を繰り返し、その犠牲者を勤務先のカルテから択んでいた事実。また、それが五十音順であったという幼児性。全てが大衆好みのエッセンスに彩られていたからだ。犯人逮捕で大衆は大いに安堵を得たが、次には大いなる満足を得ようとしている。恐らくこの瞬間から当真勝雄の十八年の軌跡、肉親、親戚、知人友人のプライバシーは四人の犠牲者を出した悲劇を免罪符として晩餐《ばんさん》に供されるのだろう。

だが、飯能市の市民にとっては朗報以外の何物でもなかった。市長は手放しで捜査陣の有能さを絶賛し安全宣言まで行った。複数存在した自警団も自然消滅し、飯能署暴動に参加していた内の何人かは渡瀬の勧告通り任意で出頭してきた。婦人警官に狼藉を働いた男は、その場で土下座までした。市民の顔からは怯えの色が消え、通学路からは保護者の姿も消えた。そこら中に溢れていた奇怪なカエルのオブジェも自発的に綺麗さっぱり排除された。代わりに夕刻以降の街角には人通りが戻り、クリスマスということも手伝って商店街は活気を取り戻した。恐怖と疑心暗鬼に苛《さいな》まれた三週間を取り返そうとするかのように、皆が財布と携帯電話を片手に街へ繰り出した。そして過ぎ去った事件を躁病《そうびょう》気味に面白おかしく語り始めた。恐怖の王だったカエル男は道化師に格下げされ、自分たちと同列だった四人の犠牲者は単に不運な者たちと片づけられた。

それは、まるで街全体から憑物が落ちたような光景だった。

こうした経緯を、古手川は病院のベッドの上で渡瀬から聞かされた。勝雄が逮捕されてから、すぐここに担ぎ込まれたのだ。若いというのは大したもので脱臼した右腕はその日のうちに整骨され、全身二十七箇所に及ぶ打撲傷と八箇所の切り傷、そして肋骨二本の罅《ひび》割れも五日間で快方に向かった。但し鼻と左足だけは損傷具合が甚だしく、未だに包帯が取れない。特に左足は原型を留めないほどの複雑骨折で、医師からは全治一ヶ月と診断された。

「しかしまあ、本当にしぶとさだけは天下一品だな。ＭＲＩ検査でも異常なしだったんだろ。部屋に踏み込んだ時には半死半生だったってのに」

「半死半生どころか殆ど死んでました。こうやって生きてるのが不思議なくらいで」

「俺はあの至近距離で三発も外したお前の腕前の方が不思議だ。復帰したら訓練でたっぷり絞って貰うからそう思え」

「勝雄に……犯人に命中した弾は？」

「綺麗に脛を貫通して床にめり込んでいた。貫通していたから、あっちの銃創はお前の骨より治りが早いそうだ」

「どんな様子ですか」

「逮捕直後からあんまり変わらねえな。自分がカエル男だってことは認めているし、四件の殺人についても自慢たらたら話しているが、詳細についちゃあ供述が取れん。まるで幼稚園児と話しているみたいだとよ。歳も十八で常態があれじゃあな。精神鑑定医は別の精神障害の可能性も示唆している。だが検察の一部には二度も不起訴にはできんと息巻いてる連中もいて、確かに精神遅滞の理由で起訴を免れることもできん。社会に与えた影響も甚大だしな」

「するとあいつの弁護は……国選ですか」

「いや。人権擁護委員会のメンバーで真っ先に手を挙げた弁護士がいる。何でも人権派の若きホープとかいう触れ込みの兄ちゃんだ」

「四番目の犠牲者は同じ人権派の弁護士だったのに、ですか」

「なあに、中心的人物だった衛藤が丸焼けになったから、その後釜に納まろうって魂胆さ。検察の話じゃ衛藤にはまだしも老獪さがあったが、この坊ちゃんには薄っぺらな功名心しかないらしい。当真勝雄にしてみたら迷惑な話かもな」

薄っぺらな功名心と聞いて顔が火照った。それは、ほんの少し前まで自分を動かしていた行動原理だ。傍目から見ればそれは何と卑小に映るものか。

「まあ、現状の法体系で実刑確定の確率は五分と五分。しかしいずれにしても当真勝雄は、今度こそ二度と釈放されまい。一生、壁に囲まれて暮らすことになる。だが奴にはその方が幸せかも知れん。今の世の中、どうしても社会と折り合いをつけられない人間がいる。そいつらには、そいつらの居場所が必要なんだ」

本当にそうなのだろうか——古手川は自問する。成る程、部屋で対峙した勝雄は確かに人間の形をした獣だった。あの勝雄と意思の疎通ができるとは到底思えない。しかし一方、古手川は八十八の鍵盤を通してさゆりと交感する勝雄も見ている。あれは言葉もスキンシップも超えた魂と魂の会話だった。それが可能なのに、何故彼は自分と同じ場所に住まえないのだろうか。

「有働さんはどうしてますか」

「どうしてるって……まあ、自分が保護していた人間が犯人だったからな。風当たりは強いさ。彼女の息子も犠牲者の一人だと言うのに知ったこっちゃない。有働家には嫌がらせの電話や張り紙が続いているそうだ」

胸が潰れるような思いだった。一人息子を殺され、その犯人が自分の教え子だった——。本来なら一番同情されて然るべきのさゆりが迫害を受けている。

あの、だだっ広いレッスン室で鍵盤の上に突っ伏すさゆりの姿が浮かんだ。たった一人残された、自分が守護しなければならない女性が謂《いわ》れなき誹謗《ひぼう》中傷に晒されているのだ。

古手川はベッドから跳ね起きた。身体の節々にはまだ疼痛が残るが歩行の妨げになるほどではない。左足の膝から下はギプスですっぽり覆われているが松葉杖を使えば何とかなる——筈だ。

「どうした、急に」

「俺、今から有働さんとこ行ってきます」

ふん、と渡瀬は呆れたような溜息を洩らした。

「お前が行っても何もできんぞ」

「まだ彼女に事件のあらましは説明していないのでしょう？」

「ああ、誰もやりたがらん。荒尾礼子と指宿仙吉、それと衛藤和義の遺族には犯人逮捕の報告が済んでいるんだが」

「じゃあ丁度良い。俺が行って報告してきます。そりゃあ俺が行って何の役に立つ訳じゃないけど、少なくともあの人の話し相手にはなってやれます」

「その身体でか？　言っとくが俺は本部に出向かなきゃならん用事がある」

「一人で行けます」

まだ覚束《おぼつか》ない手つきで着替え始めた古手川を見て、渡瀬はもう一度溜息を吐いた。

今度は諦めたように。

担当医師は口をへの字に曲げたまま古手川の外出を拒み続けた。今、無理に身体を動かせば治りかけのものも治らなくなる、という理屈は確かにその通りだった。だが、古手川にとってこれは理屈以前の問題だ。十数分の押し問答の末、夕刻までには必ず戻らせるという渡瀬の保証付きで漸く古手川は病院から出た。

街角では山下達郎《やましたたつろう》とマライア・キャリーのお馴染みのナンバーが流れる中、包みを抱えたカップルと親子連れが溢れ返っていた。耳をそばだてていると、皆が最近まで外出やショッピングを控えていたのが分かった。空には相変わらず重い雲が垂れ籠めていたが、道往く人々の顔はどれも華やいでいた。

赤と緑、そしてシャンペン・ゴールドに彩られたクリスマス・イブのいつもの賑わい。だがこの街が十日前には息を潜めるように静まり返っていたことを知る古手川には、その賑わいも狂躁《きょうそう》にしか映らない。

入試を終えた受験生が羽目を外しているようなものか、と古手川は考える。きっと得体の知れない化け物に脅かされた時間と自分自身に意趣返しをしているのだ。恐怖の度合いが大きかった分だけ解放感も大きいのだろう。

古手川にはいくら考えても納得のいかない問題があった。当真勝雄が何故カエル男になったのかという疑問だ。古手川はあの部屋で獣と化した勝雄を目撃した。しかしそれでも尚、ピアノの前で頬を紅潮させ新品の靴に破顔していた勝雄と同一人物とは思えなかった。所詮、人間の心の裡は理解などできないのだろうか。

世界には虚偽と欲望、狂気と憎悪が渦巻く一方で真実と献身、理性と愛情が存在している。汚濁なるものと清浄なるものはいつも同じ場所に置いてある。そして、その清浄なるものの一つが音楽だ。では、たとえば音楽で精神の汚濁を清めることはできないのだろうか。

当真勝雄の場合は駄目だった。御前崎もさゆりも結局は失敗したのだ。音楽の力で彼の裡にある獣を消し去ることはできなかった。だが、古手川は音楽の力を否定する気にはなれなかった。ともすれば斜に構えたがる嫉《ねた》み、ともすれば非情にささくれ立つ厭世観《えんせいかん》を鎮めてくれたのは音楽だった。今度の事件でさゆりのピアノに出遭わなければ、こんなにも自分は踏ん張れなかっただろう。

ああ、そうか——古手川は不意に合点した。自分はさゆりに事件解決の報告をするために向かっているのではない。さゆりを慰めたいというのも口実に過ぎない。本当はもう一度、あのピアノの旋律に身を委ねて母親の胸に甘えたいと思っているのだ。考えることに倦み疲れ、信じていた者に裏切られて傷ついた脆弱な魂を慰撫して欲しいと願っているのは自分なのだ。

全く救いようのないガキだな——古手川は自身にそう毒づいたが有働宅に向かう足は方向を変えなかった。

玄関にはまだ忌中の札が貼ってあったが、古手川の表情を曇らせたのは別のものだった。玄関ドアに悪口雑言の数々がカラースプレーで大書きされている。

『殺人鬼の保護者』

『ピアノと人の殺し方教えます』

『この町から出ていけ』

チャイムに指が触れた時に躊躇いが生じた。

押そうか、押すまいか。

逡巡した後、一回だけ呼んでみることにした。それで応答がなければ回れ右して病院に戻る。

やっぱり救いようのないガキだな——古手川はもう一度自身を嗤《わら》った。これではまるで初恋相手の家を訪れた中学生ではないか。

一回きりのチャイム。しかし、すぐに応答があった。

『どなたですか？』

「……古手川です」

玄関に明かりが点き、ドアを開けたさゆりは古手川を見るなり仰天した。

「こっ、古手川さん。貴方、その格好……入院してたんじゃなかったの」

「いやあ」

「いやあじゃないわよ。この寒空に何て格好で立ってんのよ。早く中に入って」

中に入るといつものハーブ系の香りが鼻をくすぐった。どうやら未だに線香は焚《た》いていないらしい。だが、それでも尚、家の中には死の臭いが残っている。

「事件解決の報告に来ました」

「治療の経過報告の間違いじゃないの。鼻どころか顔の形完全に変わってるわよ。おまけに松葉杖まで突いて」

「バンドエイドの代わりにギプスを巻かれたんですよ。刑事仲間じゃ大袈裟で有名な医者でしてね。この間なんか刺《とげ》を抜くのに麻酔を打たれた」

「警部さんから聞いたわ。勝雄くんに随分やられたみたいね……ごめんなさい」

「貴方が謝ることでは……」

リビングに通されてテーブルの上に皿を見た時に少し安心した。食事の用意をしていたらしい。どうやら食欲は戻ったようだ。

「真人くんを殺した犯人は逮捕しました。飯能市の連続殺人事件もこれで解決しました。ただ……貴方には辛い形でしたが」

「盗人を捕らえてみれば我が子なり、ね」

さゆりは寂しそうに微笑った。

「保護司としてもピアノ教師としても失格だわ、わたし。彼の日常を把握していた筈なのに四つの事件に彼が関わっているのを全然見抜けなかった。彼の音楽を聴いていた筈なのに、その闇の部分を感知できなかった。眼も見えなかった。耳も聞こえなかった。口だけは達者だった訳よね」

「貴方だけじゃない。沢井歯科の同僚も誰一人気づかなかった。いや、ひょっとしたら勝雄くん自身も気づかなかったのかも知れない」

「精神分裂って意味？」

「ええ、今は違う言葉で言うらしいですが」

「残念だけどそれは違うわ。これでも少しは勉強したから知っている。勝雄くんはカナー症候群だった。カナー症候群の患者が統合失調症になる確率はとても低い。だから別人格なんかじゃない。彼は鍵盤を叩くのと同じ指であの子の首を絞めた。音楽を聴くのと同じ耳であの子の叫びを聞いた。慰めてくれなくても良いのよ。現実なんだから。どんなに過酷であっても現実をそのまま受け入れる。それが現実に打ち勝つ唯一の方法」

「強い……人ですね」

「わたしが？　冗談。今のはただの強がりよ。本当はめげてるの。家事も育児も十人並み以下のわたしがたった一つ誇れたのがピアノだった。ごつごつ節くれ立った指。ネイルも指輪も似合わない。でも、この指が鍵盤を叩く時、指は誰の演説よりも雄弁に語り出す。誰の筆よりも自由奔放な絵を描ける。だから多少の称賛も得られた。色んなコンクールで賞も貰えた。だけど勝雄くんを変えられなかった。所詮、音楽で心の病気を治そうなんて無謀だった。わたしの勘違い、ピアノがちょっと上手いだけの女が拵えた傲慢な思い上がりでしかなかった」

「それは、違う」

思わず言葉尻が強くなった。

「確かに勝雄くんを変えることはできなかったかも知れない。でも、貴方のピアノには間違いなく人を変えられるだけの力がある。それは俺が保証します」

「どうして貴方が保証してくれるの。貴方は立派な健常者じゃない」

「この世には完全な健常者もいなければ完全な異常者もいない。俺はついこの間、それを知りました。どんな人間も心の奥に狂気を飼っている。道を往く人々も、オフィスの中で働いている連中も、グラウンドで汗を流している連中も皆そうだ。例外はいない。ところがその奥底に隠れている狂気が何かの弾みでひょいと表に出る時がある。そして、それを見た周りの人間がこいつは異常者だとレッテルを貼って自分たちから一刻も早く遠ざけようとする。どうして、そんなに大騒ぎするのか。答えは簡単、自分もそうなる可能性があることを知っているからだ。だから、人はその狂気を飼い馴らそうとして努力する。自分を善なる者に踏み留めようとして闘う。有働さん、貴方のピアノはきっとそういう人間を救える音楽なのだと思う。勿論……俺も含めて」

「買い被りよ、そんなの」

「でも、テクニックだけで人を感動させるなんてできないのでしょう？　どんなに精巧に作られた美術品だって、人の精神が入ってなければ工芸品と同じだ」

「貴方はいつから美術評論家になったのかしら」

「感動するのに評論家も素人もないよ。白状するとね、有働さん。今日俺は有働さんのピアノが聴きたくてここに来た。まだ喪も明けないうちに非常識だと自分でも思うけど、信じていた人間に裏切られて心がボロボロになっている人に身勝手な頼みだと分かっているけど、それでも聴きたいんだ。そりゃあ貴方ほどじゃないけど、俺だってこの数日間は人間の嫌な部分ばかり見せられてきた。勝雄の部屋からあの日記を見つけた時には糞みたいな気分だった。事件は終わったってのに胸の中が寒くって仕方ない。まるで体中の血液が氷になっちまったみたいだ。でも、貴方のピアノを聴いたら温もりが戻るような気がする。だからお願いだ、有働さん。もう一度、俺に聴かせてくれないか。頼むよ、この通りだ」

　古手川は深々と頭を下げた。

　沈黙の続いた後、恐る恐る見上げるとさゆりが不承不承に頷いた。

　意外にもレッスン室の中はそれほど寒くなかった。聞けば午前中に使用した際の暖気がまだ残っているらしい。エアコンの温風は元より、壁から注ぐライトの熱量も相当なものなのだろう。完全防音の部屋は同時に完全断熱の部屋でもあり、ここだけは外部から完全に遮断された別世界だ。広々とした空間にも拘わらず、ピアノ以外の物と言えば西側に置かれた十脚の椅子と北側の壁下のベースキャリーだけで夾雑物《きょうざつぶつ》は何もない。

「エアコン、つける?」

そう聞かれたが断った。ここのエアコンは大フロア用の出力を備えており、弱でも十分に機能を果たすが、ピアノの音に集中したい時には僅かな作動音も邪魔に思えたからだ。

さゆりがピアノの前に座る。古手川は既に指定席となった真後ろの椅子に腰を下ろしてジャケットと松葉杖を置いた。さゆりのピアノを聴く時は可能な限り裸に近い状態でいたかった。そうすると音が直接体内に浸透するような気がするからだ。シャツの上には病院を出る時に渡瀬から戻された拳銃が剝き出しになっているが、どうせさゆりからは見えない。

「リクエストは?」

「何とかの一つ覚えみたいだけど〈悲愴〉を」

躊躇うような静寂の後、あの楔のような音が突き刺さってきた。

これだ。この音だ——希求していたものを得られた喜びに身体がびくりと反応する。

続く短調のうねる旋律と明確な一音一音が凍てついた心を融かし始める。

初見の時から生演奏で数回、ＣＤやｉＰｏｄに至っては数え切れないほど聴き込んだので全てのフレーズと強弱が耳と脳髄に記録されている。愛聴しているアシュケナージのピアノは打鍵の強さと演奏速度がさゆりのそれと酷似しているため、今では二人以外のピアノを聴くと同じ〈悲愴〉でも別の曲に思えてしまうほどだ。

様々な感情を直截に吐露する第一楽章。いつものように古手川は全身を旋律の奔流に委ねる。束の間、魂は肉体から離れて寄せくる旋律に同化する。痛みも苦しみも忘れ、ひたすら音の海にたゆたう。

だが、後半部に入ったところで意識がふっと愉悦から乖離した。

脳髄に記録された再生音と現実の音が僅かにぶれ始めたのだ。体調が思わしくないせいだろうか。殊更にリラックスしようと努めてみるが二つの音は益々離れていくばかりで一向に同調しない。

しばらく聴きつづけて、やっと理由が判った。

演奏が速くなったのだ。それも走っているのではなく慌てているかのように。

それだけではない。全てではなく旋律の一部に微かな違和感がある。それ以外は全く同じ線を描いているのに、その一点だけが歪んでいる感触。

何故だ。古手川は神経を集中して原因を探る。そして研ぎ澄まされた耳と本来の曲を刻みつけていた脳が解答を引き出した。

どの小節も最高部の音が弱いのだ。特定の音に異常があるのではない。各小節の最高部、一番右の鍵盤の打鍵がいつもより弱い。つまりピアノ本体の異常ではなく、さゆりの演奏に異変が生じているのだ。勿論それは顕微鏡を使って判別できるような相違で、初めて聴く者には何の違和感もない。本来の演奏を皮膚感覚で記録してしまった古手川だからこそ感知し得た、微妙過ぎる違いだった。

第二楽章に移ると、演奏速度は益々速くなり、最高部の打鍵は益々弱くなった。古手川はもう集中するのを止めた。そろりと腰を上げ、さゆりの肩越しに最高部の鍵盤を叩く右手の指を盗み見た。

原因はそこにあった。

右手の小指に傷跡があった。古傷ではない。肉の裂け目がまだ赤黒く、最前まで絆創膏を貼っていた跡までが赤々と残っている。演奏の邪魔になるので絆創膏を外してみたものの、痛みを堪えきれずにその指だけ打鍵が弱まったのだ。

傷の形は切り傷でも内出血でもない。

まるで犬にでも噛まれたような痕だ。

河川敷で耳にした検視官の言葉が甦る。

『被害者の唇に触れる部分は恐らく指でしょうね』

心臓がせり上がった。

「有働さん、あんた」

さゆりがさっと振り向いた。

古手川は息を呑んだ。

それは夜叉の顔だった。

思わず後退りした時、さゆりの手がピアノの上にあったメトロノームを摑んで顔面に投げつけてきた。メトロノームの台座が癒着しかけた鼻骨をもう一度砕いた。耳に届いた割り箸を折るような音は台座の破損した音か、それとも鼻骨の砕けた音か。鼻に直結した耳はその瞬間に聴力を失う。

激痛と衝撃で古手川は横向きに吹っ飛んだ。視界の隅に椅子から立ち上がったさゆりの姿を捉えたが、片足ではすぐに体勢を立て直すことができない。

さゆりはメトロノームを両手で頭上高く振り上げた。真下から見上げたさゆりは全くの別人だ。眉が吊り上がり、半開きになった唇からは真っ赤な舌がちろちろと覗いている。

鬼だ。

反射的にホルスターに手が伸び、歯がスライドを嚙む。

さゆりの眼が、かっと見開く。

セーフティを解除すると同時に引き金を絞る。標的は台座――だが、スポットライトが逆光になり、一瞬目が眩んだ隙に凶器が振り下ろされた。
銃口は上に跳ね、発射された弾丸はドア上部の配電盤を撃ち抜いた。
配電盤の蓋が火花と共に弾け飛び――、
そして、闇が落ちてきた。

鼻骨が折れて気道が塞がったのか血が溜まったのか、とにかく鼻で呼吸はできないので、ぜいぜいと口で喘ぐしかない。

頭の芯が痺れるような激痛。だが、生存本能はその場からの退避を命じる。古手川は顔面を押さえながら、片足を捩ってピアノから離れようとする。

電源が落ちると部屋の中は完全な暗闇となった。自然光はおろか人工の光、電気機器のランプ一つとてない真の闇だ。元々、採光窓すらなく、唯一の電化製品であるエアコンも電源が切れている。光源を発生させる要素はどこにもなかった。しばらく目を凝らして夜目に慣れても浮かび上がる物は何もない。手を伸ばしてみるが、指先は床の上を虚しく滑るだけで壁に辿り着かない。一体、自分は部屋のどこにいるのか、そしてどこに向かっているのか皆目見当もつかない。何らかの明かりがあれば、それを目印に自分の位置くらいは割り出せる筈だが、光源一つないのではそれも適わない。

混濁した頭に驚愕と疑念と恐怖が交錯する。

やがて勝雄と格闘した時に過ぎった違和感の正体に思い至った。自分の腕を摑んだ手、机を持ち上げた手、何度も見る機会はあったが、その指には一本の傷もなかった。衛藤和義を殺害した犯人なら当然負っている筈の傷がついていなかったのだ。

改めて考え直すと腑に落ちない点がもう一つある。真人の殺された夜の時間経過だ。真人が姿を消したのが九時。死亡推定時刻はその九時から十時までの間。十一時から三時までは通報を受けた倉石巡査がやはり捜索に付近を回っているので、その時間帯以降は行動できない。しかし十一時頃、勝雄はさゆりの運転するミニヴァンに同乗していた。如何に子供の身体とは言え、それを一時間少々のうちに解体してから公園に運び、陳列するように並べた後さゆりと合流して捜索に加わる——。

そんなことは不可能だ。時間的に無理がある。部屋から発見された道具は鋸と牛刀だった。たったそれだけで人一人を解体するには一時間ではとても足りない。人体の脂肪分や体液には想像以上に粘り気があり、何度も刃から脂を拭き取らなければ続けて使用することができないのだ。加えて、歩く以外に移動手段を持たない勝雄が、自宅の浴室からバラバラ死体を詰めた袋を担いで遠く離れた公園まで運搬することを考えれば尚更不可能だ。整理すれば簡単に分かる話だが、本人がカエル男だと認めた時点で細部の検証は疎かになってしまった。

では、あの部屋で対峙した時、何故勝雄は自分に襲い掛かってきたのだろう。あの行動そのものが自身の犯行だと認めるようなものなのに。

待て、あの状況を思い出せ。

日記を突きつけられた時も、自分がカエル男だと指摘された時も勝雄は反応しなかった。反応したのは——手錠を見た瞬間だった。

捕まる、と認識したからだ。丁度四年前、犯行現場に踏み込んできた警察官に現行犯で逮捕された時のように。その後の三年間、自分から自由を奪った最初の戒めがやはり手錠であったように。抗弁する話術も思考回路も持たない勝雄にとって、あの襲撃は本能的なものだったのだ。

当真勝雄は少なくとも真人と衛藤を殺してはいない。いや、他の二つの事件にしても現場に選ばれたのは住宅地の真ん中や付近にありながら人気の乏しい所だった。病院と寮を往復していただけの勝雄がそんな場所を知悉していた可能性も少ない。それなのに現場には彼のメモが残され、部屋には溢れるほど証拠が残されている。本人も犯行を否定はしていない。

何故なら彼は操り人形に過ぎないからだ。彼の知的障害を利用してカエル男の汚名を着せた人間が別に存在する。

それは、さゆりを措《お》いて他にない。

さゆりになら真人を殺害して、十一時までに死体を公園に置くことが可能だ。警察の事情聴取に真人は九時に家を出たと証言しているが、そう言っているのはさゆりだけで、実際にはその時刻、既に真人は自宅で殺されていたのではないか。そして二時間のうちに解体を終え、交番に通報した後に死体をミニヴァンのラゲッジに隠し、勝雄と一緒に捜索する途中で公園に捨てる。その際、さゆりは勝雄からスニーカーを借りて自分で履いた。砂場に彼の足跡を残しておくために。さゆりと勝雄は共に小柄で歩幅も近い。解体した死体の一部を持てば体重も近似値になる。

同じ時刻には倉石巡査が付近を巡回しているというのに何という大胆な犯行か。しかし、あの時間帯では倉石巡査も所轄に応援を頼めず、表通りから一人で捜索を開始した彼と公園で鉢合わせをする可能性は少なかった。通報を受けた方も、同じく捜索に向かう母親のクルマに本人の死体が隠されているなどとは夢にも思わない。大胆であっても計算され尽くした行動だったのだ。

思い起こせば真人の事件はともかく、第一の殺人から第四の殺人まで一度としてさゆりのアリバイを調べたことはなかった。それは桂木にしても梢にしても同様で、異常者による連続殺人事件という見かけに騙《だま》されて、利害関係の発生しない人物については容疑の対象外とされたからだった。

では、他の事件はどうだったのか。

衛藤和義は電動式の車椅子ごと焼かれていた。車椅子ごと本人を河川敷まで運ぶのは難行だが、電動式であればスイッチ操作だけで自走させられる。下半身の不自由な病人であり、後頭部を殴打した後なら絞殺も容易かった筈だ。

指宿仙吉の場合も、そして荒尾礼子の場合も同様だ。相手は老人と女性、昏倒させてしまえば後はどうにでもなる。問題となるのは殺害現場からの運搬方法だ。殺害現場からクルマに載せて運ぶ。ここまでは良い。だが、廃車工場の前で、或いは高層マンションの前で死体を下ろしてから発見現場までどうやって運搬したのか。いくら何でも背負って運んだとは思えない。女の力で死体を背負って歩くには無理がある。道具。何か死体の運搬を容易にする道具はなかったのか。さゆりの身近にある物で何か――。

あっと思った。

身近な運搬器具。

どうして今まで気づかなかったのだろう。それはこの部屋にずっと鎮座していた。そして何より古手川自身が毎度目にしてきた物ではないか。

この部屋の隅に置かれていたベースキャリー。元来はコントラバスのような重量級の楽器を運ぶ物だ。短い距離なら一人分の死体は楽に運べる。折り畳み式なのでミニヴァンのラゲッジにも積める。

殺害だけではない。死体の運搬もさゆり単独で可能なのだ。

目まぐるしい自問自答の連続で吐き気を覚える。絵から浮いていた一片一片のピースが正しい場所に収まって四枚の醜悪なパズルを完成させていくが、その度に眩暈を覚える。その画の中で中央に立っているのは常にさゆりだ。但しピアノ教師のさゆりではなく母親のさゆりでもない。そこにいるのは鬼の形相で嗤う殺人狂のさゆりだ。

いや、もう一片だけ画に合わないピースが残っている。

荒尾礼子の死体をどうやって庇のフックに吊り上げたのか。あの死体を下ろすには男三人の力が必要だった。地上十三階の高さ、しかも手摺りを足場にしなければ手も届かない。そんな不安定な場所であんな重い物をどんな方法で持ち上げたのか。その時だけは勝雄に手伝わせたのか。

いや、それは違う。二人で行動すれば人目につき易いし、判断能力に乏しいとは言え、共犯者を作ることは犯行露見のきっかけになり易い。殺害の場所と時間を綿密に選択してきた犯人が、そんな危険を冒すとは思えない。

そもそも荒尾礼子の死体の取り扱いが屈強な男でないと無理なことから犯人は男と認識されていた。首を絞める力も然り。新聞がカエル男と性別を知らず知らず断定してしまった理由もそこにある。思えば、それが最初のトリックではなかったか。

そうだ。司法解剖の際、光崎はこう言っていた。

『上腕部と腹部に縛られたような痕があるが、これはシートの上から縛られたらしく克明なものではない。死体運搬時についた痕だろう』

死体運搬時だと？　ベースキャリーに死体を載せるだけなのに、そんなに強固に固定する必要があったのか？　違う。もっと別の理由で死体は縛られたのだ。では、どんな理由で？

様々な可能性が浮かんでは消え、また浮かんでは消える。脳細胞がこれほど活発に働いたことは未だかつてない。それがこの切羽詰まった場面で歩行不能の身の上に起きているのも皮肉だった。身体が動いている時に頭は働かず、頭が働いている時は身体が動かない。つくづく頭と身体のバランスが悪い男だと自嘲する。

そして――最後のピースがやっとあるべき場所に収まった。

「解ったよ」

自然に言葉が出た。

「全部、あんたがやったんだな」

その言葉は部屋の特性から長い尾を引いて闇の中に溶けていく。

返事はない。しかし、確実にさゆりは部屋の中にいる。息を殺して古手川の声に聴き入っている筈だ。こちらが拳銃を持っていることはさっきの銃撃でさゆりも知っている。ドアを開ければ廊下の明かりで自分の位置を教えることになる。下手に動いて音を立てても同様だ。だから闇の中に潜んで気配を消そうとしている。

だが、分かる。一条の光も射さず、物音一つしない静寂の闇の中にあっても、手の触れそうな場所で禍々しい邪悪が牙を剝き出しにして待ち構えているのが分かる。

「あんたが四人を殺し、それぞれの死体をクルマとベースキャリーを使って発見現場まで運んだ。全て、あんたの単独犯行だ」

やはり返事はない。

「最初の荒尾礼子の事件で俺たちの目は曇らされた。あの死体を足場の不安定な庇まで持ち上げるなんて女には到底不可能だと思えたからだ。だから最初から誰の頭にも犯人は男だという思い込みがあった。だが、本当に死体をあの高さまで持ち上げてフックに吊るしたのか？　いいや。別の方法がある。あんまり単純過ぎて笑っちまうような方法がな。吊り上げたんじゃない。吊り下げたんだ」

言葉を切って反応を確かめる。しかし、依然として息遣いすら聞こえない。

「細工は十三階じゃなく、その上の十四階で行われたんだ。簡単な仕事さ。あんたはまずエレベーターで十四階まで上がると、死体をシートごと縄で縛ってから一方を固定し、手摺りから吊り下げた。そして十三階に下り、上からぶら下がっている死体を庇のフックに引っ掛ける。後は縄を解いて回収する。死体の上腕部と腹部に縛られた痕が残っていたのは吊り下げられた際に自重が懸かったせいだ。これなら女の力でもできる。今までは十三階に入居者がいなかったからそこに吊るされたと考えられたけど、実際は同じく入居者のいない十四階がメインステージだった。別に翌朝になって死体が発見されても構わなかったが、偶然十三階にも人がいなかったから発見が遅れただけの話だ。その最初の殺人に比べれば後の三つはずっと楽だった。一・三キロのハンマーを振り上げるのも、首を絞め上げるのもあんたなら造作もないことだった」

「そう？」

初めてさゆりが声を発した。古手川は思わず身を硬くする。

「被害者の中には成人男性もいた。その首を女の手で絞め上げられる？」

その声に古手川はうろたえた。さゆりの言葉も四方に張り巡らせた調音材の効果で闇の中に反響している。その度合いが強過ぎて声の発生源が特定できないのだ。部屋の隅から聞こえる気もする。だがすぐ隣から聞こえる気もする。これでは声から相手の位置を捕捉することができない。

「どの被害者も後頭部を殴打されてから紐で絞められている。殆ど抵抗はできなかったし、事実解剖所見でも抵抗痕は見当たらなかった。それにあんたの指は特別だ。十代の頃から鍵盤を叩き続けているピアニストの指だからね。有働さん、俺は少しだけ調べたんだよ。捜査ではなく興味の対象として。ピアノにはショパンのワルツみたいに流麗な曲もあればベートーヴェンのソナタのように烈しい曲もある。つまり強い打鍵を必要とする曲だ。練習曲から始めても必ず強い打鍵は必要になる。それを一日何時間も叩いていれば嫌でも指の力は強くなる。だからコンクールに出場するようなピアニストは例外なく指の力が強い。アシュケナージみたいな演奏をするあんたなら尚更……」

続きを言おうとした時だった。

右足に何かが覆い被さってきた。

瞬時に危険を察知したが仰臥《ぎょうが》の体勢では機敏に動けない。

そして踝《くるぶし》の真下に先の尖った物を突き立てられた。決して鋭利な切っ先ではない。幾分丸みと厚みを帯びた物。それが切ると言うよりは穴を穿つような凶暴さで皮下を裂いていく。

古手川は喉が張り裂けんばかりに絶叫した。

反射的に跳ね起きた上半身が覆い被さる物体を突き飛ばした。その物体は、ぐふっと呻いて古手川から離れた。

逃げろ。

大脳ではなく本能からの命令で伏臥《ふくが》になり、死に物狂いで匍匐前進する。相変わらず現在位置も行き先も不明のまま、ただその場から逃げ去ることしか頭にない。果たして刃先が床を突く音が三度聞こえた。傷を負った足首が火のように熱い。大量に出血しているのが暗闇の中でも分かる。だが、ここで大声を出せば居場所を知らせることになる。古手川はシャツの袖口を歯が折れるほど噛み締めて洩れ出ようとする叫びを懸命に堪えた。

遁走の最中、己の愚かさを思い知る。調音材で張り巡らされた部屋。反響が大きく、音の発生源が不明瞭な暗闇の迷宮。しかし慣れた者には、その場所で一日の大部分を過ごす者には広さも音響特性も知り尽くした自分の領分だ。あれだけ得意げに長々と喋っていれば音源を特定されるのも当然だった。

しかし——どこにあんな武器が隠されていた? この部屋に刃物状のモノなど見当たらなかったのに。咄嗟に思いつくのはメトロノームの針ぐらいだが、あんな軟らかな物で肉を裂ける筈もない。

「どこに刃物があったか不思議だろうね」

耳を疑った。

さゆりの声には違いない。

しかし、野太く野卑な声だった。

「表に変な奴らがうろつき出してから、ポケットに果物ナイフを忍ばせておくようにしたのさ。家の中でも護身用の武器を携帯しろと、誰かさんから忠告されたからね」

そして、くくっと嗤った。歯の隙間から洩れるような擦れた声だった。

全身に粟《あわ》が生じた。

いつか予想した通りだった。こいつは——人の姿をした化け物だ。

「こっちにも、拳銃があるぞ」

警告のつもりだったが、返ってきたのは嘲笑の声だ。

「勝雄が逮捕された時に他の刑事から聞いたよ。四発撃って三発外れ。命中した一発だってまぐれ当たりだった。いつも七発装塡しているんだって？　じゃあ、さっきの一発で残りは二発。この真っ暗闇の中、その腕前で撃てるものなら撃ってごらん」

畜生、と古手川は唇を嚙む。さゆりの言う通り、こんな状態で拳銃を使っても威嚇射撃にしかならないし、撃ったが最後、こちらの位置を知られてしまう。拳銃以外には手錠があるだけ。この状況下では武器よりも大事なライトと携帯電話は脱いだジャケットに収めたままだ。取り戻すにはピアノの後方に回り込まなくてはいけないが、視界を閉ざされた今となっては無理な相談だ。勝雄と格闘した時の再現、いや、それよりもずっと不利な条件だった。

あたふたと床の上を這い、手を伸ばして指に触れる物を探す。まるでゴキブリだ。白日の下ではさぞかし無様な格好に見えることだろう。そのうちに指先が垂直に立つ平面を探り当てた。

壁だ。部屋の広さと先刻からの自分の移動距離を考え合わせれば南側か東側の壁だろう。古手川は急いで壁際に身体を寄せた。部屋の中心にいるよりは壁際に身を潜めた方が襲撃に遭う確率が低い。

とにかく敵の位置を捕捉しなければ——痛みに翻弄されながら必死に考える。それには敵に喋らせることだ。慣れない闇の迷宮ではあっても、耳に神経を集中すればその発生源を捉えられるかも知れない。加えて、どうしても聞いておかなければならないことがある。

「一つだけ教えてくれ。何故こんなことをした？　どうして四人も殺さなきゃいけなかったんだ？」

「まだ解らないのかい。四人の間には何の関係もないからさ。わたしは真人さえいなくなれば良かったけど、真人だけ死んだら当然わたしも容疑者に加えられる。でも他に三人も無関係な奴が殺されれば容疑者から外される。五十音順に殺人を繰り返すことは、真人が沢井歯科に通っていたから思いついたのさ。飯能市の中から無作為に、五十音順に殺されていく……その異常性に本来の動機は見えなくなる。上手い具合に勝雄が勤めていたからカルテの入手には困らなかったし。言っただろ？　勝雄は記憶力だけは抜群でね。一度目にした人名や住所は漢字じゃなければ覚えていられる。後はカルテの中から狙うのが簡単そうな奴を択べば良かった」

主目的の殺人は一つだけで、後の殺人は目眩まし。

渡瀬は正しかったのだ。

しかし――、

「実の息子じゃないか。それを何故」

「あの子が死ねばカネが入る。随分前に馴染みの外交員から勧められたこども保険」

「こども保険? しかしあれはたった千五百万円しか下りないという話じゃないか」

「保険金だけならね。でも今は犯罪被害給付金制度がある」

そんなことだったのか――古手川はあまりに現実的な話がこんな非現実的な場面で出たことに戸惑いを覚えた。犯罪被害給付金制度は国内で行われた犯罪行為によって死亡や重傷病、または障害を負った本人及び遺族に対する支援制度だ。給付金には遺族給付金、重傷病給付金、障害給付金の三種類があり、このうち遺族給付金は被害者の第一順位の遺族に支給されることになっている。

「しかし、遺族給付金は上限でも三千万円程度の筈だ」

「それで家のローンは全部支払えてお釣りがくる」

「家の……ローン? まさか、まさかそんなことのために実の子供を」

「もう半年近くも滞納していて銀行から差し押さえられる寸前だった。それだけは嫌だった。コンクールで賞を獲っても結局コンサート・ピアニストにはなれなかった。こんな田舎じゃピアノを習う子供も数が知れてる。生活に追われてスーパーのレジ打ちしたこともあった。鍵盤からどんどん指が遠ざかる。そんなことは耐えられない。

音楽だけが生きる糧なのに！　この部屋はね、やっと手に入れたあたしだけの城なんだ。誰にも渡すもんか。この部屋を守るためなら何だってする。たかが四人の命なんてどうってことない」

さゆりの声は一段と大きくなった。だが、それで位置が特定できた訳ではない。寧ろ大音声になればなるほど反響が壁に跳ね返り、益々音源が不明確になっていく。

「この部屋がそんなに大事なのか。たった一人の子供よりも」

「比べ物にもならないね。元々、可愛いとは思わなかった。出て行った男にそっくりで下から恨めしそうに見上げる眼が憎たらしいったらありゃしない。だからことある毎に腹を殴ったり足蹴にしてやった。とにかく、あの子は最後まで懐かなかったね」

あれは——あの脇腹の青痣はクラスメートではなく母親によって作られたものだったのか。

そして記憶を辿って納得した。真人が殺されるとさゆりは半狂乱になり、叫び狂い、蒼褪め、虚ろになり、頬をこけさせ、そしてピアノの上に突っ伏した。子供を喪った母親のありとあらゆる感情を表出してみせた。しかし涙はただの一度も見せなかった。

「ついでに教えてあげようか。さっき死体の運搬も一人でやったと言ってたね。それは間違い。真人のバラバラ死体を公園に並べたのは勝雄だよ。死体をクルマに載せたままで勝雄を迎えに行き、公園に着くと指示通りに死体を並ばせた。ひょっとしたら真人の死体だとは気づかなかったかも知れない」

「何故、手伝わせた」

「あいつ自身が望んだことだから」

「嘘を吐《つ》け！」

「嘘なものか。あたしはあいつの保護司になった時、私物の一切合財を確認した。その中にあいつの子供時分の日記が紛れていてね。今度のことを計画した時、その日記を利用して勝雄を犯人に仕立て上げることを思いついたのさ。カナー症候群で、幼女殺害の前歴があって、未だに善悪の判断能力に乏しい勝雄は絶好の操り人形だった。でも意外だったのは勝雄自身が連続殺人の主人公に祭り上げられるのを喜んでいたことだった。あのＯＬを殺した翌日から、あれはあんたが殺ったんだ、あんたが昔の日記通りに凄いことをやったんだと何度も繰り返して意識に刷り込んだ。あいつはあたしをたった一人の味方だと信じきっていたから意識操作は簡単だったよ。そして、皆があんたのことを恐がっていると教えたら嬉しそうに笑った。同僚だと言っても病院では邪魔者扱い、周囲から蔑まれているのは肌で感じていたからね。あいつにしても復讐できた気分だったんだろうさ。一回くらいは実際に死体と触れた記憶がないと本人の意識にはっきり残らないし、後で取り調べを受けた時に何一つ具体的な供述ができなかったら信憑性に欠けるから手伝わせたんだけど、真人の死体を手にしたあいつは意気揚々としていたから余計に好都合だった。カエル男の名前が新聞やテレビに出る度にあいつは嬉々としていた。誰かを殺した後で刃物やハンマーを渡した時も、それが自分の使った物だと信じて疑わなかった」

完璧な操り人形。だが、勝雄を嗤う気にはなれなかった。何故なら自分を含む捜査本部の面々も同様に操られた者だからだ。名にし負うベテランの捜査員たちがこの女の仕立てた陥穽《かんせい》にいとも容易く嵌ってしまった。

くくっ。

またしても、あの擦れた嗤い声が洩れ聞こえてきた。

「それにしても困ったねえ。あんたを一体どう扱ってやろうか」

困っている口調ではない。自らの穴に飛び込んできた獲物をどう料理しようかと愉しんでいる口調だ。

「名前の頭が『オ』じゃないから一連の事件に繋げるのは無理だし、第一、犯人の勝雄は拘束されているしねえ。まあ、安心しな。殺した後でクルマか電車に轢《ひ》かせて事故死にしてあげる。松葉杖の身で夜中に一人で出歩けば、そんな目にも遭うだろうさ。喜びな。この部屋で殺してやる。あの子と同じ場所で死ねれば本望だろ」

「ここで……殺したのか」

「忘れたのかい？　ここは外から隔絶された世界。中で象が啼いても外には聞こえない。勿論、悲鳴も銃声も。だから好きなだけ叫びな。喉笛が破れてピィピィ鳴るまで」

この部屋で真人が殺された。ショパンやモーツァルトやベートーヴェンの華麗な曲が満ち満ちたこの部屋で実子殺しが行われた。この壁が真人の断末魔の叫びを聞いていた。この天井が真人の絶命を見ていた。そして自分はそこで音楽の愉悦に浸っていたのだ。何も知らぬまま、部屋に充満する邪悪な気配に露ほども気づかぬまま。

自己嫌悪で胸が塞がった。

「さあ、最期くらいは択ばせてあげようか。手っ取り早く即死したい？　それともナメクジが這うようにじわじわと死にたい？」

声で相手の位置を把握する努力は続けていたが、もう聞くに堪えなかった。さゆりの言葉は毒素の塊だった。聞けば聞くほど我が身が腐ってくるようだった。

「返事はないね」

そして言葉が途切れ、再び静寂が訪れた。

敵の息遣いさえ消えた。聞こえるのは自分の心音と傷の疼きだけだ。

息が詰まるほど濃密な静寂。その密度の高さに身体が押し潰されそうに思える。

鼻と右足の痛みは衰えない。耳に全神経を集中させようとしても痛覚が邪魔をする。

完全な闇と完全な静寂の中に投げ出され、古手川は不意に理解する。光がないというだけで、これほどまでに身が竦む。丸裸にされたような不安。刃を喉元に突きつけられたような恐怖。

腹がじいんと冷えていく。

壁にぴったりと身体を寄せ、ひたすら気配を窺う。さっきは床を這い回るゴキブリだったが、今は壁に伝うヤモリだ。

闇に住まうモノは魔物。静寂に潜むモノは邪気。今この部屋にはその二つを兼ね備えた怪物がいる。エアコンの暖気もスポットライトの熱源も切れ、部屋の温度は確実に下がっている筈なのに額と腋の下からはじっとりと不快な汗が流れている。

背中を壁に預けたまま、耳を床につける。全面フローリングの床だから向こうが移動すれば少しは足音が聞こえる筈だ。

やがて――聞こえてきた。

ガッ
しかし、足音ではなかった。

ガッ
ガッ
一定の間隔で何かを穿つ音。凶暴で人間味など欠片もない音。それも床からではなく壁から伝わってくる。

ガッ
ガッ
ガッ
音は次第に大きくなる。

先の尖った物で壁を穿つ音——。

果物ナイフだ。

ナイフで壁を抉りながら一寸刻みに近づいているのだ。

移動しなければ。古手川は動きたがらない肉体に鞭を入れて前に進もうとする。毛穴の開ききった肌は見えざる敵が間近に迫ったことを伝える。

だが一瞬、遅かった。

右足首に冷たい切っ先が突き刺さった。先刻受けたのと同じ踝の真下に深々と刺さってから、ぐいと捻りが加わった。回転する刃先に肉が削られ、先端は骨に達した。

古手川は女のように叫んだ。恥も誇りもかなぐり捨てて肺の中身が空っぽになるまで叫び続け、ギプスで固められた左足で宙を蹴った。その悲鳴を愉しむかのように、ナイフは尚も捻り続ける。全身の痛覚がその部分に集中し、感覚の過負荷に頭の中は真っ白になる。もしも明かりがあれば、それはピン止めされて羽をばたつかせる鱗翅《りんし》目《もく》の昆虫に見えただろう。

それでも死への恐怖がすんでのところで思考を呼び覚ます。逃げなければ、次の刃は間違いなく腰から上を狙ってくる。古手川は自ら右足を切断する覚悟でナイフが刺さったままの足首を摑んで引いた。その拍子に土踏まずの肉がごっそりと削げ千切れた。あれほど叫んだ後なのにまた声が出そうになった。

咄嗟に口だけで呼吸することを忘れ、鼻腔から血液と体液が逆流する。それは喉に絡まり忽《たちま》ち気道に詰まった。

噎せて、口から吐き出す。すると、鼻先を紙一重で何かが掠めた。振り下ろされたナイフ。敵は吐瀉《としゃ》の音さえ聞き逃さなかった。古手川は身体を横に転がして追撃をかわす。予想通り、今いた場所から床を突く音が聞こえた。

足の裏は相当に悲惨な状態になっている筈だった。末端神経の集中している部位を根こそぎもぎ取られ、全身が瘧に罹ったように顫える。たった一部の損傷なのに片足一本が潰されたような痛みだ。だが、今の古手川には叫ぶことはおろか物音一つ立てることも許されない。ただ歯を食い縛り、両手で身体を抱き締めて苦痛に耐えるだけだ。いっそ正気を失うことができたらどんなに楽だろうと思う。しかし、熱湯に浸り続けるような激痛に朦朧としながらも生存本能は休息や諦めを許さなかった。

もう壁際には逃げられない。敵にはこちらの考えなどお見通しらしい。捕食動物が獲物の習性を知り尽くしているように、さゆりは古手川の行動を読んでいるのだ。

三十畳近い広さだけが救いだった。これが六畳間ではどこにも逃げ場所がないが、少なくともこの広さがあれば逃げ回ることは可能だ。ただ、それが本当に幸いなのかどうかは結果次第であり、この鬼ごっこは追う身にはこの上ない娯楽、追われる身にはこの上ない地獄となる。

さゆりの気配が止んだ。移動したのか、それとも息を殺しているだけなのか、とにかく動く様子は感じられない。古手川は喘ぎながらも一息吐く。こちらから動くのは危険だ。今はじっとしているに限る。そして相手の様子を窺いながら脱出する方法を考えることだ。

三度目の静寂。だが、その静寂が訪れる度に古手川の心音は胸板から弾け飛ぶほどの音を立てる。その音を隠すために伏臥して鎮めようとするが、心臓は別の生き物のように早鐘を打ち続ける。右足の痛みも一向に鎮まる様子はない。

鎮まれ。

鎮まれ――。

そう念じている最中だった。

宙を切る音がしたかと思うと、腰に強烈な一撃がきた。金属音が届く。腰骨が粉々になるような衝撃に古手川の身体は弓なりに反る。

それで終わりではなかった。

再び宙を切る音。第二打は鳩尾を直撃した。ぐぼおっと堪えていた声が遂に洩れる。第三打も脇腹へ。

逃げようとして身体の向きを変えると、四打目は右の肩甲骨を襲った。衝撃を受ける度にびぃんと弾くような金属音が起きる。

思い当たる物があった。

古手川が手にしていた松葉杖。さゆりはそれを振り下ろしている。怪我人の使う物だから軽量にできてはいるが、その代わり頑丈であることこの上ない。

牙だ、と古手川は思った。自分は今、鉄の牙で身体中を滅多打ちされているのだ。次に鉄の牙は肋骨を捕らえた。呼吸が止まる。修復したばかりの箇所にまたも罅が入る。その衝撃で身体が捩れ、標的を失った牙が床を叩いた。

そのまま身体をごろりと回転させ、その場を逃れる。回転する度に打たれた場所が悲鳴を上げるが聞いている余裕はない。

打たれた傷はどれも骨の深さまで達している。肋骨だけではなく至るところの骨に罅が入っており、骨髄から分解されるような錯覚に陥る。こんな状態になってもまだ失神できない自分がひどく恨めしかった。

一体、何が起きたのか。この暗闇の中でさゆりは獲物の位置を正確に捕捉している。混乱しながら必死に思考を巡らせる。そして漸く一つの可能性に思い至った。この荒い息、早鐘のように打つ心臓——さゆりの鋭敏な耳がこの音を捉えているのだ。逃げ回れるなどとは楽観に過ぎた。この部屋が六十畳あったところで逃げ場はない。全身が恐怖に震えた。逃げるだけでは駄目だ。何か身を隠すような場所でなければ。闇が落ちる寸前の部屋を記憶から引き出す。置いてあった物は何と何だったか。二台のピアノ、聴衆用の椅子、そして——。

思い出した。

ドアの反対方向、北側の壁に例のベースキャリーがあった筈だ。重量級の楽器を運ぶ台車、そして人間の死体を運んだ道具。あれなら人一人分の身体を十分に隠せる。今まで随分動き回ったが、ベースキャリーや椅子らしい物には触れた覚えがない。つまり、今自分がいるのは何も物の置かれていなかった南側か東側ということになる。古手川は片手を掻き分けるようにしてベースキャリーを探し始めた。

急がなければ。

気は焦るが、既に両足は動かず肩も左しか使えない。勝雄に痛めつけられた傷や打撲が甦り、そこに新たな負傷が重なっている。これもさゆりと勝雄の共同作業という訳か。全身の中で無事な箇所を探す方が困難だ。左手と顎を使って前に進もうとするが、一センチ移動する毎に身体中の骨が砕けそうに感じる。肉が潰れそうに思える。三十センチが長い。一メートルが果てしなく遠い。

何故、こんな苦行を続けなければならないのか。運良くベースキャリーに辿り着いて身を隠したとしても形勢を逆転させるような手段はない。直接に手は下されずとも、今の自分の状態では失血死かショック死を待つことしかできない。さゆりの言った通り、自分には速やかな死か緩慢な死しか選択できないのだ。

またしても甘い誘惑を耳元で囁く者がいる。

どうせ苦痛を味わうのなら短い方が良い。

今すぐさゆりに居場所を知らせて、殺して下さいと懇願しろ。それが恥だと思うのなら外しようのない己の頭か心臓を拳銃で撃ち抜け。そうすれば、この地獄の責め苦から解放されるぞ。だから――。

ふざけるな!

と、もう一人の誰かが反論した。

力が尽きたから闘うことを止める、抗うことを諦める。それは一般人には許されることかも知れない。しかし、自分本位の理由で警察官の道を選んだ貴様にそれは許されない。どれだけ傷ついても、どれだけ血を流しても順一郎が赦してくれない限りは。だから、闘わなければならない。あまりに利己的な理由のために殺された四人の魂のために。そして殺人鬼の濡れ衣を着せられたまま白い牢獄に繋がれようとしている青年のために。

分かったよ。うるせえな。

真実を知った今、さゆりを逮捕するのは自分しかいない。一時でもさゆりに母親のような恋慕を抱いた自分だからこそ、その手に錠を嵌めなければならない。そうでなければ自分を欺いていたさゆりにも、欺かれていた自分にも決着をつけられない。

とことん、悪足掻《あが》きしてやるさ。

無駄とは知りながら、探査を免れるために頭を低くして這う。心臓の鼓動に合わせて湧き上がる激痛も、途切れそうになる意識を繋ぎ止めるので逆に有り難い。

覚悟を決めた指先がやがてゴム質の物体を捕らえた。指の腹で感触を確かめる。

硬質の丸いゴム。紛れもないキャスター部分――。

祈り、天に通ず。古手川は台座を探り当てると、ベースキャリーと壁の間に身体を潜らせた。

対象が探査から外れて戸惑っているのだと思った。自慢のレーダーから突如目標が消失したために慌てている潜水艦を連想した。

束の間だが休息を与えられた。

この間に考えろ。

どうすれば脱出できるかではない。

どうすればさゆりを逮捕できるかを。

確かに凶暴な犯人を逮捕するには体力も気力も不足している。地の利も武器の豊富さも向こうが上だ。しかし、こちらにもまだ二発の弾丸が残されている。この二発を暗闇の中で有効に使う手段は何かないか。気配を消して闇の奥に潜む敵を捕捉する方法は何かないか。

考えろ。

考えろ考えろ。

考えろ考えろ考えろ。

その時、皮膚が異なる空気を察知した。冷気を圧縮したような歪んだ塊――殺気だ。

咄嗟に頭を引っ込めたが数秒遅かった。

いきなり左耳が破裂した。真上から打ち下ろされた松葉杖が命中したのだ。果物を潰したような音の後、火柱が立つような熱さと共に左の聴覚は消滅した。痛みは脳をも直撃し、瞬時に意識が吹っ飛んだ。

第二打は頬骨の上に落ちた。みしり、という音を右の耳だけが捉えた。奥歯一本が口の中にもげて転がった。

一拍おいて、松葉杖が高々と振り上げられるのが空気の流れで分かった。これで止めを刺すつもりだ。

まだ終わらせない――。

どこにそんな力が残っていたのか、左手がベースキャリーの台座を押し返した。キャスターを付けた台座は大した抵抗もなく力の方向に滑り、何かと衝突した。

それから、どうっと軟らかな物体が床に倒れた。殺戮者がベースキャリーの角に躓いたのだ。すぐさま古手川は倒れたさゆりを捕らえるべく左手を彷徨わせる。

だが内側に曲げた指は虚しく空を切るばかりで何も捉えられなかった。敵はまた音と気配を消して闇に沈んだ。

もう、古手川は聴力を当てにしようとは思わなかった。二つ揃っていても心許ないのに片耳だけでは話にならない。もう、さっきのように空気の動きを皮膚で読むより他に手段はない。

不意に以前、誰かから聞いた話を思い出した。盲人は健常者よりも聴力が優れているという話だ。これは、人間の五感がそれぞれ補完し合うようにできており、どれか一つの感覚が失われると他の感覚がその欠落分を補うからだと言う。その顰《ひそみ》に倣えば今の古手川が皮膚で物を見、皮膚で音を聞けても不思議ではない。

それにしても浅はかだったと古手川は臍《ほぞ》を噛む。普段置いてある物に身を隠せば音の探査から免れることができる――窮余の一策だったが、当然そんなことは部屋の主なら一番に思いつくことだ。そしてこの部屋でそれが可能なのはベースキャリーの裏しかない。

とにかく気配を消さねばならない。古手川は下水道に身を潜めるネズミを思い浮かべる。呼吸を止め、可能な限り身を縮める。

だが身体を丸くして蹲っていると急に寒けが襲ってきた。

体表面ではなく身体の芯から熱が逃げていく。痛みは鎮まるどころか逆に範囲を広げているが、一方で感覚が麻痺し始めた。体表面は燃えるように熱いのに内部は冷えている。

意識が次第に薄らいでいく。遠のいているのではない。明らかに消失しかかっているのだ。驚いて身を起こそうとしたが、もう一センチも動けなかった。肉体のどの部分も命令を聞こうとしない。激痛に耐え続けたことで体力の殆どを消耗したようだ。

待ってくれ。心で叫んでみても消えかけた生命の火は呼吸する度に小さくなっていく。脈拍が弱く、そして確実に遅くなっていく。

この五日間で二度も死ぬような目に遭っても何とか生き長らえたが、どうやらこれが三度目の正直になるらしい。

死が自分の真横に横たわっているのが、はっきりと分かった。

もう身を隠す物も逃げ回る体力もない。残っているのはもはや信号弾の代わりにしかならない二発の弾丸と――。

いや。

薄れゆく意識が僅かに明滅した。たった一つだけ弾丸を有効に使用する方法があった。何故、最初からこの手を思いつかなかったのか。理由は自ずと明らかだった。こんな破れかぶれな方法は最後の最後にならなければ思いつくものではない。

あと一分。

あと一分で良いから時間をくれ。

渾身の力を込め、左手だけを支えに上半身を起こす。すると背中が壁に当たった。有難い。古手川はそのまま壁に体重を預けた。どうやらこれが最後なので幸運の女神が憐れんでくれたらしい。

咳払いをしようとしたら、げぼっと大量の血反吐《ちへど》がこぼれ出た。

「有働さん、俺の負けだ」

何とか声も出た。

「あんたの言った通りだ。あと一発やられても、このまま放置されてもどの道、俺に勝ち目はない。遅かれ早かれくたばるだろうさ。だけど最後っ屁だけはかまさせて貰おう。さっき、あんたはこの部屋が自分の城だと言ったな。しかし、もっと大事な物を忘れてやしないか？」

どこかで、はっと息を呑む気配がした。

「こんな真っ暗闇でも中央にでんと構えているピアノの位置だけは見当がつく。何せグランドピアノ二台だからな。俺のヘボな射撃でも多分当たるだろう。三十二口径の弾の破壊力を知ってるかい。至近距離で撃てば木製の楽器なんぞ一発でおシャカだ」

「止めろ」

ひどく久しぶりに聞くようなさゆりの声。だが、もう耳障りでしかなかった。

壁を背にしているので凡その中心は分かる。狙いをその地点に向けて、静かに引き金を絞った。

闇の中で銃口が火を噴いた。

破砕音。そして複数の弦が千切れ飛ぶ音——。

余韻が消え去る前に、それはやってきた。

「ぐあああああっっ」

野卑な叫び声、それも怒りに我を忘れた獰猛な肉食獣の声。

次の瞬間、腹に巨大な塊が突っ込んできた。

鳩尾の辺りに鈍痛と冷たい異物感があった。果物ナイフで刺されたのだ。切っ先の鈍いことが刺された触感で分かる。

万事休す——だが、それは敵にとってもだ。

逃がして堪るか。

古手川はナイフを握り締めた手を確認し、そこに手錠を嵌めた。

「捕まえたよ……有働さん」

あっとさゆりが叫んだ時にはもう片方の環が古手川の右手首に掛かっていた。目論見に気づいたさゆりは一度ナイフを引き抜いて呪縛を解こうとするが、手錠は古手川の右腕を吊り上げるだけで決して外れることはない。

刃を引き抜いた箇所からごぼりと血が流れ出る。その音を耳にして古手川は漸く観念した。風船から空気が洩れるように腹に空いた穴から生命が洩れていく。

「あんたを……ここまで近づけさせるには……もうこの手しか……なくてな」

「は、放せええっ」

その時、部屋の片隅で聞き覚えのある電子音が鳴った。携帯電話の受信音だった。

この時間に架けてくるような覚えのある人物は一人しかいない。

「本部からの……上司からの連絡だ。ずぼらに見えるが事細かい上司でね……夕方までには帰ると約束していたのさ……もうすぐ警官隊と一緒に……駆けつけてくる」

「か、鍵っ」

「残念ながらここには持ってないんだ」

古手川は銃口でさゆりの体表をなぞり、脛の部分に行き着くと最後の一発を撃った。

さゆりは、また野獣の声で絶叫した。ちくりと胸が痛んだが、もう後悔はなかった。

「悪いね、有働さん。こうでもしないと、あんたは温和しくしてくれそうにない……

さあ、手錠を外すには俺の手首を切り落とすしかないけど……だがそんな鈍《なまく》らなナイフでやれるかな？　……それに手錠から逃げられても、弾の貫通した足を引き摺っては遠くまで逃げられないよ……だから、二人でパトカーの到着を待とうじゃないか……」

そして、その言葉を最後に古手川の意識も闇の中に消えた。

2　十二月三十日

「有働さゆりの元の名前は嵯峨島夏緒《なつお》と言います。府中の医療少年院を出所する際、家庭裁判所に改名を申請すると家事部の審判官はすぐに許可してくれました。改名を提案したのは私だったが、彼女は新しい名前を非常に気に入っていましたね」

研究室に射し込む夕陽が御前崎の顔を朱く染めていた。

「そうです。そして嵯峨島夏緒は出奔した母親の旧姓である島津姓と新しい名前を得て島津さゆりとなり、更に二十六歳になってから有働真一と婚姻し有働さゆりとなった。そうした経緯で姓名の変わった彼女は警察庁のデータから漏れてしまったのです。勿論、過去の戸籍を申請すれば一応はその経過を辿れるのですが、誰も彼女の過去に着目しようとしなかった。しかし、本当は有働さゆりの口から府中の少年院に収容されていたと聞いた時点でピンと気づくべきだった。府中市の少年院と言えば精神疾患を持つ者を対象とした医療少年院ですからな。もっとも彼女が保護司であるという事実そのものが追及の手を鈍らせていた一因ではありますが」

　渡瀬の言葉は皮肉よりは非難に近い。

「それを言われると耳が痛い。保護司選考会から候補者を報らされ、その中に彼女の名前を見つけた時、実は私も逡巡したのですよ。彼女自身がかつて医療刑務所にいた事実を告げれば、当然選考会は彼女を候補者から外したでしょう。しかし、私は彼女の治療が成功したと信じていました。また、彼女も様々なピアノコンクールで入賞を果たす一方、当時ではまだ珍しかった音楽治療の分野でも才能を開花させていた。選考委員が着目していたのはまさにその点だったので、今更過去に拘泥するのは無意味と思えたのです」

「成る程。だから貴方は選考会には彼女の過去を伏せた。いや、それどころか強く推薦までされた」

「それが私の不見識だと言われれば返す言葉もありません。彼女の精神性、延いては私の治療技術を過信した故の驕《おご》りでしかなかった」

「有働さゆり、いや嵯峨島夏緒の回復はそれほど目覚しいものだったのですな」

「左様。彼女の症例と治療のプロセスは、その後の精神治療における一つの雛型になった感すらありました。彼女は十歳の頃より実父から性的虐待を受けていました。元来内向的な性格で学校にも相談する相手はおらず、家ではずっと父親に従属していたようです。そして、或る時を境に彼女は小動物を殺すことを覚えました。最初は虐待され続けている自己に対しての代償行為だったのでしょう。ところが、この行為がエスカレートしていくと人格の解離が起こり同一性も失われてしまう」

「多重人格障害……今で言う解離性同一性障害ですね」

「ええ。父親に支配される夏緒がいる一方で、小動物の生殺与奪を握る支配者としての夏緒が存在していた訳です。当初は主人格の防衛機制として機能していた交代人格でしたが、この二つの主従関係はやがて逆転し、遂に夏緒は近所に住む幼女を殺害するに至りました」

「やっと思い出しましたよ。当時、マスコミを大いに賑わせた事件でしたな。加害者少女への性的虐待が一種の免罪符のようになり、その後より猟奇的な殺人事件が続出したためにいつしか人々の耳目から遠ざかってしまいましたが」

するると御前崎は自虐気味に微笑って、

「人々の興味が薄れたのは好都合でした。私を始めとしてスタッフが雑事に捕らわれず治療に専念することができましたからね」

「彼女にどういった治療を施したのですか」

「多重人格についての旧来の治療は人格を一人ずつ消していく人格統合というものでした。しかし……いや、こんな長話は身体に障りませんかな。そちらの方には」

そう言って、御前崎は渡瀬の横で身じろぎもしない古手川を見やった。気を遣うのも無理はない。最初にこの部屋を訪れた際は生意気風を吹かせていた古手川も今は車椅子の生活を余儀なくされていた。両足にはギプス、右手も固定されている。顔一面に絆創膏が貼られ、肌の露出している部分の方が少ない。さながらミイラ男といった風情だが、それでも古手川は左手を振って、

「俺のことは、気にしないで下さい」

「済みませんね、教授。見苦しいモノをお見せして。しかし、こいつがどうしてもついていくって聞かないもので。さ、続けて下さい」

「まあ、宜しいのでしたら……さて、必要上発生した人格を無理に消去することは却って症状を悪化させるという批判もあり、現在は各人格の精神を安定させるべきという考えが一般的です。嵯峨島夏緒の場合は丁度、その転換期でした。そこで私、いや我々スタッフは今ある人格を変えるのではなく、もう一度彼女を最初から育て直そうと考えました。そのために矯正プロセスに設定したテーマは二つ、つまり生命尊重と贖罪《しょくざい》意識です。熱帯魚を育てさせ、生命に対する愛情を育む教育、そして人間交流の中で認知の歪みや価値観の偏りを改めさせて一般社会と共通の感覚を持たせる試み。

つまり、それは情操教育の再開に他ならない。スタッフは彼女の擬似家族となってその成長に一喜一憂しました。しかし意外だったのは彼女の情操を高めたのが小動物や擬似家族との触れ合いではなく、音楽との出会いだったことです。やはり情操教育の一環として楽器を与えたところ、彼女はピアノに非常な興味を示したのです。天賦の才能があったのでしょう、彼女は練習曲を一通りこなすと、めきめき腕を上達させていきました。またそれと同時に、音楽に込められた喜怒哀楽、情熱、優しさといった感情を精神の中に取り込んでいきました。何のことはない。我々十数人のスタッフが束になっても一台のピアノに敵わなかった。音楽を両親として、或いは教師として、そしてまた友人として彼女は目覚しい勢いで人間性を取り戻したのです。日常会話、また様々な心理テストを経て彼女の認知が健常者と同様であることを確認した私たちは、著名なピアニストに彼女の演奏を見て貰いました。そのピアニストは一曲聴き終わるなり、すぐに彼女を音楽校に入学させるよう提言しました。そして幾歳月の後、ピアニスト有働さゆりが誕生したのです」

「心打たれる成功例ですな」

「それは皮肉ですかな？　いや、今となってはそう言われても仕方ないが、当時の我々にとって彼女は希望の星だった。彼女の成功のお蔭でどれだけ我々の精神治療に自信が持てたか部外者の方には想像もつきますまい。だからこそ今度の一件は誠に残念でした。痛恨極まる。慚愧《ざんき》に堪えない。有働さゆり逮捕の報せを見聞きし、当時のスタッフは皆肩を落としていることでしょう。深遠なる音楽の力をもってしても、遂に彼女から狂気の芽を摘み取ることはできなかった……殺人を享楽とする人格は精神の奥深くでずっと息を潜めていた。だが、私はそれを見定めることができなかった」

そう言って御前崎は深く頭を垂れた。それは精神医学界の重鎮が一敗地に塗れた瞬間だった。

その様を渡瀬はいつもの半眼で眺める。

「彼女は、これからどうなるのでしょうか?」

「恐らく教授の予想されるようになるでしょうな。当真勝雄の場合は精神遅滞だったが、有働さゆりの場合は明らかに人格障害です。弁護側はまず間違いなく三十九条を持ち出し、結果的に彼女は医療機関に収容されるでしょう」

「可哀想に。二十五年も経ってまた彼女は元の場所に送還されるのですな」

「時に教授。私のような素人にはもう一つ理解できんことがありましてね。その息を潜めていた人格は何故また急に発現したんでしょうか。有働さゆりの息子に対する虐待は丁度夫が家を出てからのことと考えられますが、その事実と何か関連があるのでしょうか」

「いや……彼女の精神鑑定の結果を待たなければはっきりとしたことは何も言えませ

ん。それに第一、私には如何なる意見も述べる資格はありません。これ以上の口上など恥の上塗りでしかない」

「ふむ。では、素人の空想じみた推論をお聞き頂くというのは如何ですか？　患者の妄想を聞かれるのは馴れていらっしゃるでしょう」

「私に渡瀬さんの推論をあれこれ批評する資格はないと思いますが……」

「ご謙遜ですな。さて、私ども捜査本部も今度の事件では散々苦しめられました。何しろ犯人は狡猾でしたから。あたかも異常者の犯行に見せかけた残虐な殺害方法、当真勝雄の日記を効果的に使った恐怖心を煽る演出、被害者をカルテから五十音順に択んだ着眼点。特に秀逸だったのがカエル男という犯人像の創造です。勿論、その名前はマスコミの命名によるものですが死体の見せ方とメモの内容によって、我々にはカエル男が冷静沈着な殺人享楽者であるというイメージが定着してしまいました。そのイメージはあまりにも際立っていたために強迫観念に捕らわれた市民がパニックを起こしたのはご存じの通りです。そして、そのカエル男の役に自閉症の当真勝雄を振ったのも配役の妙でした。当初、彼が一連の犯人であるとされた時、誰一人としてそれを疑う者はいませんでしたからな。誠に有働さゆりという犯人は人々の心理を知り尽くした稀代の犯罪者であり、立案した計画は完璧だった。唯一点を除いては」

「唯一点。それは何ですかな」

「有働真人の死体処理に勝雄本人を巻き込んだことです。それによって現場に勝雄の足跡を残し、且つ勝雄自身の記憶に死体処理の状況を刻み込むという狙いは充分理解できるが、それは同時にさゆりによる指示であった記憶をも刻みつける危険性がある。心理学の専門家でもない彼女にすれば博打《ばくち》のような行動だ。そんな危ない橋を渡るくらいなら、いっそ現場には何の手懸りも残さない方が賢明です。何故なら沢井歯科に残されたカルテは早晩発見される手筈になっていたでしょうし、勝雄の部屋に残された日記と凶器だけで彼に濡れ衣を着せることは容易だからです。そう考えると、勝雄に死体処理を手伝わせたことは全くの蛇足だ。彼女は勝雄の足跡を残すつもりが、実際には自分自身の足跡を残してしまった。不必要である上に危険ですらあり、計画全体の緻密さから見てもひどく浮いている」

「確かにその点は考え抜かれているとは言い難い。しかし、犯罪者とは往々にしてミスを犯すものではありませんかな。そうでなければ警察も彼らを検挙することができますまい」

「私の言いたいことはミスの種類が異質だということです。犯罪者、殊に知能犯の犯罪というものは全体が首尾一貫しているものです。それがたとえミスであっても、らしいミスであるのが普通です。ところがこれは当真勝雄を犯人に仕立てるという手段に沿うようでいて、自分は常に影に隠れるという本来の目的から逸脱している。それまでの用意周到さを考えれば水彩画の上に油絵具を塗ったような違和感がある。不自然と言っても良い。そう、まるで故意に犯したミスであるかのように。まるで彼女の犯行であるというサインをわざと残すかのように。すると、こんな疑問が生まれませんか？　果たして今回の計画は彼女の立案によるものだったのか。ひょっとしたら、有働さゆりもまた誰かの操り人形ではなかったのか」

「貴方は一体、何を」

「今の今まで消失したと思われていた別人格が何故また急に発現したのか。それには何らかのきっかけがあったと考えるのが妥当です。では、彼女にそのきっかけを与えられた者は誰なのか。今度の事件は三重構造なんですよ。自分こそがカエル男だと信じた当真勝雄。その勝雄を操って犯人に仕立て上げた有働さゆり。そして自分こそが全ての計画の立案者であると有働さゆりに信じさせた第三者。その人物こそが全ての計画を練り、有働さゆりと当真勝雄を人形のように操って今回の悪夢を演出した。不安に駆られる群集心理を巧みに扱い、計画実行のためには哀れな当真勝雄を犯人に仕立て上げることも、有働さゆりに実子殺しをさせることも躊躇しなかった。残忍にして冷徹、周到にして狡猾な脚本家兼演出家。それは御前崎教授、貴方だ」

古手川は自分の耳を疑った。慌てて御前崎の方を見るが、名指しされた老教授は驚きも怒りも表わさない平静さで渡瀬を直視している。

「それは、本気で仰っしゃっておられるのかな」

「はて。私は妄想と申し上げた筈ですが」

「やはり面白いお方だ。この老いぼれがあの犯罪の一部始終を目論んだのだと？」

「三千万円というカネを得るために実の息子を殺す。その動機を隠蔽するために無関係な犠牲者を増やして無差別連続殺人に見せかける。しかもその犯人として知的障害を持つ少年を用意し、彼には犯罪の記憶を刷り込む――それがあたかも自分の考えであるかのように思い込ませる。そんな芸当は、有働さゆりの精神治療に携わってきた貴方にしかできない。そして寛解状態にあった彼女から忌まわしい別人格を呼び起こすことも」

「貴方は人間の精神というものをひどく単純に捉えているようだ。ヒトの心はコンピュータのデータのように簡単に削除したり起動できるものではない」

すると渡瀬はコートの中から小冊子を取り出して見せた。

「それは？」

「『外傷再体験セラピー批判』。今から二十年も前に貴方が著した論文です。ここの資料室にあったものを探させました」

「おお。そう言えばそんなものを書きましたな。いや、何と懐かしい。当の本人もすっかり忘れておったのに」

「外傷再体験セラピーというのは当時アメリカの精神医学の分野で提唱された治療法の一つです。つまり精神障害者にその障害の元凶となった出来事を催眠状態で再体験させ、医師の助力を得て克服することで精神的外傷を取り除くという手法です。報告例を見ると確かに成功した症例も多々あったようだが新しい手法には常に批判がつきまとう。この論文を拝見すると教授は随分とこの治療法に懐疑的だったようですね」

「左様。患者の完治を性急に目指さんがため慎重さに欠けるきらいがありましたから。要は催眠セラピーの応用ですが、これは患者とセラピストの間に堅固な信頼関係がなければ成功しない」

「ええ。そして再体験した後の処理がまずければ患者の心的外傷をより露呈することになり、パニックや自殺を誘発しかねない。原因が軽度のものであればともかく、傷害や虐待といった深刻なものであった場合、再び怪物を呼び覚ましてしまう可能性をも内包する……論文の主旨はそういうものです。患者とセラピストとの堅固な信頼関係。有働さゆりにすれば、自分に一から情操教育を施し音楽を与えてくれた教授こそ絶対的な信頼を寄せる相手だった。娘を性欲の捌《は》け口にしていた実父よりは遙かに父親らしい存在だったでしょう。言い換えれば貴方こそ彼女の精神に再度外傷を与えることが可能だった。一度彼女を回復させた技術を持ち、その精神構造も寛解状態に至る道筋も知悉していた貴方にこそ眠っていた狂気を引き出すことが可能だった」

「ふむ。彼女が私に絶対的な信頼を寄せていたという指摘には有難く同意致しましょう。しかし、何故私がそんなことを？　たかが住宅ローンの返済のために母親が実の子を殺めるのを見て愉しんでいたと？　カエル男なる殺人鬼の跳梁跋扈に怯える市民の反応を見て悦に入っていたと？」

「いや、貴方にはもっとれっきとした動機があった。主目的の殺人の動機を隠すための連続殺人という構図自体は正しかったが、それは保険金目当ての息子殺しよりも明快で深い動機……復讐だった」

「私が？　誰に？」

「三年前の松戸市母子殺人事件で貴方の娘さんとお孫さんを殺害した少年。そして刑法第三十九条を持ち出して彼を無罪にした弁護士こそ四人目の被害者衛藤和義だった。貴方は最初から衛藤和義に復讐するために今回の計画を立てた。有働さゆりは実子殺しを隠蔽するために五十音順殺人を考えついたと自分では思っているが、実は衛藤和義殺しが計画のメインであり、有働真人殺しもまたカムフラージュに過ぎなかった」

「成る程。確かにあの時の弁護人は衛藤とかいう名前でしたな。しかし、それだけで私が四つの殺人を計画したと言うのは些か牽強付会《けんきょうふかい》に過ぎますまい」

「その通りです。しかし、ここに一つ偶然が重なった。教授。あなたは昨年の暮れ、飯能市市民会館へ講演に出向かれましたね。記録によれば障害者教育のシンポジウムに招かれたそうで」

「ああ。そんな催しがありましたな」

「ところがそのシンポジウムの開演間近になって、貴方は突然の歯痛を訴えられた。貴方は地元に在住していた有働さゆりに腕が良いと評判の沢井歯科を紹介して貰った。沢井歯科には貴方のかつての患者である当真勝雄が勤務していたから多少の縁もあった。そして、沢井歯科に赴いた貴方はそこで衛藤和義を目撃したんだ」

渡瀬は一旦言葉を切る。しかし、御前崎は黙ったままだ。

「実は当真勝雄が逮捕された当日、私はカルテの中から貴方の名前を見つけていたのです。貴方が沢井歯科に飛び込んだ丁度その日、入院先の医療センターから歯の治療の必要な患者が送られており衛藤和義もその一人だった。貴方の初診日がその日と重なったのは正に偶然でした。奇しくもお二人の診察時間は共に午後一時。これもカルテで確認できました。だが、貴方にとっては必然だったのではないですか？　愛娘と孫の仇である男が今は車椅子の世話になりながら不遇を託《かこ》っている。折しも有働さゆりからは住宅ローンの滞納について相談を持ち込まれている。貴方はこの偶然をまたとないチャンスと捉えた。そして考えついたのだ。有働さゆりを主犯とし当真勝雄を操り人形とした五十音順の連続殺人を。貴方は当真勝雄の治療スタッフでもあったかから彼の日記も見ていた。カルテから犠牲者を択ぶのも医師ならではの発想だ。貴方は計画の全てを立案すると、それをそのまま有働さゆりの意識下に刷り込んだ。勿論、彼女の足跡を残すために死体処理の場に当真勝雄を参加させることも忘れずにだ。事態は何から何まで貴方の思い通り推移した。我々が有働さゆりの関与を知らないままであれば当真勝雄が全ての罪を被れば良い。もし勝雄が現場にさゆりのいたことを思い出して彼女に我々の手が伸びたとしても、主役の座が交代するだけで貴方が捜査網の外にいることに変わりはない。完璧ですよ、教授。貴方は自分の手を一度も汚すことなく衛藤和義への復讐を果たした。当真勝雄も有働さゆりもそして我々も、いや飯能市の市民すら貴方の操り人形でしかなかった」

渡瀬は喋り終えると御前崎を真正面から捉えた。御前崎は眉一つ動かさなかった。

「全く大した妄想ですな。年季の入った警察官の誇大妄想としては傾聴に値する。ただ、どんなに全体が論理的で細部が明瞭であっても、やはり妄想は妄想に過ぎない」

「何故ですか」

「形を成した証拠が存在しないからです。現実認識と妄想の相違点が正にそれです。わたしと一連の事件との関係を示すものは唯一、歯科医院に残されたカルテだけだが、それで私を起訴するのは不可能でしょう」

「仰せの通りです。だからこそ完璧だと申し上げました。仮に有働さゆりに催眠療法を施して深層心理から貴方の声を聞き出せたとしても、殺人教唆《きょうさ》すら貴方には科せられない」

「そう。何しろ相手は責任能力を問われない心神喪失者ですからな。その心理に何が残っていようと、とても法廷で証拠として採用されるものではない。そしてまた、彼女自身も刑法第三十九条の恩恵を受ければ実刑に処されることはない。不思議だとは思いませんか、渡瀬さん。四人もの生命が奪われながら、実行犯が精神障害者というだけの理由で誰も罪に問われない。誰も罰を受けることがない。これがこの国の法の精神なのですよ」

「まさか……まさか貴方の復讐の対象は、衛藤弁護士個人ではなく三十九条だったのですか？」

御前崎は唇の端を歪めて嘲笑った。それは温厚な老教授が初めて見せる貌だった。

「渡瀬さん。貴方は大変頭脳明晰《めいせき》でいらっしゃる。しかも見たところ実直な性格でもあるようだ。私との会見に録音機を忍ばせるような愚行もなさらないでしょう。音声データにどれだけの証拠能力があるかはとうにご存じの筈だ」

渡瀬がジャケットの裏地を開いて何も装着していないことを示すと、御前崎は満足そうに頷いた。

「さて。今まで貴方の失礼極まりない妄想にお付き合いしたのですから、今度は私の妄想も聞いて頂きたい。仕事柄、他人の妄想を聞くばかりですからな。たまには許して貰おう」

「ご随意に」

「先ほど三年前と言われたが、愛する者を奪われた身にはまだ昨日の出来事のように思える。犯人である少年の手前勝手な理屈、好奇心丸出しの取材合戦。口惜しくも呪わしくもあったが、それはもう良い。我慢ならなかったのは弁護側の主張と、それを是とする世論だった。思い出したような精神鑑定、しかも担当したのは弁護士の知己を得た尻の青い鑑定医だ。ところが世論の多くはその鑑定医の氏素姓も知ろうとせぬまま、心神喪失者という鑑定結果だけでかの少年を赦そうとした。世論に乗った一審も、そして高裁も。検察側の再鑑定不要の判断も甘かったが、それよりも少年の小狡《ずる》い演技とインチキ鑑定と姑息《こそく》な法廷戦術が真実を歪曲《わいきょく》させた。控訴棄却後の記者会見であの弁護士は破廉恥にも、社会的弱者の人権が報復感情を乗り越えたのだとほざいた。世論も法曹界も刑事責任の追及よりは少年の健全育成が重要なのだと言う。良かろう。人を殺めた者も寛解状態を認められれば社会に復帰する。それも良かろう。だが、それは人を食らった獣を再び野に放つことだ。野に放てと叫んだ者は、その獣と隣合わせに暮らす恐怖を味わう義務がある」

「だから、その目的のために心神喪失者を利用したと言うのか」

「彼らがどんな罪を犯そうが誰も罰することはできない。殺された四人の遺族はさぞかし無念だろう。今回ばかりは世論も三十九条を永らえさせたことを後悔するだろう。あの時、法廷の壇上から裁判長はこう言った。遺族感情と処罰感情は違うと。そんなことは分かっておる！　法廷は復讐の場ではないと？　そんなことも分かっておる！だからこそ法廷の外を復讐の場所に選んだのだ。そのためには鬼畜にもなろうと私は誓った。あんたが言った通り、急な歯痛で訪れた歯科医院で衛藤の姿を見た時、私は絶好の機会を復讐の神から与えられたと思った。そしてその頃、有働さゆりから借金返済の悩みを相談され、彼女が情緒不安に苛まれているのを知っていたので、直ちにそれを利用しようと考えついた。後の詳細はあんたの妄想した通りだ。有働さゆりの中から嵯峨島夏緒を呼び出すことは予想以上に簡単だった。以前にも説明した通り、回復したと言っても彼女の中から完全に殺人享楽者の人格が消え失せていた訳ではない。精神の奥深い部分で休眠していただけなのだからね。彼女が密かに実子に虐待を加えていたことも承知していたから、大金を得るために息子を殺させること、そしてその動機を隠すために無関係な者三人を殺すよう働きかけるのも簡単だった。嵯峨島夏緒が父親に従属したように、再生された彼女もまた父親としての私には従属せざるを得なかった。それに外傷再体験セラピーは私も初めてではなかったし、彼女の外傷は音楽なんかで完全に消去できる種類のものでもなかった。心が忘れても肉体がその痛みを記憶していれば尚更だった」

「外傷再体験って……まさか貴方は」

「彼女の心的外傷は実の父親から犯され続けたことだ。そう、もうお分かりだろう。私は彼女の家に相談者として招かれた際、あの防音完備の部屋で彼女を犯したのだよ！　何度も何度も、何時間にも亘って！　父親同然の存在である私に陵辱された彼女は茫然自失となった。そんな状態で殺人計画を刷り込むのは、テープに自分の声を吹き込むくらい容易い作業だったよ。彼女を凌辱しながら私は耳元で囁いてやった。圧倒的な暴力の前では音楽など何の役にも立たないこと、この世界では利己主義と奸計でしか生き残れないことを。三年間かけて育んだ情緒を破壊するには数時間で事足りた。そして、あんたたちも私の期待通りに動いてくれた。蓄積された心神喪失者の犯罪歴データから当真勝雄をマークし、ちゃんと衛藤が殺されてから逮捕してくれた。市民も予想通り姿なき殺人鬼に周章狼狽《しゅうしょうろうばい》し、警察の拙速な捜査を後押ししてくれた。もっともパニックが昂じて警察署を襲撃までしたのは予想外であったがね」

　御前崎は薄く笑いながら、ゆらりと立ち上がる。

「年寄りの戯言にお付き合い頂いて感謝する。実は誰かに話したくてうずうずしておったのだよ。やはり勝利宣言は独り言ではつまらない。聴いてくれる者、称賛してくれる者がいなければ勝利の実感が湧かん」

「この、外道！」

古手川はそう叫ぶと、車椅子ごと御前崎に向かおうとした。

だが、それを渡瀬の腕が止めた。

「止めとけ」

「だ、だってこのままじゃ……」

「聞いてなかったのか。俺と教授の話したことは両方とも妄想だ。証拠も何もない戯言だ。それに、いくら悔しがっても今のお前じゃ、あのご老体に青痣一つつけられねえ。長居しても胸糞が悪くなるだけだ。帰るぞ」

「その方が宜しいでしょうな」

勝ち誇ったような御前崎を横目に、渡瀬は車椅子を押してドアに向かう。

そして一度だけ振り返った。

「教授。衛藤和義は死んだ。しかし、インチキな鑑定を下した鑑定医と娘さんを手に掛けた少年はまだ生きている。貴方はその二人にも復讐するつもりなのか？　最後だから言っておく。復讐するのは神だ。人間じゃない」

御前崎はしばらく考え込んでから、ふん、と鼻で笑った。

大学校舎を出ても、半分ビルの陰に隠れた夕陽は血の色をしていた。

古手川は不自由な我が身を改めて呪った。車椅子の身では御前崎に詰め寄ることも、ましてや襟首を掴み上げることさえ適わない。目の前に悪魔がいたというのに。人の心を弄び、自らは指一本動かさずに四人の生命を虫けらのように屠った張本人が嗤っていたというのに。

結局、自分には何もできなかった。真犯人に手を触れることすらできなかった。

「畜生……畜生……畜生……」

ポケットからそれを取り出す。不恰好な風車。真人が自分にくれた手作りの品。あの日、真人に渡された時からずっと持っていた。片時も手放したことがなかった。

その風車が風を受けて軽やかに回り始めた。

夕陽の赤が目に沁みた。急に目頭が熱くなり、気づいた時にはもう遅かった。膝頭《せき》にぽたぽたと水滴が落ち始めた。母親や友人が逝った時にも流れなかった涙が、堰を切ったように止め処なく溢れている。哀しんでいるのか憤っているのか自分でも分からない。分かるのは涙の熱さとこのまま消えてしまいたいという申し訳なさだけだ。

自然に声が出た。もう人目を憚《はばか》る余裕はなかった。迸《ほとばし》る熱い塊を拭おうともせず、古手川は号泣した。

不憫だった。老人の復讐心の巻き添えで母親に殺された真人も不憫なら、心を好きなように弄ばれて忌まわしい自分と再会させられたさゆりも不憫だった。

ひとしきり泣いて幾分嗚咽が治まった頃、肩にぽんと手が置かれた。

「古手川よ。こんなことは一度しか言わんからよく聞け」

ゆっくりと気がついた。名前で呼ばれたのはそれが初めてだった。

「胸の辺りが痛いだろうが、その痛みを大事にしろ。刑事の仕事を続けるうちは絶対に忘れるんじゃない。いいか。褒章や自己満足じゃなく、お前はお前の泣いている人間のために闘え。手錠も拳銃もお上から与えられたんじゃない。かよわき者、声なき者がお前に託したんだ。それを忘れない限り、お前は自分を赦せないような間違いを起こさずに済む。たとえそれでまた手痛い裏切りやしっぺ返しに遭ったとしても、愚かかも知れんが恥ずべきことじゃあない」

この男はこんな話し方もするのか。

言葉が胸の罅割れを埋めるように沁み込んでいく。

復讐ではなく救済のために闘う。

それができた時、掌に残る傷跡はきっと今までとは違う意味を持つのだろう。

だが、それでも割り切れない気持ちは残った。

「……復讐なんかじゃない」

「何？」

「さっき班長はそう言ったけど、あの爺さんがしたことは復讐なんかじゃない。いくら娘の無念を晴らすためでも、自分で手を汚さずに無関係な人間を巻き添えにするなんてただの腹いせじゃないか。あの爺さんは嘘を吐いている」

「その通りさ。ただな、嘘ってのは他人に吐くんじゃない。大抵は自分に吐いているんだ。そうやって嘘吐きは自分の首を絞めていく」

「班長。あの爺さんはまだ本当にこんなことを続けるんですか。鑑定医と収監中の少年を亡き者にするまで……。何とか止める手段はないんですか。あの爺さんのしたことを俺たちは知っている。これからしようとしていることも知っている。それでも、それを止めさせたり罰することはできないんですか」

渡瀬は唇を一文字に引いて黙り込む。分かっている。何か手段があるのならこの男は口にする前に実行している。

やがて目の前で完全に夕陽が沈んだ。迫りくる闇の中で風車はまだ回り続けている。

「最後に教授に言った言葉な」

「え？」

「あれは聖書の中の一節だ。だが仏典の中にもなかなか含蓄のある言葉があってな……因果応報ってやつだ」

＊

目の前の男はとにかく喋り続けていた。

「今説明した通り、警察が君にしたことは単なる誤認逮捕でもなければ単なる違法捜査でもない。重大なる人権侵害だ。君のように、その、何だ。自己表現が不自由なのをいいことに好き放題、冤罪すらも顧みない強引な捜査手法だ。丸腰で無抵抗の君に発砲までした。見ていたまえ。必ず県警本部の謝罪と相応以上の損害賠償金を」

ベンゴシと名乗った男はこちらの相槌も確かめないで喋っているので、きっと自分に話しているのではないのだろう。当真勝雄はそう判断した。

「警察医の話では足の銃創も二週間で包帯が取れるそうだ。正月三が日は残念ながらベッドの上で過ごすことになるが、退院後はすぐに元の生活に戻れる。訴訟関係について君は何も心配することはないよ。全て僕に任せておけば良いからね」

元の生活に戻れる、というくだりは理解できたので勝雄はほっと胸を撫で下ろした。ソショウもバイショウキンもどうでも良かった。勝雄には以前の生活を取り戻せるかどうかだけが関心事だったからだ。

以前の生活に戻ったら、最初にすることはもう決めてある。

近所のホームセンターであれと同じようなハンマーを買うのだ。無論、ビニール紐も忘れてはいけない。何を措いてもその二つは必需品だ。

何故ならそれはカニル男の証となる物なのだから。

有働先生は少し狡いと思った。自分が入院している間にカエル男の称号をちゃっかり奪ってしまった。だが勝雄には分かっている。有働先生は自分の代わりに捕まってくれたのだ。自分にあの続きをさせるために。

自分はその期待に応えなくてはいけない。元の生活に戻ったら、すぐ五人目の獲物を渉猟《しょうりょう》しなくてはいけない。

だが、その居場所は既に明らかだ。五人目は有働先生の指示ではなく自分で選んだ。マツドシシラカワチョウ三―一―一。一度網膜に映ったカルテの情報は記憶に刻まれて消えることがない。駅名表示は平仮名なので勝雄にも判読できる。電車を乗り継げば勝雄の住処からも辿り着けるだろう。

五人目の名前も勿論、覚えている。

――オマエザキムネタカ。

この物語はフィクションです。もし同一の名称があった場合も、実在する人物、団体等とは一切関係ありません。

〈参考文献〉

『現代殺人論』作田明著　PHP研究所　二〇〇五年
『精神鑑定の事件史』中谷陽二著　中央公論新社　一九九七年
『犯罪心理学入門』福島章著　中央公論新社　一九八二年
『私たちはなぜ狂わずにいるのか』春日武彦著　新潮社　二〇〇二年
『少年A矯正2500日全記録』草薙厚子著　文藝春秋　二〇〇四年
『音楽療法を考える』若尾裕著　音楽之友社　二〇〇六年
『メフィストの牢獄』マイケル・スレイド著　夏来健次訳　文藝春秋　二〇〇七年

〈解説〉
職人・中山七里の懐の深さが垣間見える快作

茶木則雄（書評家）

二〇〇九年度第8回『このミステリーがすごい！』大賞の二次選考会は、二次と最終の兼任選考委員を引き受けて以来もっとも印象深い議論の場のひとつだ。応募総数三百五十本のうち、一次を通過した作品が二十一作品。通年より三割程度多い候補作の中に、同じ著者による作品が二本同時に上がってきたことで、極めて異例の決断を迫られたからである。

新人賞に複数の作品を応募してくる作家志望者は珍しくない。短編賞の場合は特にだが、長編賞でも数打ちゃ当たるとばかり、二本、三本と送ってくるツワモノは、少なからずいる。が、そうした応募作の大半は、一次通過すら覚束《おぼつか》ないものであることが多い。作品を何本も送ってくる余裕があれば（たとえそれが他の新人賞で落ちた使い回しであったとしても）、一作に絞ってとことん推敲《すいこう》した方が、はるかに有益だからだ。だが、そうしたなかにも力量のある作家志望者は稀《まれ》にいて、複数応募作が一次を通過することがある。しかしこうした場合は、作品に優劣をつけてどちらかに絞るのが通例だ。世に出るべき応募者の才能を見極め、作品数を絞ることこそが、予備選考会の役割だからである。

ところが、中山七里の『バイバイ、ドビュッシー』と『災厄の季節』は両方とも、レベルが極めて高く、甲乙つけ難い出来栄えだった。いや、単に甲乙つけ難いだけなら、徹底的に議論を交わして決着をつけただろう。問題は、二つの作品のタイプが全く違っていたことだ。「今回、同じ作者による二つの作品を最終に残すという、ミステリー系新人賞史上たぶん前代未聞の決断に踏み切ることにした。両作品とも水準が高く、なおかつ傾向が全く異なるため、どちらかに絞るのは難しいと判断したためである」（千街晶之《せんがいあきゆき》委員）「新人賞の予選で複数作を応募する投稿者の作品を読むことは珍しくないが、複数作がいずれも優れた作品だったのは初めてのことである。それも、タイプの異なる二作品で、いずれもが上出来だった」（村上貴史《むらかみたかし》委員）

と、選評で二人の二次選考委員は書いている。

かたや爽快《そうかい》感漂う青春・音楽ミステリー、かたや残虐なシーンが横溢《おういつ》する連続猟奇ミステリー。いわば「明」と「暗」、まさに正反対の作風だった。共通する要素はピアノとビッグ・サプライズだが、その処理の仕方もそれぞれ異なっていた。どちらかに絞るのは事実上、受賞作（大賞か優秀賞かはともかく）を決めるようなもので、予備選考会としては越権行為に当たるのではないか、とわたし自身思ったほどだ。

この年は『このミス』大賞史上もっとも豊穣《ほうじょう》と言える年度で、大賞は中山七里『バイバイ、ドビュッシー』（『さよならドビュッシー』と改題されて二〇一〇年一月刊行、一一年一月「宝島社文庫」収録）と太朗想史郎《たろうそうしろう》『快楽的・TOGIO・生存権』（『トギオ』と改題されて二〇一〇年一月刊行、一一年三月「宝島社文庫」収録予定）のダブル受賞、優秀賞に伽古屋《かごや》圭市《けいいち》『カバンと金庫の錯綜劇』（改題『パチプロ・コード』、二〇一〇年二月刊行）、さらに「隠し玉」として高橋由太《たかはしゆた》『もののけ本所深川事件帖 オサキ江戸へ』（一〇年五月）と七尾《ななお》与史《よし》『死亡フラグが立ちました！』（一〇年七月）が宝島社文庫から刊行された。今回、『災厄の季節』が『連続殺人鬼カエル男』と改題されて世に出ることで、この年の最終候補七作中なんと六作が出版される運びとなった。まさに大豊作の年度だったのである。

最終選考会では大方の予想通り、中山七里の大賞受賞はいち早く決まった。問題はどちらを採るかだったが、商業的により広い読者が見込まれるのでは、という理由で『バイバイ、ドビュッシー』に落ち着いた次第だ。しかし両者の完成度はいずれも高し、という見解は最終選考委員も概ね同様で、唯一、吉野仁《よしのじん》委員が「同じ作者の候補作では、むしろ『災厄の季節』のほうを高く評価した。大胆な設定と展開をうまく持ち込んでいて、某海外作品の単なるパクリに終わっていない」と本書にははっきり軍配を上げている。

本書の最大の特徴は、一見、ありがちなサイコスリラーの体裁をとっていることだろう。冒頭で描かれるのは、マンションの十三階からぶら下げられた女性の全裸死体だ。口蓋《こうがい》をフックにひっかけられ、口からは無数の蛆《うじ》が溢れ出て蠢《うごめ》いている。傍には、子供が書いたような稚拙な文字によるメモが添えられていた。「きょう、かえるをつかまえたよ。」ではじまる犯行声明は、その後、第二、第三の惨殺死体現場にも残され、事件の舞台となる埼玉県飯能《はんのう》市は、市民を巻き込んだパニック状態に陥る。捜査本部は精神医学界の重鎮の意見を参考にしつつ、精力的に捜査を進めるが、「カエル男」は警察を嘲笑《あざわら》うかのように凄惨《せいさん》な犯行を繰り返していく。ところまでは、一昔前の典型的なサイコ系サスペンスだ。
「が、二転三転するどんでん返しといい、残虐な事件の裏に隠された深遠なテーマ性といい、リーダビリティに富んだストーリー展開といい、海外のサイコスリラーに伍《ご》して戦えるクオリティを誇っている」（茶木則雄）
「オーソドックスな展開ながら、著名な翻訳ミステリーを彷彿《ほうふつ》させる猟奇趣向やひねり技の連続」（香山《かやま》二三郎《ふみろう》委員）
「よくあるサイコサスペンスをそつなく書いただけ——と思ったらラストは怒涛のどんでん返し攻勢。おお、ライバルはマイケル・スレイドかよ！　確信犯的にここまでやるのなら、B級感あふれるつくりものっぽい味わいもむしろ正解」（大森望《おおもりのぞみ》委員）
と、ありがちな設定を覆す作品の意外性と海外ミステリーに勝るとも劣らぬ大胆な趣向を、全員が高く評価している。
「『災厄の季節』を書く際に、自分でクリアすべき条件を設定したんです。一気読みさせる、どんでん返しがある、最後の一行で必ず驚いて戴く」（『ミステリマガジン』二〇一一年一月号掲載のインタビューより）
という著者自身の言葉からも、その志の高さが窺《うかが》えるだろう。
作者が素晴らしいのは、ハードルの高い三つの条件を自らに課した点ではない。整合性を保ったままで、それを完璧にクリアした点、である。さらに素晴らしいのは、驚愕《きょうがく》に満ちた意外性と抜群のリーダビリティだけではなく、そこに深遠なテーマ性を持たせたところだろう、とわたしは思っている。

テーマとして扱われているのは責任能力を問う刑法第三十九条だ。第一項には心神喪失者の行為はこれを罰せずという規定がある。心神喪失とは、精神の障害等の事由により事の是非善悪を弁識する能力（事理弁識能力）またはそれに従って行動する能力（行動制御能力）が失われた状態をいう。森田芳光《もりたよしみつ》監督で一九九九年に公開された映画『39-刑法第三十九条-』で一躍有名になった条文だ。精神鑑定の信頼性や被害者の人権などを含め、本書でも同様にこの条文について考えさせられる部分は多い。

ただ一方で、こうしたテーマをひとつの手段と捉える向きもあるかもしれない。実際、本書を一次選考で担当した古山裕樹《ふるやまゆうき》委員は選評で「日本の司法制度が抱えるさまざまな問題も、ここでは読者をびっくりさせるための素材に過ぎないのだ」と言い切り、「読者を欺き、驚かせるためなら手段は選ばない」作者のサービス精神を、大いに讃《たた》えている。どちらと見るかは読者次第だろうが、いずれにせよ、司法が抱える今日的問題のひとつである刑法第三十九条が、本書の整合性と意外性の大きなキモになっていることは間違いないところだ。

作者は大賞受賞作に次ぐ岬《みさき》シリーズ第二作『おやすみラフマニノフ』（宝島社）を二〇一〇年十月に刊行。本格マインドに溢れた不可能犯罪と、音楽の道を目指す若者たちの苦悩と哀歓《あいかん》を、青春ミステリーとして見事に昇華してみせた。ピアノの音が聴こえてきそうなほど魅惑的な演奏シーンは第二作でますます磨きがかかった、と言っていい。また岬シリーズのスピンオフとして、受賞作のヒロインの祖父〝玄太郎《げんたろう》お爺《じい》ちゃん〟と介護士のみち子さんが活躍する連作短編「要介護探偵のチェイス」(『このミステリーがすごい!　2011年版』収録)と「要介護探偵の冒険」(『このミステリーがすごい!大賞』STORIES』収録)を発表。こちらは筒井康隆《つついやすたか》『富豪刑事』を彷彿させるユーモアたっぷりの本格ミステリ短編で、中山七里の懐の深さを改めて垣間《かいま》見せられた思いだ。

前出の「ミステリマガジン」インタビューで、作者は作家としてのスタンスをこう述べている。

「月並みですが、最高傑作は次回作という気持ちで書き続けたい。より喜んで戴けるものを、次に続けていきたいと思います。基本的に芸人精神ですからね(笑)」

芸人というより、職人という気がするが、その意気やよし!

中山七里はいま、ミステリー界もっとも期待される新人のひとりである。と同時に近い将来、もっとも期待を裏切らない作家のひとりになる可能性を秘めている。

今後の活躍から目が離せない。

二〇一一年一月

宝島社
文庫

連続殺人鬼カエル男

（れんぞくさつじんきかえるおとこ）

2011年2月18日　第１刷発行
2025年2月19日　第25刷発行

著　者　中山七里
発行人　関川 誠
発行所　株式会社 宝島社
〒102-8388　東京都千代田区一番町25番地
電話：営業 03(3234)4621／編集 03(3239)0599
https://tkj.jp
印刷・製本　中央精版印刷株式会社

ISBN 978-4-7966-8089-9

『このミステリーがすごい!』大賞シリーズ

宝島社文庫

おやすみ ラフマニノフ

密室から
2億円のチェロが
忽然と姿を消した――!

宝島社文庫

さよならドビュッシー 前奏曲《プレリュード》 要介護探偵の事件簿

御年70歳、
歯に衣着せぬ玄太郎爺が
難事件を解決する短編集

宝島社文庫

いつまでも ショパン

ショパン・コンクールの
会場で起きた殺人事件の
真相を突き止める!

宝島社文庫

どこかで ベートーヴェン

かけられた嫌疑を
晴らすため、岬洋介は
検事の父と謎を解く!

宝島社文庫

もういちど ベートーヴェン

司法修習生時代の
岬洋介の事件簿

宝島社文庫

合唱 岬洋介の帰還

密室殺人の犯人は検事!?
中山作品の
人気キャラも登場

宝島社文庫

おわかれは モーツァルト

容疑者にされ
窮地に立った友人を
岬洋介は救えるのか!?

各定価 618~790円(税込)

最新刊 四六判

いまこそ ガーシュウィン

カーネギーホールで
流れるのは、
憎しみ合う血か、
感動の涙か。

定価1760円(税込)

宝島社　お求めは書店で。　宝島社　検索